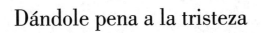

Dándole pena a la tristeza

Alfredo Bryce Echenique

Dándole pena
a la tristeza

EDITORIAL ANAGRAMA
BARCELONA

Diseño de la colección: Julio Vivas y Estudio A
Ilustración: imagen de E. A. Cunliffe del Banco Internacional del Perú (fundado en 1897), archivo del autor

Primera edición: octubre 2012

© EDITORIAL ANAGRAMA, S. A., 2012
   Pedró de la Creu, 58
   08034 Barcelona

ISBN: 978-84-339-9757-9
Depósito Legal: B. 27457-2012

Printed in Spain

Reinbook Imprès, sl, av. Barcelona, 260 - Polígon El Pla
08750 Molins de Rei

*Para Augusta Thorndike,
con la gran alegría de nuestro
reencuentro.*

Mi enorme gratitud a «Los Benites»,
Martha, Armando, Micaela y Gabriel,
por su compañía y ayuda
mientras escribía esta novela.

La historia es un cementerio de aristocracias.

WILFREDO PARETO

Aun cuando todos nosotros estamos inmersos en la historia, no todos poseemos igual poder para hacer la historia.

C. WRIGHT MILLS

El tiempo es de nieve –decía el señor–; válganos la chimenea.

En este mundo no existen más que los paraísos perdidos.

De todos los rincones de la Tierra, éste es el que mejor me sonríe.

De ahora en adelante, yo seré el conde y Vuesa Merced el cochero.

LORENZO VILLALONGA, *Bearn*

Porque el significado de un noble linaje se halla todo en las tradiciones, es decir en los recuerdos vitales, y él era el último en poseer recuerdos insólitos, distintos de los de las otras familias.

GIUSEPPE TOMASI DI LAMPEDUSA, *El Gatopardo*

Decíase entonces en el lenguaje oficial la Corte de Lima, como se decía la Corte de Madrid.

Llamáronla entonces ciudad «de los reyes» pero no vivían en ella sino príncipes y sultanas.

Quien ve la habitación conoce al huésped. La casa es indiscreta; es como la saya que oculta a la mujer hermosa, pero se cuida de acentuar sus líneas.

RAÚL PORRAS BARRENECHEA,
Pequeña antología de Lima

Primera parte

I

—Nunca llegues a vieja, Alfonsinita... Nunca, pero nunca, llegues a vieja.

—...

—Ni muchísimo menos llegues jamás a réquete vieja, Carlita...

—...

—Ni tú tampoco, Ofelita... Nunca, pero lo que se dice nunca, llegues a réquete vieja... Y muchísimo menos a réquete réquete viejo, como yo. Réquete viejo de verdad, como sólo yo. Réquete réquete viejo, como sólo yo, eso sí que jamás de los jamases, Elenita...

Aunque tomando en cuenta, por supuesto, que ni Alfonsinita ni Carlita ni Ofelita ni Elenita existían ni existieron jamás, la verdad es que era una gran suerte que el bisabuelo Tadeo estuviese ya sordo como una tapia y que pensara además que había siempre algún miembro de la familia haciéndole compañía en aquel rincón de su invernadero al que una enfermera con su toca y todo, y de punta en blanco, además, lo trasladaba cada mañana a las ocho en punto, inmediatamente después de un magro y blanduzco desayuno para desdentado, y de lo más bien aseado y rasurado ya, cómo no. Un millón de precauciones se tomaban para aquel diario viaje en su silla de ruedas, a una velocidad mínima, desde el tanque de oxígeno de su dormitorio hasta el de su baño y luego desde este segundo tanque hasta el del inmenso invernadero en que se pasaba los días, incluso en verano y con un sol radiante. Un verdadero apiñamiento de chales y bufandas mil hacían desaparecer, invierno y verano, sin distinción alguna de estación, trajes de muy alta calidad británica, en cuanto a tela y confección, chalecos, que los había incluso de gran fantasía, y las eternas y muy coloridas corbatas de enorme lazo que aún conservaba y que fueron estrenadas mil años atrás, una tras otra, a partir del día en que el bisabuelo renunció para siempre a su vida de muy exitoso minero e incluso de temerario precursor de esta actividad en el Perú, según parece, pues de las minas regresó ya viudo y riquísimo, lleno de problemas pulmonares, eso sí, y con un ansia tal de ver mundo que no escatimó gasto ni lujo alguno en aquellos interminables viajes durante los cuales, según su propia afirmación, le dio un par y medio de vueltas completitas al mundo, de gran hotel en gran hotel, de gran restaurante en gran restaurante y de carísimas *cocottes* a cuanto gran casino encontró en sus andanzas. Aunque, valgan verdades, de aquel grandioso apogeo final lo único que se trajo de vuelta al Perú, en su último viaje, el bisabuelo Tadeo, fueron baúles enteros de finísima ropa a la medida, que con el tiempo hubo que empezar a adelgazar y empequeñecer, aunque siempre tomando muy precisa cuenta de la nueva talla y de una inclinación muy torre de Pisa, mucho más que encorvamiento, del ya bien centenario bisabuelo.

Acompañaba tanta camisa y tanto traje a la medida una verdadera florida de corbatas de lazo que mi madre y mi abuela encontraron siempre de lo más coloridas, pero que el abuelo clásico, o sea el materno, consideró insoportablemente colorinches y hasta inhumanas, según propia afirmación, más unos fabulosos álbumes de estampillas que, éstos sí, podrían dar fiel testimonio del verdadero alcance geográfico de sus andanzas, incluso pioneras y realmente expedicionarias. Y, por último, se trajo también el bisabuelo Tadeo un impresionante automóvil Hispanosuiza descapotable, de color rojo y tapices de cuero de chancho, que utilizó tan sólo muy de vez en cuando y únicamente en verano para visitar en el balneario de La Punta a su hijo mayor, Fermín Antonio, y a la entrañable Madamina, su esposa, con quien le resultó siempre más fácil bromear y congeniar que con el flaco estirado este de mierda, para más señas *mio propio figlio*...

—Fin de trayecto. Fin de trayecto, pero por esta mañana, que quede claro, que ya después se verá por la tarde y luego también al anochecer —repetía día a día el bisabuelo Tadeo al ingresar a su invernadero personal y alcanzar su establecido rincón, donde, acto seguido, la enfermera tocada procedía a colocarle la pequeña máscara respiratoria que le cubría nariz y boca y abría la pequeña llave roja del tanque de oxígeno que, instantes después, daba comienzo al diario ritual según el cual, al cabo de unos veinte o treinta minutos, máximo, el mismo bisabuelo Tadeo se quitaba la mascarilla del oxígeno, se la entregaba a la señorita tocada, extendiendo para ello el brazo derecho al máximo, lo cual en su caso era ya bastante poco, la verdad, mientras que con el brazo izquierdo encendía un finísimo cigarrillo negro cubano, le pegaba enseguida tres y, de preferencia, hasta cuatro muy esmeradas e interminables pitadas, que, con lo flaquísimo y reducidísimo de contextura general que estaba, debían llenarlo de humo de pies a cabeza, aunque empezando, cómo no, por los pulmones de los agudos enfisemas. Aplastaba luego el pitillo en un gran cenicero de cristal colocado sobre la mesita redonda que tenía a su izquierda, y miraba a la enfermera en señal de que ya podía conectarlo nuevamente al tanque de oxígeno. Y éste era el preciso momento en que la señorita tocada quiso decirle siempre «Don Tadeo, debería usted pensar en la extrema gravedad de sus enfisemas», pero el viejo, mínimo ya de estatura, se lo impidió siempre también, arrojándole, feliz, una contagiosísima y nada desdeñable bocanada de humo en plena cara.

–Don Ta...

–¿Decía usted, señorita trabajadora?

–Es que don Ta...

–Sindíquese, señorita trabajadora. Sindíquese y organicen usted y sus combativas compañeras una buena huelga antifumadores viejos y réquete viejos.

–A mi sano entender, eso sí que resultaría inhumano, don Tadeo. Yo, en todo caso, desaprobaría un proceder semejante.

–Entonces no me joda y volvamos a la carga con unas cuantas pitaditas más.

–Don Tadeo...

–De don Tadeo nada, señorita trabajadora, y alcánceme más bien los fósforos, por favor, que se me han caído al suelo otra vez.

–Juega usted con fuego, don Tadeo, porque mire el tanque de oxígeno lo cerquita que lo tiene.

–Yo sólo *miro*, señorita trabajadora, que a usted se le paga un sueldo como para que vuele también conmigo. Venga, vamos, déjese usted de sensiblerías y páseme de una vez por todas los fósforos. Los fósforos y chitón boca, señorita trabajadora y tocada. Y tenga de una vez por todas esta bocina de purísimo marfil. Lo estúpida que es la gente, la verdad; le regala a uno tesoros como esta bocina que no le sirve más que para oír una cojudez tras otra.

No había pasado ni media hora y ahí estaba el bisabuelo Tadeo con el segundo cigarrillo del día y con las mismas tres o, de preferencia, hasta cuatro larguísimas pitadas que acabaron siempre en una muy apresurada reconexión a aquel gran tanque de oxígeno que fácilmente le llevaba unos veinte o treinta centímetros de estatura y que sin embargo nunca duró lo que en principio debía durar. Y todo ello a pesar de la enfisémica y temprana muerte de su esposa Inge, alemanzota cervecera y del Tirol, para más inri, como él mismo solía decir, agregando siempre que cuando en sus tiempos uno sobrevivía a las mil y una minas de los Andes, a sus precarios túneles y a sus dantescos socavones, morirse luego de un vulgar enfisema resultaba algo sumamente risible, ridículo, e incluso despreciable. Y bueno, pues, al fin y al cabo a Inge nadie la obligó a quedarse en el Perú, a enterrarse con él en una mina tras otra, ni muchísimo menos a casarse con él, y la verdad es que ya bastante tuvo la bisabuela Inge con apoderarse del primer apellido de su esposo, abdicando por completo del suyo, lo cual en el fondo hubiera sido bastante comprensible, la verdad, dado que su primer apellido tirolés era francamente horroroso, ¿pero apoderarse además del segundo apellido de su esposo innecesariamente? Pues no. Eso sí que no. Y la verdad es que aquello fue ya una absoluta falta de decoro y de todo en esta vida.

—Pero, tío Tadeíto... ¿acaso tú no la quisiste alguna vez? ¿Acaso no fuiste tú quien la cortejó, primero, y pidió su mano posteriormente?

—Hasta que la muerte nos separó, puede ser que sí. Y de manera bastante similar creo que de alguna manera le pro-

19

metí todo aquello ante el cura del diablo ese que nos casó. Pues sí, puede que sí, aunque yo hoy diría, más bien...

—No, por favor no digas nada, tío Tadeíto. ¿Y el recuerdo? Esto sí, tío, ¿y el recuerdo?

—¡Qué recuerdo ni qué ocho cuartos, Adelita! Estoy casi ciego pero quiero que sepas que sigo con la mirada bien puesta en el futuro, únicamente en el futuro, jamás en el pasado, aunque claro que ya tan sólo en el futuro de la industria tabacalera cubana. Entérate por lo menos de esto, porque realmente el tabaco de esa isla es lo único que me interesa ya, junto con mis estampillas y también todos ustedes, por supuesto, aunque ustedes ya en un bien merecido tercer lugar, porque fumador, filatélico y muy sincero siempre lo fui y lo seré, y así hasta que el Señor Todopoderoso me invite a fumar a su lado. Y esto no es ninguna broma, créeme tú, Adelita...

—Pero es que tía Inge, tío...

—¡Carajo! ¡Déjenlo a uno fumar en paz o volamos todos aquí! ¡Con tanque de oxígeno, con invernadero, contigo Adelita y hasta con la tocada señorita trabajadora! Mira... Mira cómo tiento al diablo.

—¡Tío! ¡Tiíto, por favor, suelta ese fósforo!

—Pues entonces déjenme fumar en paz o prohíbo todas las visitas a mi invernadero.

—Bien solo que te vas a quedar en ese caso, tiíto.

—Déjate ya de llamarme tiíto, de una vez por todas, mujer, que me haces sentir que soy un mono o un chimpancé. Y entérate tú, más bien, Sandrita, que solo, bien solo, en la más absoluta soledad, hija mía, es como mejor se disfruta de un cigarrillo. Y si además el tabaco es negro y viene de Cuba, como el mío, pues mismito placer de los dioses, Marisita.

Por supuesto que ni Marisita ni Sandrita ni Adelita,

como antes sus otras hermanas, existían, ni existieron jamás tampoco, pero es que el bisabuelo Tadeo de Ontañeta se inventó con los años toda una interminable ensalada de sobrinas, que además con el tiempo cambiaban de nombre bastante a menudo, en un desesperado e inútil afán de borrar para siempre el tan doloroso recuerdo de los cuatro hijos, dos hombres y dos mujeres, o sea los tíos abuelos Froilán y Octavio y las tías abuelas Beatriz y Florencia, fallecidos todos en el mismo ómnibus que se desbarrancó regresando de Cerro de Pasco a Lima, aunque desgraciadamente, también, esta total inclinación por las sobrinitas en aquella tan dolorosa ensalada mental, que excluyó casi siempre por completo a los sobrinitos varones de la desbordada y patética imaginación del anciano, era fruto nada menos que de la perversa inclinación por las niñas de muy corta edad que manifestó siempre don Tadeo. Sin embargo, con el largo paso de los años y las décadas, don Fermín Antonio, el mayor de sus hijos, se convenció de que aquella perversa inclinación había pasado a ser cosa de un ya muy lejano pasado.

Muy malheridos quedaron, también, en el trágico accidente acaecido durante aquel viaje de Cerro de Pasco a Lima, el abuelo Fermín Antonio y su hermano Fernando, aunque vivieron para contarla, para contarla de muy distintas maneras, eso sí, y sobre todo para convertir poco a poco en equilibrio y mesura, el uno, y en franca y abierta desmesura, el otro, todo aquello que su padre, el bisabuelo Tadeo de Ontañeta Tristán, había convertido a su vez en desequilibrio y hasta en franco libertinaje, no bien falleció Inge la Tirolesa, como hasta el día de hoy se le sigue llamando a la alemanzota aquella en la familia.

Pero tardaron lo suyo en enderezar rumbos, el abuelo Fermín Antonio y su hermano Fernando, nuestro tío abuelo, aunque muchísimo más el segundo que el primero, y esto sí que nos consta bastante bien a las hermanas De Ontañeta Basombrío, ya que tanto papá como mamá salieron una y mil veces disparados a calmar con una verdadera andanada de tilas y hierbabuenas a la abuela Madamina, a nuestra adorada abuela Madamina, enloquecida una vez más la pobrecita con esta nueva cana al aire del hombre más serio del mundo, aunque, eso sí, con un verdadero arsenal de hazañas galantes en su haber, que él, sin embargo, justificaba como obligaciones atribuibles ante todo a su calidad de caballero, lo cual, además, tratándose de él, no dejaba de ser bastante admisible, ya que el abuelo Fermín Antonio de Ontañeta Tristán, alto, sumamente flaco, sesentón ya por entonces, muy enjuto, de nariz aguileña y clásicamente elegantísimo, fue siempre hombre de palabra y de muy grandes convicciones y buenos ejemplos, por más que en lo concerniente a sus episodios galantes fuese preferible juzgarlo con criterios realmente avanzados o *muy muy* laxos, que por ahí se le podría otorgar alguna razón, tal vez, como también postergando o más bien dejando en suspenso todo aquel dechado de virtudes inherentes a su señorío, aunque a fin de cuentas lo mejor y lo más sano, opinó siempre su gran amigo Ezequiel Lisboa, era hacerse el de la vista gorda, en fin, un si te vi ya no me acuerdo o algo así.

Aunque, valgan verdades, lo cierto es también que durante aquellas sigilosas y galantes ocasiones, a la par que correrías e incursiones nocherniegas, el muy flaco, seco y alto caballero hizo siempre uso de la una y mil llaves de tantísimas casas, situadas casi todas en el denominado Damero de Pizarro o en sus inmediaciones –aunque además hubo un llaverito para la temporada de verano en el balneario de La Punta–, que colgaban sonoras de un gigantesco llavero, una argollota, más bien, que Claudio, su eterno chofer de nacionalidad chilena, sacó siempre oportuna y sigilosamente de la maletera de un automóvil Chrysler, de un color azul muy oscuro, como quien encuentra a la par un tesoro y mil herramientas, y cerrando además casi en el acto los ojos, para ignorarlo siempre todo, absolutamente todo, acerca de la puerta por la que entraría don Fermín Antonio y de la llave que para este fin empleaba, ya que entre sus obligaciones la más importante de todas era sin lugar a dudas una absoluta discreción, aunque además, cómo no, estaba también aquel gran afecto por un hombre que jamás se cansó de repetir: «Mi guerra es con el gobierno de Chile, jamás con ciudadano chileno alguno, y la prueba más rotunda de ello es usted mismo, Claudio, que lleva ya veinticinco años con sus uniformes para cada estación y también para cada ocasión, sin contar además con el uniforme destinado exclusivamente a Palacio de Gobierno, al volante de mis muy diversos Chryslers azul muy oscuro, pues éstos cambian y se renuevan, mas no usted, Claudio, porque a usted jamás lo cambiaré yo, y, lo que es más, mientras usted y su señora esposa lo deseen, el acuerdo al que alguna vez llegamos se renovará solo, salvo en lo que se refiere a los estipendios mensuales, claro está.»

Como muy claro estuvo siempre, también, que las aguas volvieron una y otra vez a su cauce al regresar el abuelo a su señorial casona limeña, al cabo de una serena y, eso sí, muy negociada semana de autocontrol y templanza en la suite presidencial del Gran Hotel Bolívar. Bastaba para ello, además, con que la abuela Madamina enviara a nuestra madre a parlamentar con el abuelo, y que ésta, a su vez, le rogara a su madre que en su lugar fuera papá, pero, eso sí, acompañado por el alegre tío Klaus von

Schulten, el esposo de tía María Isabel, hermana menor de mamá, ya que papá, que además de hijo político es primo hermano del disoluto caballero, aunque en su caso, eso sí, de un temperamento sumamente anglosajón, que le viene por el lado Wingfield, qué duda cabe, ya que además es lo más flemático del mundo y de una extrema severidad, pues sí que papá habría sido incluso capaz de exigir algo tan cuáquero como una inmediata entrega de la argolla mágica del abuelo, llave por llave, hasta la última casa de Lima y balnearios, o sea también el veraniego llavero destinado a La Punta, aunque no dejara de existir también, según nos contara en su día un jubilado, anciano, y aún acucioso y muy minucioso Claudio, un tercer llaverito más, destinado éste a rapidísimas incursiones al entonces naciente balneario de Ancón.

Sin embargo, esta misma severidad de nuestro padre era muy pertinente en el caso de que el tío Klaus von Schulten, que no por nada arma a cada rato la de Dios es Cristo en el bar del Lima Golf Club, le exigiese nuevamente al abuelo la entrega de una de las piezas que él más apreciaba en aquel llavero: nada menos que la de la casa de su madre, viuda muy reciente de don Hans von Schulten y aún por consolar.

–Pobre don Fermín Antonio –solía repetir Claudio en estas complicadas y silentes ocasiones en que, lo único que al servicio doméstico le quedaba claro, aunque bastante más claro a unos que a otros, debido a sus jerarquías y antigüedades en casa de los señores y, qué duda cabe, asimismo por esta nueva ausencia de don Fermín Antonio y por el pésimo semblante de doña Madamina, acompañado encima de todo por aquel incesante trasiego de tilas y tisanas allá en los altos de los señores, en fin, que lo único que le quedaba realmente claro a todos, allá en la zona de

24

servicio, es que Troya había ardido una vez más en la casona de la avenida Alfonso Ugarte. Y por alguna razón tendría que ser...

Porque alguna razón tiene que haber, pues, eso sí que sí. Y era entonces cuando los domésticos recién bajados del Ande, cumpliendo con una ley de vida, optaban por la más callada y humilde desaparición, obligados, cómo no, también, por los ojos suplicantes con que los servidores más antiguos o menos andinos miraban a don Claudio, que extranjero y rubio de ojos verdes como es, por supuesto que tiene que estar más al tanto de todo que nosotros, como que dos y dos son cuatro. Además, don Claudio trabaja directamente con el ausente de repente, aunque también frecuente, para qué negarlo, valgan verdades, y que es sin duda alguna el responsable de tanta tila y tanta tisana para los nervios alteradísimos de doña Madamina, la pobrecita, que bien sabido es lo santa que ha sido y será siempre, o sea pues que, resumiendo, por obra de ella sí que de ninguna manera puede ser...

Claudio, entonces, respetando como nunca la casa, aunque no tan sólo a sus propietarios sino también a todos los que en ella habitaban o laboraban, excepción hecha de aquellas ya desaparecidas excepciones andinas, optaba entonces por sacar finalmente de babias a todos los ahí presentes, aunque siempre con la discreción que le corresponde a un chofer que, eso sí, a pesar de ser chofer rubio y de ojos verdes, está antes que nada al servicio del caballero don Fermín Antonio o don Fermín a secas, para hacerla más breve:

–Pues diría yo –intervenía entonces Claudio, por fin–, que, a mi sabio entender y parecer, don Fermín Antonio se nos ha quedado una nueva temporadita sin poder cumplir con su deber de caballero, también fuera de casa.

Los había ahí que entendían más unos que otros, cómo no, aunque aquello de *a mi sabio entender y parecer*, en boca además de un extranjero rubio y bien parecido, sí que tenía que salirle del fondo del alma a aquel chofer de uniforme según la temporada y gorra ídem, amén de esos verdes ojos extranjeros y un acento bien como risueño y resbaladizo, pero que, chino o chileno, para la ocasión daba exactamente lo mismo.

–Más claro el agua –le comentó a su ayudanta e hija, la vieja cocinera Juana Briceño, ya en el dormitorio que ocupaban en el segundo piso popular (el segundo piso familiar quedaba bastante más arriba), y mientras los empleados de sexo masculino atravesaban un pequeño puente que los llevaba hacia sus dormitorios y baños, y que se diría destinado a alejarlos además al máximo, sobre todo ahora, de la inmensa tentación que acababa de llegar y de alojarse al otro lado del río, aunque también es cierto que en la planta baja del caserón aquel.

En efecto, la sutil inspección que el propio don Fermín Antonio realizaba por los amplios y cómodos sectores destinados a la domesticidad, el último día de cada mes y con el pretexto de entregarle a cada uno un sobre con su sueldo, lo había hecho reparar en Mechita, una ondulante y curvilínea muchachota de aires tan suaves como súbitamente rapaces, y pues sí, Madamina, tan súbitamente rapaces que sólo a una santa como tú se le ocurre contratar a alguien que sin duda alguna terminará poniendo patas arriba el gallinero, e incluso insolentando, cuando no sublevando, al servicio entero de casa. Y no excluyo ni a Claudio...

Pero la verdad es que, en ese preciso instante, don Fermín Antonio se vio nada menos que a sí mismo caminando nocturnal en busca de un gallinero que alborotar, mientras Claudio cerraba los ojos y le extendía como siempre su argollota limeña, aunque agregando en esta ocasión una muy precavida y sigilosa linternita que, en realidad, lo mejor que pudo hacer fue iluminarle a don Fermín Antonio el camino a la dura realidad.

–Dios mío –añadió el enjuto y nocturnal caballero–: Dios mío, Madamina, la tal Mechita esa...

–Mechita ha llegado premunida de una excelente carta de recomendación. Y la firma nada menos que la esposa de tu gran amigo Eudocio Colmenares...

–En cuyo caso querrás decir más bien que la tal Mechita es poseedora de una brillante foja de servicios, lo cual precisamente en esta oportunidad quiere decir que la muchacha es exactamente todo lo contrario de... En fin, todo lo contrario de todo lo que necesitamos en esta casa, ¿me hago entender, Madamina?

–Yo creo que no, Fermín Antonio.

–Entonces, por favor, mañana mismo me despides a esa tal Mechita, Meche o Mechota, como quiera que se llame la no sé cuántos aquella. Y me la pones de patitas en la calle. Verás de inmediato que todo se arregla, y sin dejar muertos ni heridos, mujer. ¿Estamos de acuerdo, Madamina?

–Fermín Antonio, con esa recomendación, con tan excelente recomendación, no encontraremos a nadie más en Lima.

–Pues entonces yo me largo al club, mientras tú buscas en provincias. ¿No eras tú misma quien afirmaba que de Cajamarca llegan las mejores empleadas del mundo entero?

–Por ahora, Fermín Antonio, lo mejor que puedo hacer es recordarte que el club ya cerró.

–Pues entonces bajo un momento al bar.

–¿Te acompaño y me sirves una copichuela?

–Mujer, la muchacha se queda, de acuerdo, pues tampoco le voy a negar una oportunidad a un ser humano tan sólo porque ha sido bien dotado por la naturaleza. Pero que esté muy claro también que se queda bajo tu estricta responsabilidad. Y por ahora nosotros dos nos vamos al bar y brindamos por cualquier cosa menos por la tal Mechita esa.

–¡Un santo, Fermín Antonio! ¡Yo siempre he sabido que en el fondo tú siempre has sido y serás un santo varón!

Pero fueron precisamente estas mismas palabras, *un santo varón,* las que de golpe y porrazo le abrieron de par en par los ojos a la inefable abuela Madamina. O sea que ni Meche ni Mechita ni nada que se le parezca quedaba en la casa al día siguiente cuando don Fermín Antonio regresó a la hora del almuerzo.

–¿Cómo? ¿Y Mechita, Madamina? –le preguntó entonces el abuelo.

–A esta casa no ha llegado nunca nadie que responda a ese nombre. Ni tampoco *nada* ni nadie que se le parezca. ¿Queda claro, Fermín Antonio?

–Como dos gotas de agua, Madamina.

Y exactamente a las cuatro en punto de cada tarde, como a lo largo ya de tantísimos años, emprendió don Fermín Antonio el diario camino de regreso al centro de Lima, para lo cual bajaba antes al sótano de la casa, lo atravesaba de un extremo a otro, y en su largo camino examinaba brevemente los depósitos llenos de olvidados trastos viejos y luego aquel otro cuarto, bastante más pequeño y oculto, donde la joya de la corona era una suerte de gigantesca caja fuerte, absolutamente invisible, eso sí, en la cual, entre otros tesoros familiares, había alhajas, monedas de oro, las más hermosas fuentes de plata y de porcelana, soperas como cúpulas de catedrales, barrocos o sencillísimos juegos de té, muy variadas vajillas, las cuberterías de plata y la de oro, inefable y absurda chifladura del bisabuelo Tadeo de Ontañeta Tristán derrochando en Praga, y otros enseres de incalculable valor, reservados todos exclusivamente para las más grandes ocasiones, cuando lo único notable es que día tras día son cada vez menos las grandes ocasiones, y todo debido al mentecato este de Billinghurst y los dos paros obreros de esta última década...

–¡Carajo, que viva Piérola! ¡Y por insensato que suene hoy! –se desvivía entonces don Fermín Antonio, deteniéndose y hablando consigo mismo.

Por último, avanzando tan sólo unos metros más allá, deliciosa, se hallaba la bodega perfectamente bien acondicionada en la que el abuelo conservaba su gran reserva de los mejores tintos de Francia, pues siempre optó don Fermín Antonio por los burdeos y los borgoña. A un lado se hallaba también el vino blanco y docenas de botellas de Dom Pérignon, su preferido entre los grandes champagnes.

A don Fermín Antonio le encantaba encender un instante la luz de su bodega y echarle un diario vistazo, tan fugaz como sabroso, a todo aquello. Continuaba enseguida por el largo corredor que lo llevaba hasta la cochera en la que Claudio lo esperaba, por supuesto que luciendo ya la gorra que le correspondía al uniforme que llevaba puesto, y siempre al pie del Chrysler azul marino muy oscuro, con la puerta derecha trasera bien abierta para que suba el caballero.

Instalado ya el abuelo en su habitual asiento, la puerta que daba a la calle la abría el joven mayordomo Honorato, brazo derecho del perfecto y eterno Horacio, primer mayordomo del palacete español de don Fermín Antonio. Una seña de Honorato le indicaba a Claudio el momento preciso en que podía dar marcha atrás hasta alcanzar el nivel de la vereda, primero, y situarse luego en la calzada lateral izquierda de la avenida Alfonso Ugarte, según se mire desde la plaza Bolognesi hacia la plaza Dos de Mayo. Alfonso Ugarte había sido la primera avenida de cuatro pistas de Lima y, fruto del dinero, del azar, o de la más absurda y hasta ridícula competitividad, en ella se alzaban las mansiones de los cuatro principales banqueros del Perú. Pero, en fin, ahora venía la eterna pregunta dos veces repetida diariamente por Claudio, y siempre también a la misma y muy puntual hora de toda la vida:

—¿Qué rumbo tomará en esta oportunidad el caballero?

—El banco, Claudio; tenga usted la amabilidad de tomar el rumbo del Banco Nacional del Perú.

—Servidor, don Fermín Antonio. Y le ruego perdonarme si le doy la espalda.

—Pues no sea usted tan mentecato, Claudio. Porque lo que es yo, no veo otra manera de que pueda usted conducir este vehículo sin matarnos los dos.

Por supuesto que el camino escogido fue siempre exactamente el mismo, con excepción de aquellas contadísimas ocasiones en que don Fermín Antonio optaba por caminar algunas cuadras, seguido muy de cerca por Claudio al volante del Chrysler, y llevado el limeñísimo caballero por el deseo de comprobar cómo crecía su hermosa ciudad y de acordarse cada vez de la memez de cierta gente cuando utilizaba la expresión *Voy a Lima*, porque se hallaba en un algún distrito, verbigracia Barranco, Miraflores o San Isidro, ignorando que estos y todos los demás distritos formaban la Gran Lima, y que lo correcto en semejantes casos hubiera sido decir *Voy al centro de Lima* o *Me dirijo a la zona del Cercado...* O también, cómo no, *Mi destino, esta vez, es el Damero de Pizarro*.

—Y además con mayúsculas, Claudio. *Con* mayúsculas. ¿Me escucha?

–Por supuesto, don Fermín Antonio –repitió eternamente Claudio, mientras le abría la puerta del Chrysler para que el caballero ocupara nuevamente su habitual asiento azul marino y muy oscuro, cómo no.

–Y es que hay gente que, no contenta con empequeñecer la ciudad en que nació, ni siquiera se toma el trabajo de emplear las mayúsculas que en cada uno de los citados ejemplos corresponde, Claudio.

–Pierda usted cuidado, don Fermín Antonio, que en adelante estaré muy atento a las mayúsculas cada vez que escriba las susodichas palabras. Y se agradece la ciencia.

–Y también le agradezco yo a usted el viaje, Claudio –repetía diariamente el abuelo Fermín Antonio, mañana, tarde, y por último cada noche, al regresar a su residencia de Alfonso Ugarte o dirigirse al Club Nacional, en cuyo caso Claudio lo esperaba muy puntualmente una hora y media más, antes de emprender el rumbo final y darse, ahora sí, las buenas noches en el garaje de la casona de Alfonso Ugarte.

El Club Nacional fue otra de las tantas instituciones que, como antes la Beneficencia Pública, la Caja de Depósitos y Consignaciones o el Banco Central de Reserva, y ahora su propio banco, presidió don Fermín Antonio, aunque nada de ello le impidió nunca llegar al club los martes y los jueves, cronometradamente, a diez para las ocho de la noche, ya que los martes brindaba con su viejo amigo Ezequiel Lisboa y los jueves le repetía exactamente los mismos excelentes augurios a don Felipe José de Zavala, otro de sus grandes amigos, empleando para ello, igualititas, las mismas sonoras aunque sensibles palabras. Y al instante, cada martes y cada jueves, los amigotes alzaban sus copichuelas de un muy añejo Rémy-Martin, fingían un toquecillo de cristales, y soltaban enseguida, al unísono, sus venturosas palabras.

–Y a esto se debe, Madamina, qué duda cabe, el que nunca me haya enterado bien de lo que me dicen esos excelentes señores.

–Pues déjalos que brinden ellos antes por ti.

–Eso jamás, Madamina.

–Sorpréndelos entonces tú, brindando a las siete y cincuenta y nueve en punto. Interrumpirte no pueden, Fermín Antonio, ni tampoco me imagino a Ezequiel Lisboa o a Felipe José Zavala...

–*De* Zavala, Madamina.

–Caramba, Fermín Antonio, que difícil nos está resultando este brindis. Pero, bueno, empiezo de nuevo. Decía que tampoco me imagino a Ezequiel Lisboa, los martes, y a Felipe José de Zavala, los jueves, anteponiendo sus brindis al tuyo. Déjalos pues que se maten entre ellos por brindar por ti.

–Si las cosas de este mundo fueran tan poco complicadas como las ves tú, Madamina –gruñó, largo y tendido, don Fermín Antonio, como quien hace a la vez un sobrehumano esfuerzo por entender, de golpe y porrazo, absolutamente todas las cosas de este mundo, para luego, ya muy simplificadas, poderle explicar a su tan amada esposa que vivimos en un mundo cada día más difícil de entender y de explicar–. Sí, créeme mujer, créeme que de no ser así no habría habido ya una primera guerra mundial. Y digo *primera* porque ya verás tú que también habrá una segunda guerra mundial. Y después, Madamina, ¿adivina qué?

–Pues más progreso, sí, Fermín Antonio...

–La verdad, mujer, me encanta que leas tanto al tal Azorín ese, a quien los críticos se refieren, según recuerdo, nada menos que como el filósofo de lo pequeño. A lo cual yo añadiría: el filósofo también de lo más nimio y disparatado.

—A mí, Azorín, en cambio, cada día me gusta más.

—Adelante, entonces, Madamina. Y así hasta que el mundo se acabe.

—Hoy te noto algo pesimista, Fermín Antonio. Porque valgan verdades...

Y es que la vida de este caballero, qué duda cabe, distaba mucho de ser el camino de rosas que tantos y tantos imaginaban. Para empezar, su padre, una autoridad moral y familiar que a un cristiano como él le era imposible dejar de reconocer y respetar, por supuesto que sí, pero al que asimismo la naturaleza se obstinaba en mantener en vida, en una excepcional muestra de longevidad: ciento cuatro años redondos, nada menos, aunque fumando tanto, sabe Dios desde cuándo, que, diríase, de aquellos ciento cuatro años unos noventa, por lo menos, fuma que te fuma tabaco negro importado y nada menos que ante una verdadera seguidilla de tanques de oxígeno, desde hace ya varios años... Caramba, lo absurda y aun miserable, lo miserable que puede ser esta vida, realmente, y por qué en aquel accidente fatal en que fallecieron varios hermanos suyos tan sólo sobrevivieron él y Fernando, su segundo hermano, aunque mejor habría sido que éste falleciera también, al menos desde su punto de vista, ya que una vida de incurable ludópata lo había arrastrado incluso a la cárcel y por último al desprecio de la sociedad en que le habría correspondido vivir.

Cuántas veces pudo contenerlo, don Fermín Antonio, expulsarlo incluso de la familia y hasta del propio país, pero lo contuvo siempre en este impulso, tan natural y lógico, por lo demás, sí, lo contuvo ese absurdo y fraternal impedimento para enfrentar a ese salvaje caballo desbocado, optando en cambio siempre por encubrirlo y protegerlo, en la medida de sus posibilidades, claro está, hasta que un día se supo ya incapaz de todo, e irremediablemente Fernando se precipitó por un abismo en el que desapareció para siempre, según los más crédulos, aunque no sin antes enlodar un apellido muy honorable, arruinar para siempre grandes inversiones familiares, como lo fueron una estupenda hacienda azucarera, en el norte, y otra algodonera, en el sur, y hacerle perder a él mismo el control absoluto de un gran banco que mucha gente continuaba aún creyendo íntegramente suyo.

Fernando, sin embargo, no había desaparecido, y en absoluto les faltaba razón a aquellos individuos que afirmaban que el hombre era aún visto en garitos de perdición, en que la timba venía acompañada de opio, éste de odaliscas y de los más febriles ensueños, hasta que un alma piadosa, la entrañable prima Rosa María Wingfield, infinita belleza anglosajona cuyos retratos adornan aún más de un salón familiar, lo arrancó de aquellos infectos arrabales, desapareció con el ludópata ya enfermo de tuberculosis, enterrándose en vida con él en Jauja.

De esta milagrosa unión nacieron cuatro hermanos apellidados De Ontañeta Wingfield, todos ellos durante los años felices que el tío abuelo Fernando pasó en el Sanatorio de Santo Toribio de Mogrovejo, donde murió nada menos que a las veintitrés horas y cincuenta y nueve minutos del 31 de diciembre de 1899.

—Siempre me gustó joder —aseguran que fueron sus últimas palabras, aunque a la tía Rosa María Wingfield, eternamente joven y bellísima siempre, jamás se le logró arrancar un sí o un no al respecto.

Un rotundo sí, en cambio, fue el que le soltó esta gran beldad a un caballero jaujino que respondía al nombre de

Hermenegildo Poma Sifuentes, a quien lo único que jamás le perdonó don Fermín Antonio fue haber bautizado con el horroroso nombre de Arminda a su única hija, que a los siete años llegó a Lima para educarse debidamente, y a quien siempre tendremos que recibir, por lo tanto, y muy especialmente pensando en lo que significó para todos nosotros Rosa María Wingfield, de infinita belleza y bondad, aunque hoy convertida en Rosa María Wingfield de Poma, nada menos.

Y pues no, lo único que jamás le perdonó don Fermín Antonio a Rosa María Wingfield y Hermenegildo Poma fue haberle llamado siempre Armindita y no Arminda a su hija, y así pasarían aún muchos años y una gran tragedia familiar antes de que don Fermín Antonio se enterara de que aquel horrible diminutivo era en realidad el verdadero nombre de pila de la niña, y no Arminda, como él se empeñaba en creer.

–No, es que esta criatura ni te mira, Madamina, si le dices Arminda. No te hace el menor caso. Prueba tú misma, Madamina... ¿Ya ves? En cambio, no bien le digo Armindita, fíjate bien, se me arroja feliz en los brazos.

–Debe ser por algo andino, Fermín Antonio.

–Escúchame bien, de una vez por todas, Madamina: en esta familia lo único andino que existe es la servidumbre, y ni siquiera toda, pues hasta un ciudadano chileno de ojos verdes y de muy buena planta trabaja para nosotros, ¿o no? Y no me vengas ahora con tu eterno *Es que tú pareces inglés en invierno y andaluz en verano*. Yo soy peruano, tan peruano como la niña esta del atroz diminutivo. Pero veraneo en el balneario de La Punta y no a cinco millones de kilómetros sobre el nivel del mar, y digamos que en alguna laguna o *cocha*, vaya pues con el horror, o lo que es aún peor, si es que puede haber algo peor, claro está, en un inmenso y helado lago horrorosamente llamado Titicaca.

–Pero, Fermín Antonio, ¿qué más te da que la niña se llame Arminda o Armindita, si de todas maneras es lindísima?

–¿Conque te lo sigues tomando a chanza? Pues esta vez el club sí que está abierto y yo me largo allá. Ahógate tú con tu Armindita entre tanto titi y tanta caca, si tanto... Si tanto... ¡Pues si tanto, y punto!

Y como aquel día y a aquella hora nunca tenía cita con nadie, ahí andaba don Fermín Antonio en su club, huyendo de todas las Arminditas que en este mundo han sido y serán y cayendo lentamente en aquellos años en que, abandonando su algo envejecido aunque muy amplio y hermoso rancho chorrillano, primero, y luego, algunos años más tarde y nacidas ya sus dos únicas hijas, pues hijo varón no hubo, inmensa y muy callada pena para don Fermín, abandonando también la muy hermosa casa de las altas columnas y los amplios jardines, en San Miguel, un lugar cuyo clima le convino siempre mucho a su congénita debilidad pulmonar, optó por buscar un gran arquitecto para que le construyera en la flamante avenida Alfonso Ugarte, la primera en el Perú de cuatro pistas, el caserón español con el que siempre soñó.

Por esos mismos años construyó también don Fermín Antonio la preciosa casa de veraneo al pie del mar, en la finísima península de La Punta, con un gran patio y un enorme jacarandá al centro, y que, como él tantas veces y contra todo pronóstico, sobrevivió. En aquel balneario salía el muy alto y muy flaco y seco don Fermín Antonio de Ontañeta Tristán a nadar cada mañana, a las doce en punto y, luego, cada noche, nuevamente a pasear por el elegante malecón Figueredo, donde además fueron tantos los furtivos encuentros amorosos, ya bien pasada la hora de la cena familiar e incluso de madrugada, las más de las veces, que en muchas ocasiones terminó refugiado en un techo sumamente oscuro. Y con tan mala fortuna, en una maldita oportunidad, que en un desesperado intento de fuga a ciegas cayó dos pisos cual vulgar saco de papas, yendo a parar en pleno jardín del sastre Arana, un chaplinesco viejecillo a cuyo buen quehacer profesional le debía don Fermín Antonio unas medidas de espalda y unos hombros que jamás tuvo, fracturándose e hiriéndose muy gravemente la pierna derecha, el veraniego caballero, y de tal manera que cuando el aturdido sastre salió a ver qué ocurre, Dios santo y bendito, y con tan sólo un enano y febril trozuelo de vela, todo ello debido a que el alumbrado eléctrico acababa de ser momentáneamente interrumpido, no sólo atendió a don Fermín Antonio en todo lo referente al pánico social que esta formidable caída hubiese podido ocasionar en aquel mundo tan antiguo como apacible y santiguante, sino que además tuvo la gran amabilidad de llamar a la Asistencia Pública, negándose rotundamente, eso sí, a revelar la identidad del incómodo herido que yacía furibundo en el jardín delantero de su vivienda, ahí en pleno malecón Figueredo, nada menos, y siendo ya pasadas las dos de la madrugada.

Al final, sin embargo, era tanta la presión del servicio de ambulancias para una inmediata identificación del herido, que el aturdido sastre no tuvo más remedio que recurrir por ahora a un nombre falso, ya después veremos qué decide don Fermín cuando lleguen chofer, médico de turno, enfermeros y ambulancia.

Ignoraba sin duda alguna el honorable sastre lo grave

que andaba don Fermín Antonio y también que éste, en realidad, estaba, minuto a minuto, cada vez más inconsciente. Y tan inconsciente ya, además, que por momentos hasta empezaba a ver pasado y presente juntos, y así el sastre Arana, *El sastre Arana, señores, no es eso. Lo digo yo y basta. El sastre Arana no es eso, de ninguna manera, carajo. ¿Qué entonces es? Pues en este caso muy especial de soltería, señores, y dado lo complicadísima que es la vida, les diré que así como el sastre Arana no es socio de este club, pero tampoco del Club de la Unión, la respuesta a su pregunta es que el sastre Arana lo único que es, caballeros, es absolutamente soltero, y maricón de ninguna manera. Y demos por terminada esta descabellada discusión acerca de la condición sexual del sastre Arana...*

–¿Qué nombre y qué apellidos empleo, don Fermín Antonio? –se desesperaba el pobre sastre–. ¿Qué falsa identidad desea usted que emplee, ultimando las precauciones, claro está? Porque es mi deber informarle que en casa de doña María Luisa San Román hay un marido que truena y unos hijos que claman justicia y venganza...

Los primeros acordes de una aún lejana ambulancia –que así de dulce se le estaban haciendo la vida, o a lo mejor más bien la muerte, a don Fermín Antonio, ya que en estas circunstancias cualquier solución, o más bien cualquier desenlace, le daba exactamente lo mismo al ya bien alelado e incluso bastante alejado caballero–, aquellos primeros pálidos y muy finos acordes, más la insistencia de aquel sastre evanescente, en su cada vez más difuminada demostración de afecto y de humana solidaridad, obligaron a un doblegado don Fermín Antonio a exhalar algo así como un último suspiro, aunque no fuera más que a título de prueba. Y así, como quien recapitula en una fracción de segundo absolutamente todo lo vivido y hasta soñado, en el instante mismo de la muerte, don Fermín Antonio abrió un ojo que intentaba dirigirse al sastre Arana, por fin como que lo enfocó, y así hasta que tuvo en mente también un nombre que le pareció divertidamente apropiado para tan embarazosa, a la par que dolorosa situación.

Instantes después, el flaco y malhadado caballero cruzaba feliz un hermosísimo puente, íntegramente de plata, un puente que tenía además la animada virtud de abandonar solito y justito a tiempo, por un pelo, en realidad, la horrorosa casa estilo buque de la alaraquienta familia San Román, la verdad es que aquello le parecía a don Fermín Antonio cosa de dibujos animados, puritito Walt Disney, sí, cuando entonces, empezando por el médico y terminando por el chofer, lo que se dice de primeros auxilios y hasta de medicina y otras ciencias, todos en aquella ambulancia sabrían mucho, sí, y hasta una barbaridad, si se quiere, pero lo que es de libros y de literatura, en particular, nada de nada, eso sí que sí. O sea pues que la opinión generalizada en el interior de aquella enloquecida y alarmante ambulancia, por instantes roja, por instantes blanca, y por instantes también blanquirroja, cual camiseta de la selección peruana de fútbol, la opinión generalizada era nada menos que el yacente señor Dan o Don Quijote Mancha, cuestión de horas e incluso de minutos, tanto a juzgar por el pulso como por el latir pectoral izquierdo, y también a juzgar por este espejito en el que ya prácticamente no nos exhala nada, el pobre señor Dan o Don, oigan, por favor, ¿cómo es que se llama exactamente el herido? Porque yo tengo que anotarlo todo aquí, con fecha 21 de febrero y siendo las tres y treinta de la madrugada... ¿Cuál es su nombre exacto, porfa, pué?

–Anota que se llama Dan Don Mancha o Don Dan Mancha, algo así, compadre, porque, la verdad, lo único cierto aquí en la ambulancia es que el larguilucho caballero que nos acompaña no desayuna esta mañana en Lima.

Pero sobrevivió para festejarlo, don Fermín Antonio de Ontañeta Tristán, la noche dorada de aquel año nuevo de 1933 en que, mudándose de San Miguel a la avenida Alfonso Ugarte con toda su familia, conformada ahora incluso por una Armindita Poma Wingfield, qué le vamos a hacer, aunque la niña, que andaba ya por los nueve años, aparte del atroz diminutivo, es un verdadero amor, aunque no conformada la familia de don Fermín Antonio por hijos varones, tremendo dolor para él, qué duda cabe, pero Dios lo habrá querido así.

Con un gran baile inauguró, eso sí, el muy flaco y elegantísimo caballero la más hermosa y original residencia que muchos limeños recuerdan haber visto por aquellas décadas. Y la más insólita, también, puesto que, desde un punto de vista estrictamente arquitectónico, muy poco, o nada, en absoluto, tenía que ver con ninguna otra gran casa de Lima.

Y esto se debía, en efecto, a que don Fermín prácticamente había hecho un muy hidalgo calco de la fachada y algunos importantes detalles más de su muy elegante y rígida casona, de una serie de palacios extremeños, visitados por él mismo en ciudades como Cáceres y Badajoz, en compañía de varios arquitectos peruanos y españoles. Y a ello se debían el trazo rectilíneo de sus puertas y ventanas, aquel gigantesco portón de muy negro y tosco aldabón, los gruesos peldaños de granito que llevaban hasta una segunda puerta de ingreso a la vivienda, y a sus lados aquellas dos anchas bases, también de granito, sobre las cuales reposaban dos gigantescos leones de bronce.

Una alta puerta de muy oscuro roble e impenetrables cristales tallados daba enseguida entrada a un gran salón blanco con piso de mármol, igualmente blanco, entre cuyos largos y austeros bancos, siempre de muy oscura madera, doce estatuas de blanco mármol reposaban sobre pedestales también de mármol, y venían enseguida, precedidos por dos bellas y altísimas puertas de blanca madera y cristal biselado, el inmenso salón dorado y aquel inolvidable patio, muy levemente andaluz y de techo piramidal de finísimo cristal, toda una aventura para aquel niño o niña que osara intentar la hazaña de llegar de un lado al otro, siguiendo el esmerado gatear ascendente, primero, y descendente, después, con que Horacio, armado de todo tipo de plumeros, trapos y los líquidos indicados para semejante tarea, mantenía impoluto aquel techo de dos aguas, hasta que un peligrosísimo mareo, en plena travesía, dejó de manifiesto que el primer mayordomo no andaba ya en edad circense, por lo que fue de inmediato reemplazado por su joven sobrino Honorato, quien realizó además su primera escalada y el posterior descenso en presencia de media familia, y con tan asombrosa facilidad que dejó una vez más en evidencia hasta qué punto aspiraba alcanzar la plaza de primer mayordomo no bien se jubilara su tío Horacio, o incluso antes, si era llamado a filas.

Por supuesto que había además, en la primera planta de aquella noble casona, un amplio y cuadrado comedor cuyas cuatro paredes estaban forradas, hasta alcanzar el metro noventa de altura, de muy sobriamente tallada y oscura madera, y coronadas todas por una amplia moldura sobre la cual reposaban grandes fuentes de plata, y encima de todo aquello, colgando casi del techo, cuatro inmensos gobelinos tejidos en Francia y que reproducían todos ellos fantasiosas escenas de caza en las que, además de temibles animales y jaurías enteras de perros, abundaban los faunos, los cupidos, arco y flechita en mano, las Dianas cazadoras, las ninfas y los experimentados caballeros del bosque, con gran alarde de arcos, flechas, algún clarín y tremendo arrojo y destreza equinos y forestales.

Además, por ahí, por un rincón del blanco salón de las estatuas de mármol, y al lado de una muy amplia habitación destinada al piano de cola, anduvo siempre, aunque sin destino alguno, por el momento, un saloncito más, muy bien decorado y de preciosos muebles, entre los que destacaba una inolvidable vitrina, repleta, eso sí, de los mil y un cachivaches que doña Madamina iba adquiriendo en Europa, viaje tras viaje, y siempre con el asentimiento del abuelo Fermín Antonio, cómo no, ya que él aprovechaba aquellos maravillosos momentos para irse a mirar unos cuantos culos en Madrid, París, Roma o Londres. Y había también, por último, un par de blanquísimos bañitos, uno para la familia y las visitas, y el otro para el uso muy exclusivo de don Fermín —él mismo solía cerrarlo y casi tapiarlo cuando había visitas, para evitar cualquier error o confusión—. Y con estos bañitos blancos, muy blancos, concluía la parte noble de esta primera planta.

Había, eso sí, un último detalle, cuyo origen tenía además dos versiones que se excluían por completo la una y la otra. La primera versión contaba que aquel escudo de armas de los De Ontañeta, colocado sobre el gran portal de la entrada, ahí en plena fachada de tan extremeña edificación, lo había hecho colocar el propio don Fermín Antonio, al cabo de uno y mil circunloquios que abrumaban ya al buen entendedor que era el arquitecto, aunque don Fermín Antonio alegó siempre, en su descargo, y en una segunda versión de estos mismos hechos, que fue el adulón aquel del arquitecto quien, aprovechándose de que él se hallaba en Europa con toda su familia, le había plantado ahí aquel escudo, sin autorización alguna. Y tanto lo primero como lo segundo podían ser perfectamente cierto, por qué no, aunque con el paso del tiempo lo que la gente realmente se preguntaba era por qué, si un adulón le había clavado en plena fachada el escudo de los De Ontañeta, a don Fermín Antonio, aprovechándose de uno de sus tan elegantes viajes a Europa, por qué a su regreso del viejo continente el indignado y sorprendido caballero no había hecho absolutamente nada por retirarlo. Y ahí continuaba hasta el día de hoy el muy señorial escudo de los De Ontañeta, aunque también, por qué no, el muy inventado escudo de los De Ontañeta.

–Da que pensar, da mucho que pensar –solía opinar la gente al plantearse las cosas desde este segundo punto de vista, aunque también es muy cierto que en Lima enterita no hubo varón capaz de hacerle pregunta alguna a don Fermín Antonio acerca de este tan sospechoso segundo punto de vista.

Pero volviendo al interior de la casona de la avenida Alfonso Ugarte, y habiendo acabado ya con el primer piso, la cosa era entonces empezar a subir la blanca y muy amplia escalera de mármol que llevaba al segundo piso, aunque se detenía primero en el entresuelo en que se hallaba el inimitable, el realmente irrepetible salón, escritorio y bar en el que don Fermín, aparte de recibir a sus más grandes amigos para unas copichuelas, leía una y otra vez los mismos libros, empezando cómo no por *El Quijote*, cuya inmensa e ilustrada edición forrada en cuero azul, con sus cuatro iniciales de oro repujadas en el ancho lomo, descansaba siempre sobre una mesita muy a juego con el resto de aquellos muebles de muy oscura caoba y patas de león, de muy sobrias incrustaciones de bronce, llegados todos de Londres expresamente para aquella grave y tan señorial habitación.

Y luego, en fin, ya era cosa de seguir subiendo aquella blanca y muy ancha escalera y comprobando que la mezcla de elegancia y austeridad extremeñas se repetían a lo largo del gran corredor que llevaba a los dormitorios, vestidores y baños y a aquella gran terraza a la que don Fermín salía diariamente y en la que se hallaban las dos grandes casas caninas, con techos de dos aguas e incluso con unas más que absurdas tejitas, destinadas a Porthos y Aramis, sus dos mastines, que Claudio, Horacio y Honorato sacaban a pasear diariamente, mañana y tarde, y que un veterinario prusiano de gran mostacho venía a bañar y examinar hasta tres veces por semana, sobre todo en verano. Porthos y Aramis fueron dos de las más grandes alegrías en la vida de don Fermín, y por ello sin duda, no bien envejecieron y uno de ellos enegueció, el caballero optó por sacrificarlos a ambos y renunció para siempre a los animales.

Al extremeño palacete de la avenida Alfonso Ugarte le añadió don Fermín cuatro casas más, destinadas dos de ellas a sus dos hijas, María Magdalena y María Isabel, el día en que se casaran, claro está. Cosa extraña, las dos muchachas escribieron siempre con la clásica caligrafía puntiaguda del colegio San Pedro, aunque sin haberlo pisado jamás, ya que fueron educadas únicamente en casa por institutrices francesas e inglesas y por profesoras de piano alemanas, a lo cual se añadía alguno que otro quehacer propio de su sexo, como el zurcido, los palillos y el crochet, este último sobre todo en el caso de María Isabel, que era muy flacuchenta y nerviosísima, por lo que le sentaban mejor las tareas realmente hogareñas, debido a que en el piano tanto Beethoven y Schubert como Chopin y Liszt la enervaron siempre demasiado con su genialidad, por no decir que en realidad le producían a menudo, a la pobrecita, verdaderos ataques de la más febril y atormentada pasión, cuando no de puritita risa, o, lo que era mucho peor, de franca histeria. En fin, paciencia, que ya el tiempo dirá, y entonces Dios también proveerá, decía siempre en estos casos doña Madamina, aunque a don Fermín para nada le gustaba dejar las cosas de este mundo tan sólo en manos divinas, que bastante nos ha jodido ya la vida a mi pobre padre y a mí la así llamada Divina Providencia.

Pero, en fin, volviendo una vez más a la avenida Alfonso Ugarte, por este asunto de las viviendas construidas por don Fermín, además de la suya, queda por decir que la tercera de las cuatro hermosas casas que construyó el flaco y enjuto caballero estuvo siempre destinada a albergar a los hijos de su hermano Fernando, mientras que la cuarta quedó hasta su muerte a disposición de algún amigo venido a menos, que de haberlos los hay, y lo sabré yo, muy desafortunadamente, se lamentaba a menudo el caballero.

Y por supuesto que, como en las anteriores inauguraciones de una nueva residencia, don Fermín Antonio de Ontañeta Tristán emprendió viaje a Europa con toda su familia, muy pocos días después del gran festejo y ni más ni menos que con la intención de que la gente no fuese a pensar jamás, como solíase chismear en Lima, que debido a tantos y tamaños gastos el pobre caballero se había quedado sin un puto cobre.

Y, cómo no, de ello se aprovechó también el temible periodista Fausto Gastañeta, publicando nada menos que una de sus muy leídas crónicas de sociedad, y anunciando en ella con campanas al viento que don Fermín y su familia, en esta oportunidad, habían decidido ampliar su ya habitual periplo europeo, o sea Madrid, París, Roma, Viena, Londres, y punto, hasta la mismísima Rusia, luego hasta al exótico Oriente Medio, y finalmente hasta el muy lejano e inquietante Extremo Oriente. O sea que nada menos que hasta el Japón y la China lejanísima se nos iban en esta oportunidad don Fermín y su familia, pero su familia enterita, esta vez, además, escribió asimismo el pérfido Fausto Gastañeta, pues conste que en esta ocasión la familia de don Fermín incluye también a una niña que únicamente responde al nombre de Armindita Poma, y jamás al de Arminda Poma Wingfield, que es el que de hecho y de derecho le corresponde, y vayan ustedes a saber por qué, damitas y caballeros lectores.

Aunque por razones de trabajo don Fermín Antonio de Ontañeta Tristán tuvo que regresar muchísimo antes, muy discretamente, eso sí, en cambio doña Madamina, sus dos hijas y Armindita Poma viajaron casi hasta la extenuación en aquella oportunidad. Y si don Fermín no mandó matar a Fausto Gastañeta es porque el insolente pelagatos aquel era nada menos que sobrino de su esposa, e hijo además de un gran amigo suyo.

Y este mismo infame cronista fue el que, cuando lo de la feliz inauguración de la casona de la avenida Alfonso Ugarte, y no satisfecho con mantener viaja que te viaja a su tía Madamina, a sus hijas y la sobrinita, puso además en boca de doña Zoraida o doña Etelvina, dos viejas chismosas y huachafas, producto de su ociosa imaginación, y que deambulaban por las calles de Lima soltando cuanto despropósito puede haber, pues nada más y nada menos que la siguiente memez:

46

–Mira tú, hija, qué buen *chalete* se ha *costruido* don Ferminacho del Alto Copete.

A don Fermín Antonio hubo que llamarlo a la calma y a la prudencia, en aquella oportunidad, aunque tampoco podía permitirse ya un solo exceso más por parte del cretino de Fausto Gastañeta, que, dándoselas de humorista y cronista de la vida limeña, no cesaba de hacer alarde de una irrespetuosidad sin nombre, piensa tú en sus pobres padres, Fermín Antonio, carajo, ya lo creo que pienso en sus padres y también en mi pobre esposa y en mis hijas, pero es que a veces se siente uno tentado de desafiar a ese tipejo a duelo.

–Deja tú en paz esos maravillosos bastones de estoque, Fermín Antonio, y cuéntanos nuevamente algo acerca de aquellos nuevos proyectos. Sé que existen y también lo sabe Felipe José. Y los dos sabemos que hoy nos has invitado a almorzar, aquí en el club, para contarnos alguna novedad.

–Pues tomémonos una buena copa antes de pasar al comedor, señores.

Brindaron mientras don Fermín Antonio les iba contando que, en el fondo, era nada menos que al memo de Fausto Gastañeta a quien le debía la idea de fundar un diario de opinión, que no necesariamente tenía que competir con *El Comercio* de Antonio Miró Quesada ni con *La Prensa* de mi buen amigo Pedro de Osma. Yo sé muy bien qué ideas e intereses defienden ellos, y también sé que, aunque a veces aparentemente similares, mis ideales, por un lado, y mis intereses, por lo menos en lo inmediato, poco o nada tienen que ver con los de esos excelentes señores. Me gustaría, eso sí, representar a un sector más pujante de la sociedad, como lo son la banca y ciertos sectores mineros, pero que, por lo demás, no deje de restablecer algunos vínculos con aquel mundo roto por la trágica guerra con Chile, o sea el de los señores del salitre, e incluso con aquel mundo anterior, completamente desaparecido ya, lo sé, como sé también que de aquel mundo hoy ya casi centenario provengo yo, por mis dos apellidos y por mi antepasado Pío Mariano de Ontañeta y Tristán.

—¿Y cómo piensas llamarle a ese diario?

—He descartado varios nombres, como *El País,* que suena pretencioso, *El Mundo,* que suena más pretencioso aún, *La Vanguardia,* que me sabe a rojo, y pienso tal vez que lo más prudente sería llamarlo *La Voz de Lima.* ¿No suele además decir la gente que Lima es el Perú? ¿Para qué más, entonces?, si, para serles sincero, señores, a mí, tanto los Andes como la Amazonía me apestan y los sacaría a remate mañana mismo, y sin pensarlo dos veces. Y ya hubo incluso alguna voz sensata que sugirió vender este país tan grandazo y comprar otro muy chiquitito, si quieren, pero, eso sí, al lado de París.

—A los humoristas debería tomárseles muy en serio, mi querido Fermín Antonio —comentó, entonces, don Felipe José de Zavala.

—Pero en cambio los visten de payasos, ya ven ustedes. Pero, bueno, al grano —concluyó don Fermín Antonio—: A mí *La Voz de Lima* me suena muy bien.

—Pues a mí también —dijeron casi juntos don Ezequiel Lisboa y don Felipe José de Zavala. Y éste opinó, además, ya bien sentados los tres caballeros en el comedor del club y con un excelente borgoña para acompañar el almuerzo—: Podrás contratar a alguien, Fermín Antonio, alguien con humor pero con finura, también, para que aniquile al mentecato ese de tu sobrino Fausto...

—Pues todo lo contrario, mi querido Felipón, absolutamente todo lo contrario... Y escúchenme bien, caballeros: nada menos que Maquiavelo es quien afirma que una de las mejores maneras digamos que de desactivar, cuando no de anular y hasta aniquilar por completo a un enemigo, es creándole una función. Existe además un formidable precedente de esto en el mismo Renacimiento, ya. No recuerdo ahora de qué Papa se trataba pero lo cierto es que un *condottiere*, un tal señor Malatesta *di* Rimini, fue a Roma desde sus tierras para asesinar al Papa a puñaladas. Y estaba ya en plena audiencia con el mismito Sumo Pontífice, y hasta puñal en mano, ya, cuando el Papa, que sin duda era también el muy astuto gobernante del Vaticano, le ofreció un empleo de gran pompa. Pues créanme que el tal Malatesta no sólo se hincó de rodillas en el acto, sino que además le juró y rejuró al Papa (algo que cumplió al pie de la letra y en lo cual se le fue la vida, además) que lo daría todo por él y por el papado entero. Y algo muy semejante es lo que hará también, ya verán ustedes, señores, el mentecato de mi sobrino, o más bien el mentecato del sobrino de mi pobre esposa. Y seré yo mismo, señores, quien le ofrezca un trabajo muy bien remunerado en *La Voz de Lima*. Y será él quien muy pronto termine convertido en una mansa paloma.

–En todas está usted, querido amigo –le dijo, alzando su copa de vino, don Ezequiel Lisboa.

Y por su parte, tampoco don José Joaquín de Zavala quiso quedarse atrás al alzar su copa:

–Es que realmente nuestro querido Fermín Antonio se sabe las de Quico y Caco.

Un año más tarde aparecía *La Voz de Lima,* y aunque durante los primeros meses mucha era la gente que solía decir no sé qué diablos les pasa a *El Comercio* o a *La Prensa* que andan tan aburridones últimamente, pero no porque estuviese leyendo alguno de estos diarios, sino más bien *La Voz de Lima,* que en lo poco y bueno se parecía a

49

sus competidores, pero que en lo malo los superaba con creces, a don Fermín Antonio de Ontañeta Tristán, por lo pronto, ya le había permitido quitarse de encima la espinita que siempre representó el humor de su joven y atrevido y hoy perdonado e incluso muy querido sobrino Fausto Gastañeta.

Y el hombre, la verdad, ni siquiera se había atrevido a preguntar por qué diablos alguna gente en Lima, de golpe y porrazo, lo apodaba Malatesta de Rímini, e incluso Malatesta *di* Rimini, los más sabihondos e italianizantes, cuando él en realidad lo único en que se había autocensurado era en lo del apodo de su espigado y enjuto tío Fermín, que de Largo Caballero, un apodo del cual don Fermín Antonio abominó siempre, por ser éste en realidad el apellido de un rojo y conocido político español, pasó de golpe y porrazo a llamarse don Fermín de la Larga, mas no de la Triste Figura, que no fue así, pues claro que había significado todo un resbalón en la carrera periodística de Fausto Gastañeta, pero lo cierto es que su tía Madamina se apellidaba Basombrío antes que Gastañeta, apellido materno, más bien, en el caso de la tía, o sea que tampoco por ese lado veía el joven periodista mayor culpa o resbalón.

Pero entonces sí que vino el resbalón alpino y nevadísimo del pobre hombre, y todo por tratar de enmendarla, sí, todo tan sólo por tratar de recuperar el favor de su público sonriente y más bien rebelde y progresista, en aquel mundo en el que, sin embargo, los hombres como su tío eran dueños de las primeras clases, del gendarme y hasta de cualquier aparente desorden. Y entonces sí que metió las cuatro el pobre cronista, llamándole a don Fermín Antonio, aunque tan sólo de manera alusiva y sumamente desenfadada, Caballero de la Triste Figura, pensando, eso sí, que tanto el público como el propio caballero iban a ver en ello tan sólo una manera muy perspicaz e indirecta de volverle a clavar lo de Largo Caballero.

Y pues no. *La Voz de Lima* no sólo alcanzó su tiraje más alto aquel día, sino que además logró que don Fermín Antonio fuera doblemente feliz. Los buenos negocios ante todo, claro que sí, pero tanto en su casa como en el club lo que realmente celebró el larguirucho caballero fue un apodo que en el fondo lo hacía feliz, y el regreso al redil de aquel sobrino excesivamente rebelde, criollazo e insolentón.

Y esa misma mañana, un ensoberbecido don Fermín Antonio decidió no almorzar en casa, como lo hacía siempre, sino invitar, pero no a su club, no, eso jamás, ni tampoco al Club de Regatas de la Punta, no, de esto, tampoco, ni hablar, sino que más bien ya veremos por cuál restorancillo optamos, sí, esto último, más bien, sí, y ahora por favor, señorita, llame usted al señor Fausto Gastañeta y dígale, escuche bien, Dorita, dígale textualmente que queda invitado a almorzar hoy mismo, a la una y treinta pasado meridiano, y que lo espero en mi despacho, pero en este despacho de *mi* banco, Dorita, no en el del periódico ni en ningún otro, o sea pues que queda formalmente invitado a la una y treinta en punto de *esta tarde, y de ninguna manera en otro lugar, día u hora, ¿entendido?*

Como entendidísimo estuvo siempre, también, al menos por el maquiavélico tío y su sobrino, que ambos mantendrían en vilo a sus respectivas familias, hasta altísimas horas de aquella noche. Y al día siguiente, lo último que ambos recordaban era una peña en los Barrios Altos, donde unos morenos sandungueros cantaron valses y marineras en verdadera seguidilla y hasta hubo algunas letras que se refirieron a un tal Señor de la Triste Figura, *que don Fausto sí que no pué ser, aunque tal vez sí el otro don, si tú quié, pero más por lo enjuto que...*

—¡Más por lo qué!

—¡Por lo enjuto, negro bruto! ¡Y aprende latín!

Estas cosas jamás se le explican a una esposa, es cierto, pero muy claro quedó para doña Madamina que su sobrino tan bromista y querido, a pesar de todo, había tenido la noche anterior su Waterloo. Y muy claro quedó también para ella que, finalmente, el amor de su esposo por todo lo que fuera la familia no sólo lo había hecho aceptar que Armindita Poma Wingfield nunca jamás sería Arminda Poma Wingfield, sino que también ya en varias ocasiones una muy sonriente y feliz doña Madamina había sorprendido a su siempre tan atildado, tan aprehensivo y tan aséptico esposo tirado por los suelos, caminando fatal en cuatro patas, o dándose un fracaso de volantín en la inmensa alfombra del salón dorado, con grave peligro para tantos candelabros de cristal y tantas figuras de porcelanas ad hoc, además; cualquier cosa, en fin, con tal de hacer feliz a la linda sobrinita que, como ya absolutamente todos en esta casa y también en Lima entera sabemos, de andino o de andina, eso sí, no tiene un pelo.

II

Pues no hubo más remedio que celebrar los ciento cinco años del bisabuelo Tadeo y, encima de todo, nada menos que en su invernadero. La muy confortable y gigantesca casona que habitaba en la amplia, distinguida y muy importante avenida de La Colmena, a unas cuantas cuadras de Alfonso Ugarte, acababan de pintarla y remozarla íntegra apenas cinco años atrás, cuando todos en la familia, más los amigos y muchos allegados, intentaron hacerle una gran recepción por su centenario, pero él erre con erre con que eso de las cifras muy redondas traía mala suerte y que de festejos por este año nada.

O sea que Lima entera quedó convencida de que del anciano minero poco o nada se volvería a saber, al menos hasta el día de su defunción, pero bastó con que don Tadeo sospechara lo que se andaba diciendo por ahí para que se le metiera entre ceja y ceja que sus ciento cinco sí que los quería festejar, y además, que se jodan todos, porque a mí la recepción me la hacen en mi invernadero o no me vuelve a ver nadie nunca jamás.

Don Fermín Antonio, que respetaba y quería a su padre como es debido en una familia cristiana, en estas u otras muchas situaciones similares se desenvolvió siempre, sin embargo, con mayor voluntad que acierto, como tantísimos toreros el día de su debut en alguna plaza de segunda e incluso de primera, por qué no. Para empezar, olvidó por completo que su padre vivía única y exclusivamente para fumar tabaco negro cubano, ya que llevaba incluso un buen tiempo sin ocuparse de sus hermosísimos y muy valiosos álbumes de estampillas. Y luego, con singular torpeza, en vez de proponerle un gran baile o algo así, un gran fiestón en que se obsequiaran ingentes cantidades de puros y cigarrillos negros, todos importados de Cuba, de arranque le soltó a su padre que no podía poner en peligro la vida de tantos familiares, amigos y allegados, invitándolos nada menos que a un invernadero cargado de oxígeno, de tabaco, de fósforos y de encendedores. Don Tadeo, cuya sordera iba cada día en aumento, se colocó en el oído izquierdo la inmensa bocina de marfil que llevaba casi siempre consigo.

—Todo ello me lo administra a la perfección la señorita Tocada, querido hijo —fue lo primero que le soltó don Tadeo a don Fermín Antonio, a sabiendas de que éste odiaba que se refiriera a la gente con un nombre que no era el suyo.

—La señorita Tocada se llama Lourdes, papá. Te trata además como a un príncipe y se juega la vida diariamente por ti en el invernadero.

—Se le paga, y con creces, por todo ello. Y se lo pago además yo mismo, no tú. Que al menos que esto quede bien claro y mejor entendido, Fermín.

—De acuerdo, papá; sé lo generoso que has sido siempre con la gente que trabaja para ti.

—Mira, hijo, seamos sinceros y hablemos verdaderamente claro de una vez por todas. Además, veo que ya empiezas a derretirte en mi invernadero. Con lo flaco que has sido siempre...

–O sea que piensas matar de calor a cuanta persona asista a tu cumpleaños.

–Con no venir, todo queda arreglado. Y, además, para ello están toditos mis sobrinos, que cada día son más. La verdad es que han llegado a ser tantos ya que a veces hasta me confundo con sus nombres.

–Papá, por favor...

–Mira que te encantaría conocerlos, Fermín. No se me había ocurrido antes. Vente uno de estos días y te los empiezo a presentar uno por uno... Verás con tus propios ojos lo lindos y cariñosos que son, ellos y, sobre todo, *ellas*...

–Papá...

–¿Hijo?

–Nada, nada papá.

–Pues nada de nada, entonces, hijo. Pero que una cosa quede clarísima para siempre, eso sí: o hacemos la fiesta en el invernadero o invito tan sólo a *mis sobrinitas*.

Ya había metido las cuatro, don Fermín Antonio, o sea que le buscó una salida a la situación, yendo al fondo mismo de las cosas.

–Estamos en pleno verano, papá. Y tienes un buen jardín, un lugar ideal para que fumes y recibas aunque sea por momentos a parientes y amigos. Y si de rato en rato te provoca meterte en tu invernadero, pues Lourdes estará siempre muy atenta a tu lado.

–Escúchame bien, Fermín: me niego rotundamente a abandonar mi invernadero, sobre todo el día de mi cumpleaños. Menudo regalo el que me quieren hacer: sacarme nada menos que de mi espacio natural. Sería realmente el colmo. Y justamente ahora en que ando pensando meter la casa entera, baños, dormitorio, cocina, comedor, en fin, absolutamente todo, en mi invernadero. Lo construí con mi dinero y estoy dispuesto a hacer con él lo que me da mi real gana. O sea que más bien apúrense un poco, porque a lo mejor para cuando cumpla los ciento seis años ya no quedará casa alguna en este terreno, que, si mal no recuerdo, me pertenece también. ¿O no?

–Por supuesto que sí, papá. Pero, por favor, por ahora volvamos a lo de tus ciento cinco años y el invernadero.

–Van juntos, carajo. Hasta cuándo tendré que decírtelo, Fermín. La verdad, en este diálogo de sordos pareciera que el que lleva la bocina en la oreja eres tú –soltó don Tadeo, retirándose la enorme bocina de marfil del fondo del oído derecho, en clara señal de impaciencia y de que la conversación, por aquellos caminos, estaba condenada al fracaso.

Y con mayor voluntad que acierto, nuevamente, don Fermín Antonio dio un gran paso atrás en el tiempo y, tras llevarle la bocina a la oreja a su padre, con extrema delicadeza y una gran mirada de amor, de muy triste amor filial, literalmente se fue por las ramas.

–¿Por qué pasarte gran parte de la vida en un invernadero, papá? Entiendo que es un espacio muy luminoso y que es también precioso, lleno de vida y de color. ¿Pero, ahora, en verano, papá?

–Déjame la bocina a mí, que lo que me gusta es manejarla a mi real antojo, en vez de oír a cada rato una cojudez tras otra. Y comprende por favor, hijo mío, que no sólo es aquí donde les gusta visitarme a mis sobrinas, sino que para un sobreviviente de mil naufragios como yo, hijo, frío, muchísimo frío hace y hará siempre ya hasta en el más caluroso de los veranos. Y no, no quiero que pienses que me refiero únicamente al maldito clima de esta ciudad, ya que hoy, por ejemplo, sé que es un día de mucho sol. Lo que pasa, hijo mío, es que hay otra calidad muy distinta de clima, y es el que se vive a mi edad y con un pasado como el mío a cuestas...

–Papá...

–Chitón boca, carajo, Fermín. Y escucha... Escucha, sí, escucha a tu padre, aunque sea una sola vez en toda la vida escucha al monstruo abisal en que se ha convertido tu padre. Cuando se ha vivido como yo he vivido, lo mejor que le queda a uno a tan alta edad son unos viajezotes como aquellos que me concedí hace mil años... Pero, bueno, tampoco lo voy a negar, un hijo como tú también puede valer la pena...

–Padre...

–Pues digamos entonces que a veces sí que vales la pena, Fermín, pero que, también, a veces no.

–Es mucha la gente que te quiere y mucha también la que respeta tu historia de arrojado y muy exitoso minero, padre.

–Y qué más quieres que te diga, Fermín.

–Pues...

–Pues bien, hijo, entiende de una vez por todas que en mis veranos se acumulan las primaveras y en éstas los otoños y los inviernos. Pero que son siempre estos últimos, infaliblemente, los que llevan las de ganar.

–Te entiendo, padre...

–Nunca, nunca llegues a réquete viejo, hijo, y por nada de este mundo permitas que además se te mueran millones de hijos.

–Padre.

–O sea pues que para mis ciento cinco años, jarana en mi invernadero. Y con gran bombo, ¿de acuerdo?

–Pero ¿y si no viene nadie?

–Ya tú verás como, gracias a mi bocina de marfil y a unos cuantos cigarrillos negros y cubanos, más el champagne Dom Pérignon de siempre, habrá una algarabía de sobrinos y sobrinitas en el invernadero. Y alguno que otro familiar o allegado de esos que nunca fallan, pero no por cariño ni respeto hacia mí, que yo sí que no me hago la menor ilusión al respecto. Todo lo contrario, sé perfectamente bien que vienen porque se mueren de miedo de estar en falta con el mejor de mis hijos. Lo otro, el que seas tú el único hijo que me queda, también cuenta, por supuesto, pero mejor no nos vayamos por estos inviernos, Fermín.

–Te traeré a Armindita Poma Wingfield, papá. Es inteligentísima y le va a impresionar mucho tu filosofía de la vida...

–La mía es tan sólo una filosofía de los veranos, hijo.

–Verás como esa chiquilla te seduce. Don Hermenegildo Poma y la prima Rosa María han consentido en que viva en casa y en que se eduque en el colegio San Pedro. Pero hay más, mucho más, querido padre: las tres hijas mujeres de nuestro Fernando, que en paz descanse, o sea Cristina, Clementina y Rosa, llegan a Lima muy a tiempo para la celebración. Y se quedan para terminar su secundaria en el colegio Belén. Todos, menos el introvertido de José Ramón, que con tan sólo veintidós años y el colegio recién terminado, parece ser, de un día para otro desapareció de Jauja sin decir ni pío. El pobre acababa de terminar el colegio a esa edad, por lo mucho que tuvo que trabajar antes, para mantener a sus tres hermanas menores.

–Otro cadáver más en la familia, Fermín.

–No, padre. Ya le ha escrito a su madre, y entre otras cosas cuenta, por ejemplo, que estudia contabilidad en un barco de la marina mercante inglesa.

–¿Y cuenta algo más? ¿Algún *french cancan* o algo así?

–Si lo conocieras, papá. Es el mayor de mis primos y el que más frecuenté. Aunque también es cierto que lo conocí más que nada por sus gestos siempre señoriales, por su increíble austeridad, y sobre todo por su silencio. No exagero si te digo que lo conocí realmente por ósmosis.

–La verdad, Fermín, es que prefiero a las sobrinitas del invernadero. Por lo que me cuentas, además, ya veo que son, de lejos, las más entretenidas.

–Pero...

–Pero qué, si resulta que del tal José Ramón ese poco o nada es lo que se sabe...

–Claro que se saben cosas, papá. Se sabe, por ejemplo, que casi desde niño trabajó llevando el correo a lomo de mula, de un lado a otro de una hacienda llamada La Mejorada, para ayudar a su madre, aún viuda, en el mantenimiento de la casa y en la educación de sus tres hijas, todas menores. José Ramón salía de un extremo de La Mejorada, los días lunes, y llegaba recién los sábados al otro extremo de aquella gigantesca hacienda, nada menos. Y cuando llegaba, un indio lo recibía diciéndole...

–*Jovinal ápiate* –recordó, de golpe, don Tadeo–: Joven, bájate de la mula, es lo que realmente quería decirle ese pobre indio. Y pues sí, parece que al pobre José Ramón, que ya por naturaleza era todo un Wingfield, un muchacho extremadamente flemático, tanto silencio a lo largo de cinco días seguidos, semana tras semana y año tras año, como que nos lo dejó mudo para el resto de la vida.

–¿Y tú recuerdas, papá, por qué, un día, sin avisarle a nadie, José Ramón se largó a navegar?

–En este instante acabo de recordar todo aquello, como si fuera ayer, Fermín... Para empezar, recuerdo muy bien que el tal José Ramón, desde muy chico, fue siempre un sabelotodo, un muchachito de una rara habilidad manual, e increíblemente hacendoso y perfeccionista. Vivía además acostumbrado, te diría que desde su infancia, a que lo llamaran, de día o de noche, para repararlo absolutamente todo. Desde una pelota de fútbol desinflada hasta la caldera de una locomotora. Y al pobre muchachito, que tendría entonces tan sólo unos veinte y pico años y acababa de terminar la secundaria, lo llamaron una noche para reparar una grave falla, algo de unas agujas, me parece que era, en la línea del ferrocarril Lima-La Oroya, nada menos. El muchacho se estuvo ahí mil horas, dale que te dale de día y de noche con un millón de llaves, de herramientas y de palancas, hasta que por fin anunció que la vía férrea estaba expedita para el próximo tren... Claro que después el próximo tren Lima-La Oroya fue a dar nada menos que a Cerro de Pasco. Un tremendo papelón que el pobre José Ramón y su perfeccionismo jamás pudieron asumir. O sea que el muchacho simplemente desapareció, sin despedirse ni siquiera de su madre.

–Pero ahora ya le escribe...

–Me alegra mucho saberlo. Me alegra tanto por ella como por él. Era un estupendo muchacho. Y estoy dispuesto a apostar que lo será siempre, también.

La autoridad familiar de don Fermín Antonio de Ontañeta Tristán sí que anduvo por los suelos el día de los ciento cinco años de don Tadeo, su tremebundo padre. Y es que no hubo nadie aquella tarde que no se sintiera feliz en el gran invernadero de aquella inmensa y absurda casona, nadie que no se sintiera, además, tropicalmente feliz, incluso, ahí en ese supercálido espacio repleto de plantas de todo tipo y tamaño, más los árboles del fondo, ya una verdadera selva cuyos vericuetos y escondrijos dominaba como nadie el archicentenario don Tadeo, y por los cuales se hacía conducir, cigarrillo en mano, por una enfermera más tocada y devota que nunca, dispuesta cómo no a volar con él, con sus tanques de oxígeno y todo, en cualquier momento. Para gran sorpresa de don Fermín Antonio, también los cilindros de gas rodaban aquel día, algo que lo hizo pensar en la tremenda pericia y genial inventiva de su desafortunado primo José Ramón.

Y se hubiera dicho que también Armindita Poma rodaba aquella tarde, pero de felicidad, trepada a menudo en el estribo de la gran silla de ruedas de don Tadeo, una nueva e inmensa que el desaforado anciano había estrenado en aquella ocasión. Don Fermín Antonio hubiera querido detener todo aquel irresponsable jolgorio al instante, una y mil veces, previendo los peores desastres, pero una y mil veces se vio también impedido de hacerlo debido al estado de felicidad de sus sobrinas De Ontañeta Wingfield, Cristina, Clementina y Rosa, recién llegadas de Jauja, preciosas muchachas las tres.

El resto de la concurrencia, formada sobre todo por primos y tíos y otros parientes más o menos cercanos y más o menos lejanos, más los allegados sin interés alguno y los bárbaramente interesados, todos y de todo, en fin, pero con el festejante y feliz bisabuelo y Armindita siempre a la cabeza, rodantes, felices y empujadísimos, cómo no, por una desbordante y desbordada enfermera que respondía al nombre de Lourdes, aunque hacia la mitad de aquella increíble excursión e incursión, que de ambas cosas tenía aquel festejo realmente ecuatorial, se habría dicho que la pobre mujer no sólo necesitaba una pausa, litros de agua fresca, sino además pasarse un buen rato bien sentadita y disfrutando de la maravillosa y cristalina cascada que adornaba, inmensa y diríase que real, que muy natural, toda la esquina derecha, allá al fondo del invernadero, dando lugar con ello y con una serie de pequeños embalses y desbordamientos a un verdadero, delicioso, refrescante, e incluso sonoro y tonificante espectáculo, admitía el pobre don Fermín Antonio, odiando a toda la concurrencia, eso sí, y entre ésta, la primera, a la felicísima Armindita, purititos celos de un hombre realmente superado, desbordado y humillado, imaginando que con estas últimas mejoras, con todo este sistema hidráulico que su padre acababa de instalar en su ya cinematográfico invernadero, el costo total del mismo debía sobrepasar, y de lejos, el platal derrochado años atrás en aquellas dos vueltas y media completitas al mundo, o por lo menos al mundo hasta entonces conocido...

Sin embargo, ahí, en medio de todo aquel berenjenal, la familia entera, empezando cómo no por doña Madamina, su esposa, era realmente feliz. Y los únicos excluidos de todo este festival amazónico eran don Fermín Antonio y Claudio, empapados ambos en sudor, y tratando de mantenerse alejados de tanto sobón, algo realmente imposible en el caso del flaco y elegante señorón, pues, al margen del carnaval de don Tadeo, era adonde su hijo donde realmente querían llegar tantos adulones, y al punto en que don Fermín Antonio no había encontrado sistema alguno para sobrevivir al asco que le producían algunos aspaventosos saludos, más de un cretino y muy sudado abrazo, y todos aquellos empapados apretones y hasta empellones de mano que ni siquiera la presencial, humillante y automática respuesta a aquel atroz saludo, o sea todo un enjuague general con el alcohol que Claudio le escanciaba, aséptica y abundantemente, desde un gigantesco frasco, que además se renovaba, una y otra vez, *y en sus propias narices*, lograban espantar.

—Sería capaz de exigirle a ciertas personitas que se arrodillaran y besaran el suelo –le dijo en alguna de aquellas tan frecuentes ocasiones don Fermín Antonio a doña Madamina, y la verdad es que estuvo a punto de suicidarse cuando ésta, más cristiana y bondadosa que nunca, le respondió que tomara aquellas situaciones como un deber de caballero, amén que de alma piadosa:

—Igualito que los domingos, a la salida de la misa, con tus pobres del banco, Fermín Antonio.

—¿Realmente crees, Madamina, que la vida es así de tan poco complicada?

—Lo que pasa es que no se puede ser tan noble y tan generoso como eres tú, Fermín –fue la tan incoherente como inesperada respuesta de doña Madamina.

Y ahora sí que sí, don Fermín sintió que una nube muy negra penetraba hasta lo más recóndito de su entendimiento, aunque la verdad también es que optó finalmente por continuar aplicando, pero hasta la muerte esta vez, dadas las circunstancias, o por lo menos hasta que se acabe este interminable, asqueroso y atroz jolgorio, la sencilla estrategia de santa paciencia y total tolerancia que cada domingo aplicaba ante su fila de pobres, a la salida de la misa y con la ayuda, como ahora también, del buen cristiano que es Claudio.

La única diferencia entre los pacíficos domingos y el interminable y salvaje día de hoy era, sin duda alguna, la serenidad con que se instalaba el caballero en la puerta misma de su banco, al salir con Claudio de la misa de doce en la basílica de La Merced. Para la ocasión, el chofer venía provisto de alcohol, como hoy, pero en un muy discreto frasquito, eso sí, y también, cómo no, premunido de una toalla, pero pequeñita, en fin, nada comparable con esta sábana de mierda, que además ya está empapada. Por último, los pobres de don Fermín, que siempre fueron diez, formaban siempre una ordenada y diríase incluso que muy disciplinada fila de uno. Y de uno en uno, también, iban recibiendo, con rigor, el recién acuñado y doradísimo sol que resbalaba del monedero del señor hasta la mano del mendigo, que Dios se lo pague, don Fermín, vaya usted con Dios, buen hombre. Y entonces también, entre mendigo y mendigo, le pegaba Claudio al patrón su rociadita de alcohol en ambas manos, por más que ninguna de las dos hubiese rozado siquiera las brillantes y flamantes monedas entregadas.

«Dios mío», se dijo entonces el larguirucho don Fermín Antonio comparando ambas situaciones, sus tenues similitudes y sus inmensas diferencias. Miró entonces al siempre atareado Claudio y sus frascotes de alcohol, llenos y vacíos, uno tras otro, y le dijo:

—El mundo está realmente patas arriba, oiga usted.

—Es sólo por unas horas, como en todo carnaval, don Fermín Antonio. Tengamos paciencia. ¿Qué otra nos queda, señor?

—Pues ninguna otra más que muy altas dosis de paciencia y muchísimo alcohol, oiga usted.

Pero también hubo aquel domingo, recordaba el alto y largo don Fermín Antonio, armado ya de infinita paciencia y salpicado al máximo, gracias a Dios que en un noventa por ciento de alcohol, todo en nombre ahora del amor filial, eso sí, hubo también aquel domingo en que, sin duda alguna por lo complicadas que son las cosas de esta vida, en la cola de don Fermín apareció un undécimo pordiosero. Por supuesto que no había moneda para él, pues todo en la vida del caballero estaba perfectamente preestablecido. O sea que la respuesta de don Fermín Antonio, en aquella aparentemente incómoda y embarazosa situación, no sólo no se hizo esperar sino que, además, no le resultó ni incómoda ni mucho menos embarazosa al estirado banquero, y tampoco habría podido ser de otra manera, la verdad. Lo curioso, eso sí, fue que Fermín Antonio recurriera a una interrogación, en vez de una directa afirmación, para llegar al grano.

—Claudio —le preguntó, en efecto, a su chofer—: ¿Este pobre no es mío, no?

—No, señor. Con el debido respeto, pero no lo es.

Furibundo y muy abatido, eso sí, ahora, porque Armindita ni bola que le dio a todo lo largo de aquella tarde loca organizada por su padre, el día de su cumpleaños, y porque además, esto sí que era el colmo, la niña se había negado rotundamente a regresar tan temprano a casa y allá se había quedado dando vuelta tras vuelta en el loco carrusel que don Tadeo continuaba presidiendo en su maldito invernadero. Don Fermín pegó un gigantesco respingo cuando, veloz, pasó ante sus ojos la última imagen que conservaba de aquella tarde: su padre, además de todo, había empezado a beber, una tras otra, copitas de un añejo y perfumado aguardiente francés, mientras que Armindita, besuqueándolo, se diría que sin pudor alguno, lograba que su bisabuelo le permitiera incluso mojarse los labios, una y otra vez, con aquel maldito veneno franchute.

Pero, en fin, todo tiene un límite en esta vida, dicen, al menos, y el límite de la entrañable doña Madamina, completamente insomne y arrepentidísima, ahora, a pesar de varias urgentes tilas y tisanas, debido a lo delicioso que le había parecido ver a su esposo tan desconcertado, tan desairado y abatido, tan abrumado y derrotado, en casa de su suegro, sí, el límite había sido nada menos que llamar a su confesor, al día siguiente por la mañana, y no bien pensó muy equivocadamente que don Fermín ya se había marchado al banco, a pesar de los ajetreos del día anterior, sin darse cuenta en absoluto de que el día anterior había sido sábado y de que hoy, por consiguiente, era domingo, atribuibles ambas cosas sin duda alguna a un exceso de tilas y tisanas y a aquel atroz y tan novedoso pecadazo que estaba a punto de estrenar en las inmundas orejotas del padre Serrano.

–¿Traemos algún pecadillo nuevo? –le preguntó a doña Madamina el padre Facundo Serrano, un español reviejo e inmundo que don Fermín preferiría no ver jamás en su casa, pero al que bastaba con llamar por teléfono a una residencia para sacerdotes ancianos que esperaban todos la muerte con inusitado optimismo. Llegaba en un santiamén, además, el padre Serrano, y feliz de servir aún para algo en este valle de lágrimas. Una sola llamadita bastaba, pues, y al instante el viejo cura ponía en marcha esa especie de agencia de confesiones a domicilio que se había montado. Y es cierto también que lo hacía con bastante agilidad y buena memoria y que jamás se equivocaba de dirección ni de pecadora.

–Pues traemos, padre Serrano –empezó su confesión doña Madamina–, que ayer, ya bien avanzado el atardecer, o más bien anocheciendo ya, la vida se me complicó tremendamente. Porque mire, usted, resulta que mi esposo...

Sin embargo, ni ella había pecado tanto como se imaginaba, ni tampoco don Fermín, muy desafortunadamente, se había equivocado en absoluto al mostrarse tan preocupado y abatido, ayer tarde, en casa de su padre. Tilas y tisanas habían surtido su efecto, eso sí, y doña Madamina se quedó profundamente dormida mucho antes de lo previsto y en absoluto escuchó la llamada telefónica que, en cambio, hizo que don Fermín, prácticamente de un nuevo respingo, se abalanzara sobre el maldito auricular negro, ahí en su elegantísimo escritorio, salón y bar, donde ahora mismo se estaba tomando un nada habitual coñac triple. Tampoco había sido nada habitual, es cierto, que siendo sábado y las siete de la tarde bien pasadas, y no habiendo ninguna nueva salida de los señores prevista, don Fermín Antonio le pidiera a Claudio que se mantuviese a su disposición hasta nuevo aviso, y además que lo esperara con el automóvil estacionado en la puerta principal de la residencia.

Y Claudio, por su parte, que bien que se había fijado en el tremendo respingo de don Fermín en el Chrysler, ahorita mismo que regresábamos de casa de don Matusalén, a punto estuvo de agregar que esperaría, cómo no, ante cualquier eventualidad, aunque mejor me meto la lengua al poto, como dicen aquí en el Perú, y me parece que es peruanismo de origen Machu Picchu o algo así que oí decir...

Pero no había terminado Claudio con sus reflexiones lingüísticas o idiomáticas cuando ya don Fermín Antonio estaba sentado en su lugar habitual y urgiéndolo a regresar a casa de su padre, en menos de lo que canta un gallo. Eran apenas unos cuantas cuadras las que mediaban entre la casa de don Tadeo y la de su hijo, pero aun así a éste le pareció eterno el camino que lo llevó hasta aquella pavorosa visión. Había ingresado al dormitorio de su padre en compañía de la enfermera Lourdes, que no cesó nunca de asegurarle que aquel cuadro de espanto no lo había visto absolutamente nadie.

—¿Y la cocinera, el mayordomo y las empleadas, mujer? ¿Y las tres enfermeras más que llamó usted para que se fueran turnando en empujar la silla de ruedas?

–Las enfermeras se fueron antes, don Fermín Antonio. Las tres enfermeras, sí. Y, en cuanto a los empleados de esta casa, los cuatro siguen trabajando en la limpieza del invernadero, señor. Y puedo asegurarle además que ahí ya no quedaba nadie cuando aquello ocurrió. Se lo aseguro, don Fermín Antonio, con la misma certeza con que ahora le digo que todos los empleados de esta casa siguen ayudando a recoger todo lo que quedó en el invernadero, que es mucho. Porque vasos de whisky, copas de champagne, copitas de un licor feroz, platos con canapés, tres tipos de tortas, y realmente muy diversos tipos de dulces y pastitas, de todo ha quedado aún allá y sólo vinieron dos mozos para ayudar con el servicio, pero ambos también se fueron antes...

–Mejor, Lourdes. Cuanto menos gente, mejor... Y vigile usted que por ningún motivo nadie se acerque al dormitorio de mi padre. Absolutamente nadie, por favor, mujer.

Don Fermín Antonio se dirigía nuevamente al cuarto de su padre, a la más horrorosa y dolorosa visión, pero se detuvo, de golpe, y regresó nuevamente donde la abrumada Lourdes.

–Mire, mujer –le dijo, mientras sacaba su billetera de un bolsillo–, hágame un gran favor. Saque usted de aquí todo el dinero que hay, páguele a quien sea lo que se le debe, y a los empleados de esta casa dígales que mil gracias por todo y que no regresen hasta el lunes por la tarde. Dígales que es una orden de don Tadeo... No, dígales mejor que es una orden de don Fermín Antonio y de don Tadeo. Y que deseamos estar solos hasta el lunes a mediodía. ¿Entendido...?

–Sí, señor.

–Muy bien, Lourdes. Y no bien se vayan ellos, regrese por favor a la habitación de mi padre, pero no entre. Ya ha visto usted lo peor y ahora me toca a mí preocuparme de todo.

A don Fermín Antonio, la verdad, jamás se le habría ocurrido, ni en el peor de los escenarios, que la debilidad enferma de su padre por las niñas lo acompañaría hasta el último de sus días. Únicamente reviviendo ahora, con espanto, con verdadero horror, lo visto hace apenas un par o tres horas, o sea una enfermera tras otra, todas bajo la dirección de una desbordada Lourdes, empujando la silla de ruedas entre plantas, arbustos, gigantescas hojas y los árboles del invernadero, apareciendo, desapareciendo, reapareciendo por caminitos y senderos, subiendo y bajando el puentecillo sobre la lagunita y la gran cascada, de cartón piedra, casi, siempre con los brazos en alto y como ante una gran ovación, siempre con una botella de aguardiente, dos copitas, sí, dos, nada menos que dos, su padre y Armindita eufóricos en aquel loco carrusel, felices y ciegos y sordos ambos a todo, absolutamente a todo lo que los rodeaba, y empezando por mí, por mis desesperadas señas, mis súplicas, mis ruegos, siempre en voz baja para que nadie se diera cuenta, para que no hubiera la más mínima sospecha...

«Pues bien que lo logré», se dijo entonces don Fermín Antonio, y se lo repetía ahora mismo ante la visión de su padre muerto, muerto y hecho un guiñapo humano, un cadáver de amargos escorzos, un monstruo abisal y desnudo. Y calata, que no desnuda, estaba también quien fuera *su* Armindita, tan horrorosa en su muerte sonriente en este mismo instante como lo estuvo en su anormal galopada bañada en licor y sudor, de un nombre a otro, de haber sido su Armindita a ser ahora mismo, ante sus incrédulos y espantados ojos, una tal Arminda, mas no Arminda Poma, ni muchísimo menos aún Arminda Poma Wingfield.

Mientras dudaba entre un muy riesgoso ocultamiento de los hechos y una verdad tan atroz que, sin lugar a dudas, pondría patas arriba a las más prestigiosas familias de Lima, mientras enseguida decidía ocuparse personalmente hasta del último detalle público o privado de este horror, y mientras contemplaba por última vez el rostro de la tragedia, don Fermín iba tomando sus primeras decisiones. Sus dos hijas y las de su hermano Fernando, carajo, recibirían, si cabe, más amor y mayores cuidados que los recibidos hasta el día de hoy. Rosa María Wingfield y Hermenegildo Poma, su segundo esposo, jamás se enterarían de lo ocurrido con su hija, y, siempre que lo deseara, la enfermera Lourdes se ocuparía de inmediato de su bienamada Madamina... Pero, bueno, que eso de *mi bienamada Madamina* lo asoció de golpe, don Fermín Antonio, con todas sus aventuras galantes, y de golpe también se estaba diciendo: «Bueno, mi amada, sí, pero también mi bien maltratada Madamina», idea que sin embargo rechazó de plano con envidiable rapidez, energía y convicción, más una considerable dosis de autosugestión, autoconvencimiento y autocomplacencia, enviándola por lo demás a dormir el sueño de los justos, como quien dice, mientras que la mera evocación de su argollaza limeña, su veraniega argolla consagrada exclusivamente al balneario de La Punta, y su incipiente aunque también creciente argollita anconera, veraniega también, como la anterior, a pesar de que por el momento dormían el sueño de los justos, muy bien custodiadas, eso sí, por su fiel escudero Claudio, le sonaron instantáneamente a música celestial al larguirucho don Fermín Antonio, a quien se diría que, por un instante, aunque sea, alguien le puso una sonajita en la cuna de sus sueños, arrancándole la más infantil de las sonrisas bebe, boba y babosa, placer de los dioses, en fin.

Y como quien por fin regresa en su jet privado de su arábigo harem, minutos más tarde, apenas, y ceñudísimo, llamaba don Fermín Antonio a un médico de toda su confianza. Su ruego era sólo uno: que, de ser posible, separe usted el caso de mi padre del caso de la niña, por supuesto que de no encontrar usted reparo alguno en ello, doctor. Pero, sea como sea, lo dejo todo a su mejor entender y parecer, y por supuesto que también a su conciencia. El resto es cosa mía y le doy mi palabra de caballero de que también yo actuaré de acuerdo a mi conciencia.

–Dos conciencias limpias darán algún buen resultado, don Fermín –le dijo entonces el médico.

Esto era exactamente lo que tenía pensado don Fermín, pero también lo que tenía muy bien calculado, que de las dos cosas había, como siempre en esta vida. Y se iba rociando abundantemente con alcohol las manos y hasta el cuerpo entero, el caballero, pues ante tamaño lodazal humano qué otro recurso le quedaba, sobre todo si su asco era bastante mayor que su pena y su piedad juntas. Y estaba tan extenuado cuando, momentos después, subió a su automóvil y se dirigió por fin a su casa, que realmente le pareció una gran conquista haber contratado a Lourdes, la enfermera tocada, sí, tocada, carajo, de don Tadeo.

Menor conquista le pareció, sin embargo, haber sentido, de golpe, un gran amor por su impresentable, arrojado, inagotable, muy exitoso minero y más que centenario padre, hoy muerto, sin embargo. Y no le pareció conquista alguna haber logrado que esa mismísima noche, a las mil y quinientas, y tan dormida doña Madamina como todos en esta casa, menos Claudio y yo, se presentaran el padre Facundo Serrano y compañía, o sea varios curas más que, como él, esperaban la muerte en la misma residencia para sacerdotes ancianos y felices, y pusieran en el acto en funcionamiento dos funerales santísimos, a la par que elegantísimos, de una criaturita inocente y de aquel más que centenario roble, aquel centenario roble, aquel centenario...

—Hoy ya bien muerto y probablemente fumando también ante Dios o ante el diablo...

—Para que fumara sentado a su diestra y en su Gloria, mejor, don Fermín Antonio —trataron de corregir muy suavemente los ancianos curas, por la simple costumbre, o sea por aquello de que ahora *está en la Gloria y sentado a la diestra de Dios Padre*, pero don Fermín, erre con erre, que nada de gloria ni de que esté sentado al lado derecho de nadie, tampoco, ¿me oyeron? Y gracias a unas cuantas copichuelas más, logró doblegarlos a todos, incluso en este mínimo detalle. Luego despidió a Claudio, pero tan sólo por unas horas, por favor, y enseguida se despidió también de don Fermín Antonio de Ontañeta Tristán, se ovilló en el primer sofá que encontró a su paso, se acurrucó aún más, si se puede, y se puso por fin a llorar a mares.

Los funerales tuvieron lugar un día martes, el de don Tadeo de Ontañeta, y un día jueves, el de Armindita Poma Wingfield, pues de esta manera tendrían tiempo suficiente para llegar de Jauja Hermenegildo Poma Sifuentes y doña Rosa María Wingfield de Poma Sifuentes, sus padres. Ambos parientes fueron recibidos, por supuesto, en casa de doña Madamina y don Fermín Antonio. Pero no bien se hubieron instalado en el amplio y muy confortable dormitorio destinado a los huéspedes, don Fermín Antonio los invitó a pasar a un elegante saloncito al que nunca se le había encontrado un destino en tan inmensa vivienda, pero que desde entonces, y sabe Dios por obra de quién, quedó bautizado como el saloncito de las circunstancias, entendiéndose, cómo no, que dichas circunstancias sólo podían significar dolor, duelo, o asuntos de extrema urgencia o gravedad.

En la breve reunión estuvieron presentes los padres de Armindita, doña Madamina, cuya entereza y amoroso tacto, hasta determinado momento, sorprendieron a todos los ahí presentes, empezando por el propio don Fermín Antonio, el padre Facundo Serrano, más sucio que nunca, si se puede, y el doctor Alejandro Soubeyroux, el mismo que fuera requerido por don Fermín desde el primer instante para ocuparse médicamente del caso, sí, pero también para actuar de acuerdo a su conciencia, un *temita* sobre el cual tanto el médico como don Fermín Antonio, por decir lo menos, muy pronto llegaron a ciertos *consensos*, palabreja esta que ambos prefirieron a ciertos *acuerdos*...

Dos grandes sobres lacrados contenían los resultados de ambas autopsias y *acuerdos*, que los padres de Armindita negábanse a abrir, una y otra vez, por lo cual al dueño de casa no le quedó más remedio que abrir él mismo ambos sobres, darles debida lectura, agregando, no bien hubo terminado, que su padre era un hombre absolutamente lúcido, cuando aquellos hechos ocurrieron, que en un desenfreno suicida, en primer lugar, esto sí, qué duda cabe, pues, tal y como señala esta autopsia, ni siquiera se dejó suministrar el oxígeno que, debido a tan inusual agitación, aquella tarde requería más que nunca, y que además su desenfreno no fue tan sólo suicida, sino también criminal, ya que al mismo tiempo *le dio a beber* de su propio licor a Armindita, una niña de tan sólo nueve años, por lo cual de ningún modo puede atribuírsele responsabilidad alguna a esa criaturita, *y que posteriormente la había arrastrado, sí, arrastrado, estando ya la niña bajo los efectos totales del alcohol,* hasta su dormitorio...

—Hasta aquí todo es crueldad y degeneración, queridos parientes y amigos.

—Basta ya, por favor, tío Fermín —le imploró la eternamente bella y adorable Rosa María Wingfield de Poma.

—El infortunio sólo obró en una ocasión —continuó, sin embargo, don Fermín Antonio, agregando—: Y con ello concluyo, sí, y créanme que lo siento atrozmente, pero es mi deber de conciencia ir hasta el fondo del horror, pues no de otra manera pueden calificarse estos hechos. El caso es que yo no debí abandonar aquel ya muy turbio festejo cuando lo hice. Confieso pues que me dejé llevar por una mezcla de ira y de celos al ver que mi padre lograba captar plenamente la atención de mi adorada Armindita, y que además ambos se dejaban empujar felices por varias enfermeras que se turnaban para descansar un poco, siquiera...

Y mientras perdía el conocimiento y se desplomaba, arrastrando con ella la pequeña y preciosa vitrina repleta de cachivaches comprados en Europa, sobre todo, cayendo al final completamente despatarrada, una desconocida doña Madamina soltaba a voz en cuello que también era muy cierto que a ella en aquel preciso momento se le habían complicado terriblemente las cosas de esta vida...

Nadie supo jamás a qué cosas de esta vida se refirió doña Madamina, ya que encima de todo una inesperada intervención del padre Facundo Serrano vino a complicar aún más las cosas:

—Fueron pecados veniales de una mujer muy piadosa y muy santa, y además ya han sido todos absueltos, con apenas un padrenuestro y dos avemarías de penitencia, dadas además las circunstancias y sobre todo la forma en que obró la gran dama, ya que todo lo hizo tan sólo con el pensamiento, y no por omisión, ni, mucho menos, por comisión...

74

—Padre Facundo —lo mandó a callar, casi, don Fermín.

—Lo que usted mande, don Fermín Antonio, dadas las circunstancias —se apresuró en responder el anciano sacerdote, que, minuto a minuto, como que se iba poniendo más inmundo que nunca jamás antes, además.

Media hora más tarde, habiéndose ya repuesto del todo doña Madamina, hubo copa para los señores y un almuerzo tan correcto y elegante con los parientes llegados de Jauja y Cristina, Clementina, y Rosa, sus tres hijas, quienes parecían haberse instalado ya para siempre en la edad del pavo, contagiando a su vez a sus primas limeñas, María Magdalena y María Isabel, aunque logrando, eso sí, que el pretendiente de la primera de estas chicas, o sea el diplomaticucho del impermeable con cinturón, que acababa de llegar sólo para el almuerzo, hablase en cambio hasta por los codos, al menos hasta que don Fermín lo paró en seco con la siguiente, inefable, salida, inefable sobre todo porque era más que evidente que el pobre hombre no traía impermeable alguno, puesto o no puesto:

—Sepa usted jovenzuelo —le espetó, casi violento, al pobre muchacho aquel que empezaba recién sus estudios de diplomacia—: sepa usted que en esta casa no se almuerza con el impermeable puesto y menos aún si esta prenda de vestir la usa usted con cinturón.

Hombre muerto, se dijeron todos ahí, para sus adentros. Y sólo la siempre bellísima y entrañable viuda del fallecido Fernando, el que fuera disoluto hermano de don Fermín, disfrutaba tanto del reencuentro con sus tres hijas, ya adolescentes, como sufría el dolor por la muerte de su Armindita. Y así también doña Madamina y su esposo, en quienes dolor y pena se confundían con la alegría de tener en casa a aquella prima eternamente bienamada y bienvenida. O sea que, aunque la mesa fuera tan grande como redonda, sólo don Hermenegildo Poma Sifuentes rumiaba su pena infinita, cabizbajo y silente en su rincón personal.

Y ahora, en el entresuelo, en el amplísimo escritorio, salón y bar de don Fermín, recargado de antepasados, de amigos idos, de maravillosos muebles con incrustaciones en bronce, fabricados todos en París, Londres o Madrid, los mayordomos Honorato y Horacio se encargaban de recibir a los centenares de personas que llegaban, subían al entresuelo, y se acercaban a contemplar el ataúd blanco en que reposaba Armindita Poma Wingfield. La niña fue siempre pálida, pero lo estaba ahora más que nunca, tenía algunas pecas en el rostro y se diría que sonreía. Las amigas y las parientas se arrodillaban, se persignaban, rezaban, se retiraban. Sus esposos miraban incrédulos y graves.

Pasado un tiempo prudencial, y al ver que nadie salía ni saldría nunca a recibir un abrazo de pésame, siquiera, amigos, parientes y allegados se retiraban, acompañados siempre por Honorato, mientras con el portón de la casona a medias abierto, Horacio los acompañaba hasta sus automóviles. Ambos mayordomos vestían rigurosamente de luto, y Claudio, como adivinando que ello era lo que don Fermín habría deseado, permanecía de pie junto al Chrysler azul muy oscuro, siempre en compás de espera, nunca se sabe, con la gorra bajo el brazo y muy a juego con su elegante uniforme color carbón para Palacio de Gobierno.

Nadie, salvo quienes fueron sus empleados domésticos, subió nunca al segundo piso de la gran casona de la avenida Alfonso Ugarte. Ahí, en su pequeño escritorio, o cuarto de lectura, donde desplegados por Honorato sobre un atril y cogiendo cada hoja con una inmensa pinza, don Fermín leía con una luna de aumento los periódicos del día, ahí habían colocado el ataúd negro de don Tadeo de Ontañeta. Ni siquiera en la Sociedad Nacional de Minería era recordado, el más que centenario roble aquel, y tan sólo Rosa María Wingfield recordaba, aunque más que nada de oídas, al extravagante señor del cual en su familia se decían tantas cosas buenas como malas. Y cuando le preguntó a don Fermín Antonio si creía que debía subir un momento y verlo, la respuesta de éste no se hizo esperar:

–No estás obligada, mujer. Y además yo preferiría que nadie, salvo sus empleados domésticos, suban a verlo. Además, el entierro será mañana a primera hora y créeme que espero ser la única persona presente en el cementerio.

La bella esposa de don Hermenegildo Poma no insistió, por lo que don Fermín Antonio le dijo que aprovechara que estaba en Lima para salir un poco...

–Pero, tío...

–Lleva a tus hijas al cine, mujer. Mira, y de paso te llevas a las mías, por favor. Yo acompañaré a Hermenegildo, si quieres. Pero antes dime un par de cosas más, sobrina querida. Y por supuesto que siempre y cuando tú lo desees.

–Tú dirás, tío.

–¿Eres feliz en Jauja?

–Lo fui, y mucho, con tu hermano Fernando, que sigue descansando allá... Y lo soy ahora con Hermenegildo y nuestras hijas. Y puesto que estamos en ello, Hermenegildo y yo queremos hacerte saber que nuestras tres hijas regresan con nosotros a Jauja, y que también nos gustaría llevarnos a Armindita de regreso.

–Me tomas por sorpresa, mujer. Me tomas completamente por sorpresa.

—Pero, tío...

—Perdóname, por favor, mi tan querida Rosa María. Y escúchame, más bien: después de todo, ¿quiénes somos Madamina y yo para negarles a ustedes un legítimo derecho?

—Un millón de gracias, tío Fermín Antonio.

—No hay nada que agradecer, mi bella prima y sobrina.

Sonriente y aún sumamente hermosa, Rosa María esperó la siguiente pregunta.

—¿Y qué sabemos de José Ramón?

—Pues que ahora, después de tantos mares y océanos y de tanta marina mercante, trabaja nada menos en el Orient-Express. Y que además se ha graduado de contador y sigue también cursos de economía por correspondencia en las más grandes universidades de Inglaterra. Y, para colmo, es un loco de la ópera. Sus vacaciones enteras se las pasa metido en La Scala de Milán...

—Un apasionado total.

—Aunque sigue mudo, eso sí: hasta sus cartas parecen telegramas.

Lo que sí ignoraron siempre, la prima Rosa María y todos los demás miembros de la familia, fue que algunos de los barcos en que trabajó José Ramón anclaron más de una vez en el puerto del Callao, pero que él jamás le avisó a nadie, ni siquiera a su madre, y prefirió siempre alojarse y alimentarse muy austeramente en los típicos hoteluchos y pensiones para marineros y trabajadores portuarios, incluyendo a la mafia de los estibadores y a los llamados *puntos*, casi unos esclavos de aquellos matones de mar y tierra. El muy austero equipaje de José Ramón incluyó siempre, eso sí, decenas de libros de economía y de historia universal.

—Y una última pregunta, Rosa María. ¿Por qué se negó siempre Armindita a que se le llamara Arminda?

–Porque así fue bautizada, tío: Armindita. Así lo quisimos Hermenegildo y yo.

–¡Cáspita! ¡Haberlo pensado antes!

¿Fue un suicidio lo de su padre? La pregunta quedaría para siempre sin respuesta, sin una respuesta contundente, en todo caso, aunque también era cierto que no hacía ni un año que había redactado un nuevo testamento, con asombrosas conclusiones y con una información tan actual y completa que don Fermín Antonio continuaba realmente absorto en presencia del notario que lo convocó a las diez de la mañana de un día lunes, cumplida ya la primera semana del entierro de su padre. No teniendo más hijos, ni perro que me ladre, tampoco, decía, poco más o menos, aquel documento redactado de acuerdo a ley, nombro a mi hijo único, don Fermín Antonio de Ontañeta Tristán, heredero universal de todos mis bienes y de todos mis males.

Don Tadeo, cómo no, se había permitido una última broma, fiel hasta el final a su carácter poco o nada convencional. Pero, sin duda alguna, lo más conmovedor de aquel testamento era que llevaba adjunta una carta que nadie, ni el propio notario, por consentimiento propio, podía abrir, y que debía entregarle a don Fermín Antonio, en mano, y el mismo día de la lectura de su última voluntad. Y ahora, ya de regreso a su casa y bien instalado en el mismo cuarto de lectura en el que hace sólo unos días había estado, casi oculto, el ataúd de su padre, don Fermín Antonio realmente no lograba salir de su asombro mientras avanzaba en la lectura de aquel par de hojas escritas con una caligrafía que lo sorprendió por su firmeza, casi tanto como por su contenido.

Pues sí. Y sentado ahí, leyendo una y otra vez la carta póstuma de su padre, don Fermín Antonio no salía de su asombro al comprobar hasta qué punto su padre lo supo siempre todo sobre él, sobre las vicisitudes de sus negocios, sobre sus mejores y peores momentos, las compras, las ventas, las inmensas pérdidas que le había ocasionado su hermano Fernando con su vida llena de vicio y de corrupción, por lo menos hasta el momento en que nuestra Rosa María Wingfield se hizo cargo de él, con verdadera abnegación. Don Tadeo había renegado para siempre de aquel canalla, que no otra cosa fue ese hijo para tu madre y para mí, pero sin duda alguna se había equivocado por completo al adoptar dicha actitud, pues tú, hijo, sí, tú, querido e incomprendido Fermín Antonio, te hiciste cargo de todo, mientras yo disfrutaba de la vida y hacía caso omiso de cualquier asunto que pudiese resultarme desagradable...

Y, sentado siempre ahí, don Fermín Antonio realmente no salía de su asombro mientras continuaba avanzando en la lectura de aquella larga carta, cuyas conclusiones eran, qué duda cabe, una muestra más de un amor paterno del cual él jamás había tenido ni la más remota idea. Y ahora era ya demasiado tarde para todo, porque los muertos no hablan y es imposible hablarles a los muertos.

«Genio y figura hasta le sepultura», era lo único que se le ocurría pensar a don Fermín, mientras se enteraba, leyendo absorto el último párrafo escrito en vida por su padre, de que él era el único heredero nada menos que de una muy cuantiosa suma de dinero, una verdadera, inmensa fortuna: «con dos condiciones, hijo mío. O más bien con cinco: 1) Que me trates muy bien en tu memoria. 2) Que te compres una hacienda azucarera en el norte, otra algodonera en el sur, y que recuperes el cien por ciento del Banco Nacional del Perú (hay dinero de sobra para todo esto, verás). 3) Que en la penúltima página de *La Voz de Lima* publiques diariamente la fotografía de una inmensa calata, para aplastar de esta manera cualquier tipo de competencia periodística. 4) La casona de La Colmena, por favor, véndela y reparte en partes iguales ese dinero entre Lourdes, mi enfermera tocada (sic), y los otros empleados que tuve siempre a mi servicio. 5) Ya tú verás qué haces con mis álbumes de estampillas, pero te ruego, eso sí, que queden en la familia. Creo y espero que, algún día, al menos uno de mis descendientes se llegue a interesar por ellos. O sea que consérvalos, por favor, muy querido hijo mío.»

Don Fermín Antonio no salía de su asombro. Y es que en su vida hubiera sospechado que su padre fuese todavía un hombre tan rico, y ello a pesar de tantas chifladuras y de más de un gigantesco despilfarro. Toda una lección, claro que sí, pero también una idea tan precisa como tardía de la distancia en que habían vivido siempre, padre e hijo, sin llegar a conocerse nunca muy bien, llenos de prejuicios cada uno acerca del otro y sin encontrar, ni buscar tampoco, el tiempo para aclarar lo que aparentemente no había sido sino una amalgama de pequeños malentendidos y muy superables divergencias de opinión.

Y ni siquiera su privilegiada posición de banquero lo había llevado a averiguar, con lo fácil que debió haberle sido, seguramente, si la fortuna alcanzada por su padre en sus años de muy intrépido y exitoso minero había sobrevivido al largo tiempo en que se mantuvo totalmente alejado de cualquier actividad.

Segunda parte

I

Una buena década más tarde, don Fermín Antonio de Ontañeta Tristán había llegado a ser el primer contribuyente de la República y sus dos hijas, María Magdalena y María Isabel, no sólo habían superado por completo la edad del pavo sino que además eran dos veinteañeras sumamente hermosas, que habían hecho ya su debut en sociedad, con gran éxito, además, y que muy pronto empezaron a ser cortejadas por dos mozalbetes a los que, sin embargo, su padre no dejaba de encontrarles algún *pero*.

Por María Magdalena, la mayor de sus hijas, se derretía un joven y brillante diplomático de esmerado bigotito, muy buen porte y excelentes apellidos, mientras que por María Isabel suspiraba muy hondo el hijo de una gran familia de origen alemán, el muy apuesto y jovial Klaus von Schulten. Ninguno de estos dos pretendientes merecía rechazo alguno por parte de don Fermín, ni mucho menos de doña Madamina, que en su infinita bondad encontraba que cada uno de ellos era un verdadero dechado de virtudes, aunque a don Fermín, que en materia de elegancia masculina era toda una autoridad, le resultaba absolutamente insoportable que el diplomaticucho aquel se pre-

85

sentara en su casa con un abrigo y hasta con un impermeable *con* cinturón, habráse visto cosa igual.

Otro, e inconfesable, era el *pero* que le encontraba a Klaus von Schulten, por el que sentía además una muy natural simpatía, y cuyo espontáneo buen humor le resultaba francamente placentero. El problema con este muchachón no era tampoco que, de cuando en cuando, armara la de Dios es Cristo en el Lima Golf Club, cosa de varones y de grandes herederos, por lo demás, ni mucho menos las muy serias intenciones que se traía con respecto a su muy bella, delgada y frágil hija María Isabel, sin lugar a dudas todas ellas sanísimas y sumamente recomendables.

La verdad, el único problema con este joven pretendiente era la gigantesca estatura de su padre, don Hans von Schulten, luterano y gran braguetero, además. A don Fermín, hombre tan delgado como alto, le resultaban realmente muy difíciles de tolerar los hombres de mayor estatura que él, por lo que a menudo en las fotografías de grupo en que se hallaba su gran amigo Andrés Tudela, a quien Lima entera conocía además como Tudelón, por gigantesco a lo alto y a lo ancho, no sólo se le veía siempre situado lo más lejos posible de él, sino que además resultaba más que evidente que don Fermín se había situado a propósito detrás del enano, cojo y jorobado Víctor Manuel Fajardo, y que además se había empinado lo más disimuladamente posible, aunque también todo lo que cabe empinarse en un ser humano, esto sí que sí, y que el sombrero se lo había colocado en la punta de la cabeza, superladeado además, de tal manera que la elevada y ladeadísima ala del mismo lo ayudara a igualar, aunque ello fuera pura e instantánea ilusión, el tamañazo del noble Tudelón, todo ello con el gran riesgo además de que sombrero y falta de estatura suficiente fueran a dar por los suelos, en soberano papelón.

86

Y ya doña Madamina sabía incluso de antemano cuándo iba a haber foto de grupo en el Club Nacional, pues desde la noche anterior empezaba don Fermín a empinarse, no bien se quedaba un instante solo, y se entrenaba, además, dale que te dale ante el gran espejo de su muy amplio y elegante vestidor, en lo de la ladeada máxima y hasta circense del sombrero y el escénico arte de parecer bastante más alto, siendo además ya bastante alto, sacaba enseguida uno de sus siete pares de zapatos con alza (el marrón, el negro, el blanco, el blanco y azul, y los tres para días lluviosos en Europa u otras grandes capitales, como Buenos Aires, en vista de que en Lima, de lluvia, cero), y por último se ponía su blanco atuendo de espadachín, escogía uno de sus bastones de estoque, entre los treinta y un bastones, con y sin estoque, que poseía para cada día del mes, se retaba a sí mismo a duelo, y realmente hacía las delicias de los ladrantes y saltarines Porthos y Aramis, allá en la inmensa terraza del segundo piso, batiéndose con un furibundo y también algo desequilibrado conocimiento del arte del esgrima contra su propia y agilísima sombra nocturna reflejada en las blancas y muy altas paredes de aquel gran espacio, en el cual, además, hasta las casas con techo de dos aguas de sus feroces canes eran sus mortales enemigos.

Nada de esto era gratuito, por supuesto, ya que tal y como le constaba a doña Madamina, cada una de esas sesiones de fotografía le costaba a don Fermín Antonio una larga serie de malas noches previas, en las que sin duda alguna soñaba que bastón, caballero, zapatos de alza y sombrero ladeado habían ido a dar con su honra y todo al suelo, en tremendo papelón, y que Lima entera se estaba riendo de él a mandíbula batiente, que era cuando se despertaba empapado en el más honorable sudor, eso sí, y, lo que realmente era ya el colmo, le espetaba furibundo a su aún bastante somnolienta y santa esposa:

–Últimamente noto que tienes el sueño muy frágil e inquieto, mujer. ¿Te ocurre algo?

El alarido del sudoroso don Fermín, aquella noche, y la absurda amenaza que acababa de proferirle a un absorto don Hans von Schulten, su consuegro ya, a partir de aquella fatídica noche, hicieron que, por fin, doña Madamina comprendiera las absurdas razones que su esposo había esgrimido siempre para no estar de acuerdo con la boda de la menor de sus hijas con Klaus von Schulten. Todo se debía a un problema de estatura, no le cabía ya la menor duda, y tanto que, estando bien muerto y hasta enterrado, muy probablemente, don Fermín Antonio continuaba instaladísimo en una atroz pesadilla post mórtem:

–Y verá usted, teutón de mierda, como en la revancha acabará cosido a estocadas.

Y fue muy grande la pena de doña Madamina, sin duda alguna, tras comprobar que, por centímetros más, centímetros menos, su esposo era capaz de llegar a tal estado de desesperación, motivo por el cual, en su enorme bondad, se atrevió incluso a hablar con su hija María Isabel y con Klaus, su novio, quienes a pesar de lo ridículo de aquel clandestino conciliábulo, que tuvo lugar nada menos que en el saloncito de las circunstancias, prometieron encargarse de que don Hans von Schulten jamás se le acercara a don Fermín el día de la boda.

–Ni antes ni durante ni después de la ceremonia, mamá –la tranquilizó María Isabel.

–Y yo me encargaré personalmente, señora –agregó su ya inminente yerno Klaus–, de que en las fotografías que se tomen o publiquen, a don Fermín se le vea siempre a su lado, y al lado de sus hijas y demás familiares de menor cuantía... En fin, pierda usted cuidado, señora, que yo me...

–No, Hans, no es de menos cuantía, mi amor, sino de menor estatura.

–De menor estatura, perdón –se disculpó el buen Hans, para quien, en todo caso, en el mundo en que vivía y el castellano que hablaba don Fermín, las palabras *cuantía* y *estatura* querían decir exactamente lo mismo...–. Pero, en fin, doña Madamina, cuente usted con que yo me comprometo también a revisar una por una todas las fotografías que se tomen aquel día.

–Y, por último –dijo doña Madamina–, yo también me encargaré de ver la manera de hacerle saber a mi esposo que se han tomado absolutamente todas las precauciones.

Furibunda se puso, eso sí, doña Madamina, cuando, utilizando para ello las más delicadas palabras e imágenes, le hizo saber a su esposo, de la manera más indirecta que darse pueda, además, que no habría problema alguno de fotografías y estaturas el día en que, si Dios quiere, se casen María Isabel y Klaus, ni antes tampoco, durante la pedida de mano, por ejemplo, y éste le respondió que jamás nadie le había dado a ella vela en ese entierro y que, muchísimo menos, tuviera él problema alguno con la estatura de nadie. La verdad, tal osadía sí que colmó la paciencia de su doña Madamina, su santa y siempre tan paciente esposa.

Y por ello, sin duda alguna, la noche en que, encima de todo, don Fermín Antonio cosió a estocadas nada menos que a un pobre hombre como Víctor Manuel Fajardo, tan honorable, tan cojo, tan enano, y tan jorobado, el pobrecito, fueron tales la desesperación y la ira de doña Madamina, que por más que su esposo se hubiese comido esa noche un millón de cabritos al horno, que además ni uno sólo se ha comido el forajido este, lo sé muy bien, pero qué diablos me importa, optó por descubrirle en el traje del día los cuatro cabellos rubios y muy perfumados de alguna de tus malditas queridas, lo cual no era en absoluto verdad, en este caso y, digamos, por una vez en la vida, ya que también habría sido perfectamente factible, que si lo sabré yo, cuando de este mentecato se trata.

O sea pues que, cuando don Fermín Antonio despertó muy plácidamente aquella mañana, sobre todo porque no recordaba en absoluto duelo alguno y además tenía por delante tres ventajosísimos contratos que firmar durante el día, realmente se quedó turulato cuando vio que no sólo doña Madamina le tenía listas dos maletas viajeras, sino que también le había reservado ya la suite presidencial del Hotel Bolívar.

Por lo demás, inútil intentar siquiera parlamentar con ella a través de la puerta de su baño: su esposa realmente parecía haberse ahogado en su gigantesca y muy blanca tina cuyas elegantísimas patas eran ni más ni menos que cuatro cabezas de león que, de puro grandotas y expresivas que eran, se diría que provenían directamente del África más negra y que habían sido objeto de mil capas de pintura blanca para no desentonar con aquella tan blanca e impoluta bañera, de muy tan romana y decadente importación que, la única vez en que Claudio llegó hasta allí y la vio, bajó corriendo las escaleras de servicio, entre los furibundos ladridos de Porthos y Aramis, ahí en su terraza, y a la sección servidumbre llegó jadeante y muy dispuesto a contarles a todos los empleados de la casa, costeños y andinos, qué más da por una vez, que, con todo lo buena y santa que era, doña Madamina se bañaba sin embargo en la misma tina que él le vio usar a la mismita Cleopatra en una película de romanos de alta extracción social, eso sí, cómo no.

Llegado el día de la boda de María Isabel, la menor de las hijas de doña Madamina y don Fermín Antonio (María Magdalena, la mayor, había jurado que nunca jamás se casaría, al verse obligada por su padre a romper definitivamente con su tan querido pretendiente diplomático, ante la terca negativa de éste a usar abrigo e impermeable sin cinturón, y ante la aún más terca insistencia de don Fermín Antonio en que abrigo e impermeable con cinturones, pues jamás en esta vida que me ha dado Dios), que tuvo lugar ante el altar mayor de la Catedral de Lima, gracias a una licencia especial concedida por el Arzobispado de la ciudad, y fue oficiada nada menos que por un impecable padre Facundo Serrano, a quien no sólo se le mandaron hacer, donde un desesperado sastre Arana, una tras otra, absolutamente todas las clericales vestiduras y demás ornamentos que tanto la ceremonia como la ocasión requerían, sino que también se le tuvo practica que te practica rituales y latines, a lo largo de varias semanas, se le envió donde el mejor peluquero de Lima, quien entre otras abundantes podas se esmeró con sus brotadas e inmensas orejas, un par de asquerosos y amazónicos higos secos, internándose luego por unas tenebrosas cavernas a las que daban acceso dos casi imperceptibles orificios nasales, y se le invitó por último, diariamente, a lo largo de dos semanas seguidas, al palacete de la avenida Alfonso Ugarte, para que entre Horacio y Honorato lo bañaran dos veces al día, hasta llegar al día domingo de la gran boda con el pobre cura verdaderamente limpísimo.

—Padre —le dijo doña Madamina, que tres horas antes de la ceremonia creía llevar bebidos ya tres tazones de tila y una verdadera recatafila de infusiones más, que si de anís, que si de menta, que si de azahar y de jazmín, en tiempo récord, realmente, sin sospechar que la mitad de esos relajantes brebajes se los birlaba y bebía don Fermín Antonio–, la verdad es que ha quedado usted hecho un primor, reverendo padre Serrano.

–Lo malo es que ahora ni me reconozco ni recuerdo muy bien quién soy.

–Pues es usted el padre Facundo Serrano y punto, o sea que vaya a darle un último repaso a sus latines –lo mandó callar don Fermín, a quien el pobre sastre Arana, realmente agotado por el perfeccionismo y el millón de manías del señor De Ontañeta, cuyo chaqué, adquirido por lo demás en Londres, debía remozarse sin embargo una y otra vez, entre otras razones porque el propio sastre, de puro bueno y diligente que era, se había empeñado en enseñarle a don Fermín Antonio a ser más alto, al menos para esta gran ocasión, aunque contra el cobro, eso sí, de una suma suficiente de dinero que le permitiera cerrar por fin su muy clásica y antigua sastrería y asegurarse además una pensión vitalicia y un decoroso entierro. Y don Fermín, de más está decirlo, dispuesto como estaba a creer incluso en la brujería amazónica, con tal de superar la rayita blanca que tenía trazada en el gran espejo de su muy amplio vestidor, llevaba ya una buena temporada dedicándole bastante más tiempo a su estatura que a sus negocios.

Pero lo peor de todo es que, agnóstico como era, aunque fuertemente marcado por una educación jesuita, don Fermín Antonio, que ya días antes se había pegado su escapadita a la Catedral y había comprobado con un metro y con gran satisfacción que medía muchísimos centímetros más que el yacente esqueleto de don Francisco Pizarro, fundador en 1535 de la ciudad de Lima, se sintió empequeñecer gravemente el día de la ceremonia, aplastado qué duda cabe por el peso de la historia y de su formación católica, mientras que don Hans von Schulten, luterano, alemanzote, y multimillonario, pero por braguetazo con dama limeña de gran alcurnia, y ajeno por completo a tanta cojudez, en todo caso, parecía un gigante haciendo su ingreso a una capillita.

Retumbó sin embargo el gran órgano de la Catedral cuando el padre de la novia, bastante más que la propia novia, inició su recorrido extremeño-castellano-londinense por el gran corredor central del templo, llevando del brazo a su menor hija, María Isabel, a quien el médico le había prohibido por completo la práctica del piano, incluyendo hasta los solfeos, durante los tres meses precedentes a la ceremonia, y a quien seguían, en ordenada fila de dos, sus testigos, amigotes todos del padre de la novia, empezando, cómo no, por el presidente de la República y terminando con el cojo, jorobado y enano don Víctor Manuel Fajardo, eso sí que en flamante silla de ruedas para evitar que su presencia atentara contra la estética de la ceremonia. Hicieron por último su ingreso las dieciséis damas de compañía de la novia, a cual más fea y bajita que la otra, por evidentes razones de dar realce y mayor donosura a María Isabel.

Y era realmente sensacional, elegantísimo, el último alarido de la moda, y, a la vez, realmente sencillo, el traje de novia confeccionado en París, aunque a la pobre María Isabel la habían obligado a usar zapatos sin tacos, de tal manera que, desde el primer instante, la muy delgada y esmerada, y hoy, de golpe, bastante más alta figura de don Fermín Antonio, retumbara aún más que el propio órgano de la Catedral con su importantísimo e interminable ingreso llevando a su hija al altar, viva el lujo y quien lo trujo, aplastando de esta manera absolutamente a todos los asistentes, empezando cómo no por el luterano gigantón y braguetero padre del novio, y dejando tan sólo su muy alto prestigio y también, de golpe, su cada vez más agotadora pero siempre sorprendente y hasta el último instante creciente estatura, y aquel importantísimo ingreso a la Catedral de Lima del primer contribuyente de la República.

Por supuesto que las primeras bancas de la derecha, en la nave central de la Catedral, las ocupaban los amigos de don Fermín, y entre éstos el presidente de la República y su señora esposa, y en orden estricto de importancia en la Bolsa de Valores se hallaban enseguida los grandes hombres de negocios de Lima, banqueros, mineros, hacendados, o ricos herederos rentistas, sin olvidar por supuesto a los edecanes del presidente de la República, a quienes don Fermín mandó sentar ya en las últimas bancas de la catedral, para recordarle al mundo entero, si se quiere o si se requiere, quién diablos manda en este país, carajo. Y por supuesto también que, entre las primerísimas bancas, se podía ver, recién llegados de Jauja para la ocasión, a don Hermenegildo Poma Sifuentes y a la siempre tan hermosa y hoy además tan elegante prima Rosa María Wingfield de Poma, con sus tres lindas hijas, Cristina, Clementina y Rosa María. Y enseguida venían los innumerables familiares de doña Madamina y don Fermín, o sea los clanes completos de los Basombrío y los Gastañeta, parientes todos entre sí, además, y a menudo tan cercanos los unos de los otros, que en realidad era imposible afirmar con absoluta certeza quién pertenecía a esta rama y quién a la otra.

Y lo mismo podría decirse de los clanes o, más bien, en este caso, tribus de los Tristán López Urizo y Tristán Mendiburu, donde la sobreabundancia de solterones, mujeres y hombres, perezosos y realmente inútiles casi todos, además, sería hasta su muerte una gran preocupación y una inmensa pena para don Fermín, que qué no hizo y hacía aún por casarlos y colocarlos en las diversas oficinas de su banco. Cabe señalar, por último, que el eternamente ausente José Ramón de Ontañeta Wingfield, el mayor de los hijos del fallecido hermano Fernando, fue el único miembro importante de la familia al que se le echó realmente de menos aquel fastuoso día en el templo mayor de la Ciudad de los Virreyes.

Y aunque esto resulte tan evidente que ni señalarlo se necesita, la verdad, en la primera fila de la derecha también estaban doña Emilia Canavaro de Von Schulten, pequeñaja ella, pero también piadosa y caritativa dama de gran alcurnia y muy estimable fortuna, y a su lado el momentáneamente gigante y estiradísimo don Fermín Antonio, soportando ya, aunque muy estoicamente, eso sí, más de un buen calambre y muy fuertes dolores y punzadas, por aquí y por allá, mientras que en la primera banca de la izquierda y en punta de pies sobre el reclinatorio se hallaba doña Madamina, y a su lado, absolutamente ignorado por los fotógrafos, debido cómo no a su pública condición de braguetero, y así también hasta el final de la fastuosa boda, en casa de la ya desposada María Isabel, se hallaba, o más bien se confundía y hasta se perdía, el padre de su Klaus, su flamante esposo, y joven, en cambio, muy digno y sumamente elegante y apuesto, o sea que todo lo bueno le venía a éste, ya qué duda nos cabe, pues sí, señor, le venía exclusiva e indudablemente *tan sólo* por el lado materno.

«El dinero hace crecer a la gente ante la gente, y lo hace en proporción directa a la envidia que produce entre ésta», escribió el súbitamente cáustico Fausto Castañeta, en su artículo «La boda del siglo», publicado al día siguiente en *La Voz de Lima*, y que la maledicencia limeña

95

atribuyó por supuesto a la pluma del propio don Fermín, aunque sí que es muy cierto que aquel banquete de bodas sería recordado como el más elegante de cuanto matrimonio se hubiese celebrado en Lima en muchos pero muchos años.

José Ramón de Ontañeta Wingfield regresó por fin un día, casi veinte años después de haberse marchado intempestivamente y sin avisarle a nadie, ni siquiera a su madre, viuda por entonces. Regresó, eso sí, con el aura de haber cruzado varias veces todos los mares y océanos y de haber llegado hasta los últimos rincones del planeta, en barco, en tren, en avión, a caballo, y hasta en elefantes y camellos, y nuevamente sorprendió a todo aquel que aún lo recordaba por su asombrosa habilidad manual, «por su ciencia y por su paciencia», como solía decir la gente en Jauja, al recordarlo hoy, e imaginarlo renovado y muy al día en todo, ya que su silente curiosidad no conocía límites y sin duda había incorporado además los últimos adelantos de la técnica, las ciencias, e incluso de las artes.

Por lo demás, a la familia entera le sorprendió también que José Ramón, apasionado amante de la ópera, hablase el italiano como un italiano («sí, pero de Milán», solía puntualizar siempre él), el inglés como un londinense, el alemán más culto, el francés cual parisino sumamente refinado, y todo ello por más que las portuarias ciudades de Marsella, en Francia, Hamburgo, en Alemania, Liverpool o Bristol, en Inglaterra, y nunca las grandes ciudades capitales, en cambio, hubiesen sido sus más frecuentes puntos de partida y de llegada. Era también un apasionado lector de libros de historia, mas no de literatura, con la única excepción de Herman Melville, a quien se conocía al dedillo y a cuyos diálogos recurrió más de una vez para extraer de ahí alguna de sus tan sorprendentes y contundentes réplicas. La obra completa del autor de *Moby Dick* había sido en efecto su compañera inseparable durante los años en que, al igual que el célebre escritor, trabajó en un barco ballenero, algo que ni siquiera su madre sabía aún.

–En España me decían que era un *manitas* –explicó un día, en un muy grande y loable intento de comunicación, ya que a los cuarenta años cumplidos continuaba siendo una persona exageradamente reservada.

Y cuando alguien, al escucharlo, le preguntó por el oficio que había desempeñado en aquel país, José Ramón se limitó a responder:

–Quise ser torero, pero debuté en una plaza de pueblo y el toro que me cogió me lanzó entre el público. Con tan mala suerte que caí sobre una anciana y la maté.

Pero a nadie en toda la familia hizo tan feliz el retorno de José Ramón como a su tío don Fermín Antonio de Ontañeta Tristán. Dejando de lado el mal sabor de boca que, a pesar de sus últimos años en Jauja, debidos sin lugar a duda a la infinita bondad de su entonces esposa, la bellísima prima Rosa María Wingfield, aún le producía el recuerdo de su menor hermano Fernando, don Fermín vio en el retorno de José Ramón al Perú, a Lima y no a Jauja, particularmente, según creía él, algo muy semejante al retorno del hijo pródigo. Aunque también al revés, claro está, por haber sido siempre este muchacho, que hoy ha cumplido ya los cuarenta años, pues sí, por haber sido desde pequeño José Ramón una persona realmente trabajadora e intachable, pero sobre todo el hijo varón que la vida le negó y al que hoy fácilmente podría convertir en esposo de su hija María Magdalena, en su hombre de confianza en el Banco Nacional del Perú, en el heredero de su nombre y de su manera de hacer las cosas y de entender el mundo. Y una cosa más, cómo no: ya don Fermín se había dado cuenta de que José Ramón, cuyo verdadero primer apellido, al igual que el suyo, era *De* Ontañeta y no Ontañeta, a secas, como en efecto lo utilizaba él, tendría pues que optar por restituirle la preposición *de* a su apellido, y convertirse por último, como experto contador público y economista que era, en gerente general de su banco, a la vez que administrador de sus dos haciendas e incluso de la minera anglo-norteamericana con la cual se había asociado hace ya varios años.

Aunque era muy cierto que don Fermín Antonio jamás había leído una sola línea de la obra de Melville, ni mucho menos de su breve, duro y contundente relato *Bartleby, el escribiente,* también lo era que la oferta que le hizo esa soleada mañana de verano a su joven y recién desembarcado sobrino José Ramón, si bien mezclaba tal vez demasiadas cosas (matrimonio con su hija mayor, corrección de su primer apellido, y una responsabilidad laboral que se multiplicaba hasta ser, en realidad, cuatro o cinco más), era, eso sí, la más jugosa oferta que jamás nadie, por más tío carnal o padre frustrado o lo que sea que fuera, le hubiera hecho nunca a nadie en la historia del Perú, y muy especialmente a un individuo que reaparece un día con una mano atrás y la otra adelante, a juzgar sobre todo por la chaplinesca y casi impresentable indumentaria que se ha sacado al diario el tal José Ramón este.

Pero bueno, la verdad es que llevaban ya un par de interminables horas, don Fermín Antonio y José Ramón, primos y hasta tíos pero parientes siempre por los cuatro costados, sentado aquél y parado éste ante su severo pero elegantísimo escritorio de presidente del Banco Nacional del Perú, un gran mueble que hablaba además por sí mismo, y tres veces le había repetido el recién llegado exactamente la misma frase negativa que se reitera, diríase que al infinito, en *Bartleby, el escribiente*, y una y otra vez, también, exactamente a los mismos requerimientos del mandamás vueltos a plantear exactamente en los mismos términos que la vez anterior:

—*Preferiría no hacerlo, señor.*

Y cuando el tío, pensando que de esta manera, a lo mejor, desbloqueaba aunque sea mínimamente la bloqueadísima situación, le rogó casi, poniéndose de pie, incluso, y abriendo de par en par sus muy largos brazos en una casi teatral pero, eso sí, muy franca y familiar demostración del mayor cariño y consideración:

—José Ramón, sobrino querido, por lo menos no me llames *señor*. Llámame primo, por favor.

—*Preferiría no hacerlo, señor.*

Aquello definitivamente no podía quedar así. No, de ninguna manera podía quedar aquello así. Y este chiflado pelagatos que se las ha venido dando de navegante, de mercante, de contador y de economista, y que con toda seguridad tan sólo ha vivido lustrando calzado en Groenlandia, pues sí que se va a enterar de quién soy yo.

—¡Dorita! —clamó don Fermín por su secretaria. Y no bien hizo su ingreso en su tan señorial despacho una realmente aterrada Dorita, la voz del amo le dijo, bajando, eso sí, un millón de decibeles su ferocidad, aunque tremendamente amenazante siempre, para que la mujer entendiera de una vez por todas la absoluta seriedad de cada una de sus palabras—: Señora Dorita, llame usted a mi agencia de viajes y haga que le averigüen cómo se envía a un cretino de esta magnitud a la Antártida o al mismísimo Polo Sur. Y en cubierta eternamente. Y en un barco muy lento y sumamente congelado, también, mujer, por favor.

Acto seguido, y literalmente cagándose en su agenda del día, también en sus grandes amigos Ezequiel Lisboa y Felipe José de Zavala, con quienes le tocaba copa esa noche en el Club Nacional, y por último en el propio Club Nacional, don Fermín le gruñó a Claudio que el único rumbo a emprender el maldito día de hoy, aparte de la mismísima mierda, pues es nada menos que mi mismísima casa, o sea otro tanto más de lo mismo, oiga usted.

Abatido al máximo, y tan sólo al cabo de varias horas agotando una y mil veces a grandes zancadas el largo y el ancho de su irrepetible salón escritorio y bar, y con una verdadera seguidilla de copazos de aguardiente en el cuerpo y en el alma, logró contarles don Fermín a su esposa y a María Magdalena, su hija mayor, con el corazón realmente corcoveándole entre pecho y espalda y entre hombro y hombro, que el redomado cretino y seudomarino o más bien marinero y contador de limosnas ese que nos ha regresado sin duda alguna de ninguna parte, preferiría no hacer absolutamente nada acerca de absolutamente toda la verdadera lluvia de sensacionales ofertas que le acabo de poner entre las manos.

—Pero a mí me gusta, papá —se atrevió a decir entonces, aunque a duras penas, es cierto, también, su hija María Magdalena.

—Me imagino entonces que, encima de todo, el oso polar ese usa impermeable y abrigo con cinturón, como tu ya extinguido pretendiente aquel, el tal don Diplomaticucho.

—¿Por qué no nos lo dejas todo a nosotras dos, Fermín Antonio? —imploró, casi, una aterrada doña Madamina. Y es que, la verdad, ella sabía muy bien todo lo que era capaz de ofrecerle su esposo a aquel hijo varón que jamás tuvieron, y que, en cierta manera, también para ella había aparecido por fin un día en sus vidas–. Por favor, Fermín Antonio, te lo ruego por el amor de Dios –se arrodilló, casi, la suplicante doña Madamina.

–Lo más probable es que ese fraude de Cristóbal Colón esté ya rumbo al Polo Sur, y les aseguro también que se trata de un viaje sumamente congelado... ¡Y sin retorno! ¡Me han escuchado! ¡Sin retorno alguno posible y porque lo digo yo, carajo!

–¡Dorita! –exclamó María Magdalena–. ¡Dorita la secretaria es la solución, mamá!

Pero lo único que logró decirles a todos ahí, Dorita, es que, si bien no había barco alguno con destino directo al Polo Sur ni tampoco a la Antártida, en la agencia de viajes le habían dicho que tal vez, eso sí, desde la Patagonia algo se podría intentar... Pero sólo tal vez, eso sí...

–Bueno, eso también ya es algo –comentó, entonces, aliviadísima, doña Madamina...

–Pero, mamá, lo malo es que la propia Dorita dice también que a ella le parece mucho más probable que José Ramón ande más bien camino de Jauja, ya.

–¡Rosa María Wingfield de Poma! –exclamaron en coro doña Madamina y María Magdalena, su hija mayor–: ¡Rosa María Wingfield de Poma es la solución!

–¡Cómo! –puso el grito en el cielo don Fermín–. Conque ésas tenemos, ¿no? ¡Conque el soberano mentecato ese ha decidido ahora largarse a Jauja para volverse indio de puna, además de todo!

–Te lo ruego, Fermín Antonio, no bebas más...

–¡Yo bebo nomás, carajo! –exclamó un furibundo don Fermín, mientras lanzaba su copa contra el mundo entero y se apresuraba en buscar a Claudio para que, a la velocidad de un rayo, lo llevara para siempre jamás al Club Nacional.

En el camino, sin embargo, le pidió a su chofer que detuviera el automóvil un instante, que abriera la maletera, que sacara la argollota que era su llavero sentimental, y que por favor escogiera al azar una llave cualquiera. Y es que acababa de ocurrírsele una nueva idea, sí, señor.

–No todo en esta vida tiene que ser necesariamente *tan* desagradable, ¿no, Claudio? ¿O es que yo me equivoco, tal vez? Pero es que, la verdad, últimamente me parece que no acierto en nada ni una sola redomada y puta vez...

–Permítame, caballero don Fermín Antonio de Ontañeta y Tristán, permítame usted por favor que este humilde servidor disienta con usted aunque sea una sola vez en la vida, señor, pero encuentro absolutamente carente de fundamento su última aseveración acerca de sus aciertos en esta vida...

–Pues entonces, Claudio, vuelvo a pensar que no todo en esta vida tiene que ser necesariamente tan desagradable. Y ahora, además, creo que hasta puede convertirse, de pronto, en algo sumamente agradable –divagó don Fermín, ya bien sentado ahí atrás, en el Chrysler, y de golpe y porrazo de lo más inesperadamente sonriente.

Pues sucedía nada menos que la llave elegida al azar y entre un verdadero rosario de llaves, por Claudio, pertenecía nada menos que a la puerta principal de casa de doña Emilia Canavaro, viuda recientísima del gigantón y sumamente braguetero don Hans von Schulten, y desde hace ya un tiempito aún por consolar. En el asiento de atrás de su automóvil azul muy oscuro, don Fermín Antonio de Ontañeta Tristán se frotaba las manos y se alejaba feliz del mundo andino y muy particularmente de Jauja. E incluso se dijo entre dientes, al ver que estaba a punto de llegar a destino: «Yo sí que preferiría hacerlo, cómo no, señores Melville y Bartleby.» Y además, caballeros, sepan ustedes que no sólo sí prefiero hacerlo sino que además perfectamente bien lo puedo y lo voy a hacer, y en menos de lo que canta un gallo, por haber sido fulminado por un ataque al corazón, apenas dos semanitas después de la boda de nuestros hijos, el braguetero aquel de Hans von Schulten.

Algunos meses más tarde, sin embargo, en una tan elegante como discreta y poco concurrida ceremonia religiosa, bendecida en la iglesia de San Marcelo por un apenas aseado y podado padre Facundo Serrano, contraían matrimonio una enamoradísima María Magdalena de Ontañeta Basombrío con el tal José Ramón, que en realidad parecía un tío muy lejano suyo, a la par que muy ausente, y al cual hubo que despachar rápidamente en viaje de luna de miel esa misma tarde, rumbo a la norteña y azucarera hacienda El Quilombo, situada en Chiclayo, y propiedad, cómo no, de don Fermín, para no incurrir en mayores gastos y contrariedades, y sobre todo en vista de que éste no quería por nada del mundo que su primo y sobrino y tío y ahora también yerno se enterara de que, al día siguiente y ya en su ausencia, según la prensa limeña toda, su verdadero apellido paterno pasaría a ser *De* Ontañeta y no tan sólo Ontañeta.

Por lo demás, el tan José Ramón, aunque sólo ante las súplicas y llantos de doña Madamina y María Magdalena, había terminado por aceptar una modesta colocación en la sucursal que el banco paterno había abierto para la ocasión en la ciudad de Jauja, y por lo pronto se había encargado él mismo de su diseño, su construcción, e incluso de su modestísimo mobiliario y decorado, llevándole además la contra en todo momento al personal especializado llegado de Lima para ejecutar aquella obra, alegando, eso sí que con pruebas al canto, que el trazado extranjerizante de aquellos planos no sólo atentaba contra el urbanismo de una ciudad andina de determinadas dimensiones, como era Jauja, sino que además la innecesaria cantidad de madera que se pensaba emplear en inútiles mostradores y en el absurdo forrado de la oficina del director podía incluso atentar contra el medio ambiente.

Finalmente, y ante una contraorden llegada de Lima, el personal enviado para la ejecución de aquellas obras regresó a la capital, furibundo, eso sí, y José Ramón pudo al fin tomar un modesto ómnibus con el cual llegar aún a tiempo para su matrimonio. Lo que más pesaba, en su muy ligero y discreto equipaje, era un interminable libro de historia, titulado *1914*, que el modesto empleado destinaba exclusivamente a su viaje de luna de miel.

Ésta fue breve, muy breve sobre todo para la lectura del tomazo aquel, y por supuesto que también desde el punto de vista de la tan amante novia, pues breve y hasta brevísima lo fue para su ardor, ya que si bien José Ramón estuvo a punto de matarla, incluso, con la furia de su pasión, a ella nunca le quedó muy claro si esto había ocurrido porque su esposo la amaba tanto como ella a él, si lo había hecho más bien por una realmente sorprendente inexperiencia en cuestiones de alcoba, tratándose como ella creía de un consumado lobo de mar, o si lo había hecho tan sólo por seguir adelante lo más rápido posible con su maniática lectura de *1914*.

La verdad, lo único que María Magdalena sacó en claro de aquel tan breve como austero viaje de novios con su tío José Ramón, encima de todo más de veinte años mayor que ella, es que en el fondo ni ella ni él habían abandonado siquiera la casa de sus padres, y además en un sentido bastante más real que figurado. Y es que estaban desayunando unas salchichas de Huacho, en Huacho, cómo no, ya de regreso a Lima y en el automóvil con chofer que don Fermín les había alquilado para la ocasión, cuando ella le preguntó a José Ramón si no compartía esta extraña sensación.

—Créeme, María Magdalena —le respondió él—, que en este país es bastante difícil alejarse, e incluso salir, si me apuras un poco, de casa de tus padres. Y pues tú ya ves cómo, a pesar de mis principios, finalmente he terminado trabajando en la casa de él y para él...

—¿En casa de él? ¿No te parece un poco exagerado, José Ramón?

—¿Y por qué no llamarle su casa a una muy buena parte de este inmenso y descalabrado país? Pues sí: en casa de él, insisto, y yo que odio el nepotismo, además.

—¿El qué?

—Nepotismo significa, en resumidas cuentas, favorecer a una persona únicamente debido a los lazos de parentesco.

—¿No lo hiciste por amor a mí, entonces?

—Bueno, sí, claro que sí —concedió él, por única vez, eso sí, ya que tan tosco y desconsiderado no era, en absoluto, aunque añadiendo, eso sí, con esa parquedad que lo caracterizaría para el resto de su intachable y muy generosa vida—: Pero ya tú irás viendo que en este país es prácticamente imposible hacer algo que escape al control de tu padre. Y que tú y yo nos hubiéramos muerto de hambre si no termino por aceptarle alguna oferta, al menos.

—Pero si papá en el fondo es un santo, José Ramón.

—Y yo no te lo niego, no. Yo sólo te digo que hay ocasiones en que san Fermín Antonio y Dios realmente se parecen mucho más de lo que a uno le gustaría.

—Pruébame eso, amor.

—Pues digamos que yo quise volar con mis propias alas

y terminé volando con las que el Señor Todopoderoso, tu padre, me ha colocado en su lugar.

–Exageras, amor, igualito además que con lo de la vieja aquella que dices que mataste por ser torero en España.

–Ya ves, me piden que hable, hablo, y me mandan callar. Pásame mejor mi *1914*.

Y así retornó esta joven pareja de su breve y austero viaje de luna de miel, o sea absolutamente todo lo contrario del maravilloso viaje que, terminados el fastuoso banquete y el baile del día de su boda, emprendieron María Isabel de Ontañeta y Klaus von Schulten por las principales ciudades del Viejo Mundo, tan sólo unos cuantos meses antes. Y el único deseo que manifestó José Ramón en todo aquel lento viaje por tierra, y ya de regreso, fue el de comer unas salchichas de Huacho, en Huacho. Por lo demás, estando ya por llegar a casa de doña Madamina y don Fermín Antonio, le puso fin a su lectura del gigantesco tomazo que era *1914*.

Al día siguiente, y por supuesto que en un vagón de segunda, si no de tercera, José Ramón, de apellido nuevamente Ontañeta, sin la preposición *de*, tomó el tren que lo llevaría primero a inspeccionar unas mejoras que el Banco Nacional del Perú estaba realizando en su sucursal de Huancayo, lo desaprobó todo, por inútil y excesivamente costoso, y acto seguido tomó un miserable autocar con destino a la ciudad de Jauja, en vista de que ya era demasiado tarde para dar marcha atrás con aquel despilfarro.

En Lima, mientras tanto, María Magdalena les contaba a sus padres que sí, que había sido un viaje de bodas realmente feliz, aunque la verdad es que se pudieron haber evitado el tomazo ese que se llevó José Ramón para el camino, tantísimas horas de silencio y de lectura, y unas salchichas que se le antojó comer en Huacho, ya de regreso a

Lima, puritita grasa, en mi opinión, pero excelentes, en la suya.

—Y lo son cuando son buenas —opinó entonces don Fermín, aunque agregando, cómo no—: Pero me imagino que José Ramón no escogió precisamente el *mejor* lugar para ello.

—¿Y por qué no habría de escogerlo? —se escuchó débil, entonces, la voz de su santa esposa.

—Pues porque, según José Ramón, en este país uno nunca llega a salir de tus propiedades, papá —intervino, enseguida, María Magdalena.

—¡Tenía que ser el cretino ese! ¡Como que dos y dos son cuatro! Mira, hija mía, ¿realmente no te apetece que hagamos un viajecito sin él a Europa? Porque con un aguafiestas, y de nacimiento, sin duda alguna, eso sí que no estoy dispuesto yo a ir ni a la esquina.

Y pues hubo un viaje bastante breve y únicamente a Viena, ya que María Magdalena, de por sí bastante caprichosilla, aunque esta vez tan sólo en un muy serio afán de que su esposo sufriera por su ausencia, pero no más de unos cuantos días, eso sí, se metió en un bolsillo a su padre cuando le dijo que, para ella, un capricho tan grande como el de las salchichas de Huacho, en Huacho, para José Ramón, sería tomarse docenas de ostras en el elegantísimo Bismarck, sin duda alguna el más importante restaurante de la tan señorial capital de Austria.

—Y después, papá, pasearemos mamá, tú y yo, solitos los tres, por los jardines del antiguo Palacio Imperial, los de Schönbrunn y Belvedere, e iremos a la ópera. Y así hasta que nuevamente volvamos con renovados bríos a comer más ostras en algún otro gran restaurante.

—Pues yo opino que, para una muchacha recién casada un viaje así es una real temeridad —se atrevió a decir doña Madamina.

—Pues yo opino, en cambio, que para una muchacha casada con José Ramón, un viaje así es una real y muy urgente necesidad, y por más recién casada que esté... O precisamente por esta misma razón, puestos a pensar...

—Pero, Fermín...

—¡Salchichas de Huacho en Huacho! ¡Habráse visto cosa igual! —le calló la boca a su esposa, don Fermín, y acto seguido llamó por teléfono a la muy fiel y servicial Dorita, para encargarle el más lujoso viaje a Viena del que jamás se haya oído hablar.

Sin embargo, ya en el avión de ida empezó María Magdalena a arrepentirse de su decisión, y el viaje a la capital de Austria, aunque breve, por más elegante y logrado que fuera, y lo fue de veras, a ella se le hizo verdaderamente eterno, e inútiles fueron todos los esfuerzos de don Fermín por contentar a su hija mayor. María Magdalena no veía la hora de estar de regreso en Lima, y no bien aterrizaron en esta ciudad le encargó a Dorita, la fiel secretaria de su padre en el banco, que le reservase un boleto de primera clase en el primer tren a Jauja. Quería además llegar a su nueva residencia por sorpresa y, como ello ocurriría en un día domingo, fue inmensa la curiosidad que sintió a lo largo de todo el trayecto por ver qué estaría haciendo su esposo en el momento de su llegada.

Pues José Ramón estaba cosiéndose, él mismo, cómo no, uno de sus chaplinescos ternos, aunque no tan a la trinca, ya, felizmente, sobre todo porque así se notaba aún más lo flaco que era. La casita sí que en cambio estaba hecha un primor, empezando por los muebles y sus tapices, por las cortinas y hasta por las muy sencillas pero lindas alfombras, y continuando por las propias sábanas, los cubrecamas e incluso las toallas, los secadores y los estropajos para la cocina, y hasta por los uniformes para la cocinera y la empleada de la limpieza, y todo ello por obra y gracia de su esposo y una antediluviana máquina de coser Singer. En resumidas cuentas, que al fin y al cabo el sorprendido no fue el esposo sino la recién llegada María Magdalena.

En Viena, sin embargo, en el elegantísimo restaurante Bismarck, su padre le había explicado que, más temprano que tarde, por las propias leyes del darwinismo, en las cuales él creía a pie juntillas, su esposo muy pronto estaría de regreso en Lima, y ascendiendo en menos de lo que canta un gallo hasta los más altos cargos de sus empresas, ya tú verás, hija mía, o sea que por ahora limitémonos a brindar por mi futuro director gerente y mi, hoy por hoy, tan sólo insoportable yerno, o sea tu José Ramón, María Magdalena, eso sí que por el momento un pelagatos tan cretino que hasta preferiría incluso, hija mía, que Darwin no hubiese nacido jamás o que en todo caso lo hubiese atropellado un tranvía antes de imaginar incluso sus tan brillantes y concluyentes teorías sobre la selección y evolución de las especies.

—Mozo, otra botella de Dom Pérignon —alzó ligeramente la mano un también concluyente don Fermín—. Y ahora, queridas Madamina, y tú, hija mía, a levantar esos ánimos y a brindar por el naturalista Charles Darwin.

—¿Pero, en verdad, quién fue ese señor, Fermín Antonio? —intervino una curiosísima doña Madamina, que en cuestión de lecturas seguía aferrada a su Azorín de toda la vida y punto.

–Pues nada menos que el científico al que algún día le deberá este cretino de yerno que tenemos, y lo quiera o no lo quiera, ya que esto no importa realmente ni un pepino, pues es ley de vida que aunque ni lo ambicione ni lo considere necesario siquiera, el pez grande se coma al pez chico. ¿Me entendiste?

–¿Estás pensando en José Ramón, papá?

–¿Y en quién más crees que voy a estar pensando, hija mía? –intervino nuevamente don Fermín, y brindando incluso con más champagne Dom Pérignon, aunque esta vez tan sólo con doña Madamina, a quien ya él mismo le había leído varios párrafos del tal Darwin ese, dejándola de lo más pensativa, es cierto, pero también sumamente esperanzada.

Pues ley de vida fue, también, cómo no, el que la recién desposada y ardientemente enamorada hija mayor de don Fermín hubiese terminado por detestar ese viaje a Viena, por breve y lujosísimo que éste resultara, y que su primer y único deseo al tocar por fin suelo peruano hubiese sido embarcarse en el primer tren que partiera de Lima rumbo a Jauja, que ya después podrían enviarle su inagotable equipaje.

Y no había terminado María Magdalena de visitar su tan discreta como idílica casita jaujina, cuando aparecieron para tomar el té nada menos que Rosa María Wingfield y don Hermenegildo Poma Sifuentes, su segundo esposo. La pareja, feliz porque les había nacido una nueva hijita, decidió por fin compartir tan buena nueva con la hija de don Fermín. Era su quinta hija, ya...

–¿Y cómo la han bautizado, tía Rosa María?

–Armindita, pues, hijita, como la difuntita.

María Magdalena tragó saliva, pero logró sonreír, al cabo de un buen momento. Prudentes, eso sí, los esposos Poma Sifuentes se retiraron bastante temprano para dejar que la joven pareja Ontañeta o *De* Ontañeta, y al cuadrado, además, casi, sabrá Dios, se quedara sola, que era lo que ambos en realidad debían estar deseando. Y cuando María Magdalena felicitó a su esposo por lo linda y acogedora que era su jaujina casita de recién casados, un verdadero y muy acogedor *cottage* británico, en realidad, éste la sorprendió al llevarla de la mano hasta una habitación bastante espaciosa para aquella modesta casita, todavía no descubierta por ella, y en la cual había nada menos que un estupendo piano de media cola, y marca Weber, nada menos, más una pantalla de cine, un proyector de cortos metrajes mudos, todos de Chaplin, de Laurel y Hardy, y de Buster Keaton, una vitrola a manivela y con tremenda aguja que se desatornillaba y se cambiaba por otra, cada cierto tiempo, y decenas de discos de ópera y música clásica.

También se sorprendió María Magdalena al notar de pronto que su esposo llevaba puesto un terno color carbón de grandes rayas blancas, hechura de la casa, cómo no, y por primera vez en la vida no tan a la trinca, que encima de todo acababa de terminar de zurcir uno por uno varios pares de medias ya bastante agujereadas, de tan longevas que eran, y que por último hasta había conseguido en la tienda de abarrotes de un italiano ya bien instalado en Jauja nada menos que un pequeño cargamento de salchichas de Huacho, de Huacho.

María Magdalena, que se debatía entre un desfallecimiento apasionado y otro ocasionado por el más furibundo colerón, optó entonces por arrojar a su esposo contra el sofá, de un solo empellón y con todas las fuerzas de su pobre corazón, y de veras que le pegó su tremendo susto, al pobre, temiendo incluso por un instante haberlo asesinado, Dios mío. Pero José Ramón, luchador eximio, por supuesto que también, vaya que si es pesado el tipo, pues hasta de artes marciales segurito que sabe, en apenas un instante la tuvo debajo de él y la asfixió de un beso bastante inmortal, la verdad, realmente de los eternos y hasta cinematográficos, además, pero que no era sin embargo más que puritita y muy cordial y amorosa bienvenida a casa.

«¡Las teorías de Charles Darwin!», exclamó entonces una feliz María Magdalena, aunque por recordar la cena vienesa aquella, a punto estuvo de que se le escapara: «Pero si esto es Darwin de paporreta, y con lo que me gustan a mí los grandes empresarios.» Se contuvo, pues, y en cambio le propuso a su esposo comerse unas cuantas salchichas de Huacho, de Huacho, sí, pero esta vez en Jauja. Y la verdad es que fue aquélla una noche realmente feliz, y tanto que, cuando a los dos días llegaron las mil maletas conteniendo íntegra la elegantísima ropa y demás lujosas pertenencias y grandes marcas de perfume y de toditito, de su esposa, a José Ramón lo único que se le ocurrió fue encargar madera para los roperos, armarios y cómodas, que, por supuesto, él mismo iba a diseñar y fabricar, y de paso y sin darse cuenta en absoluto se le escapó el siguiente comentario:

–Sí que van a tenerse que encargar trajes al extranjero, caramba, las pobres jaujinas, pues de lo contrario sus esposos sólo van a tener ojos para ti.

–Charles Darwin, José Ramón.

–¿A santo de qué me vienes ahora con Charles Darwin, María Magdalena?

–Bésame y calla, reverendo y adorado idiota mío.

Lo único malo de aquella triunfal llegada de María Magdalena a su casa jaujina, casi de muñecas, eso sí que sí, fue que las salchichas de Huacho, de Huacho, tuvieron que acompañarlas esa noche con una británica taza de té de la India. Pero, en cambio, cuando ella se quejó de la ausencia de un buen vino tinto, siquiera, para estas salchichas, José Ramón, deberías haber pensado aunque sea en eso, la disculpa de éste no fue otra que el madrugón que tenía que pegarse al día siguiente, lunes, para estar antes que nadie en la oficina.

–De veras, mi amor. Deberíamos ir pensando ya en un altarcito para Darwin –le soltó por fin ella, con una muy creciente fe en el naturalista inglés Charles Robert Darwin, y dejándolo a él completamente turulato y sin entender absolutamente nada de nada.

Eso sí, seis meses más tarde, por lo pronto, y por razones de fuerza mayor, cómo no, José Ramón Ontañeta Wingfield acababa de ser ascendido a la más importante sucursal de Huancayo, ciudad de los Andes centrales del Perú que se caracterizaba ya en aquellos años cuarenta por un gran movimiento comercial y por sus ferias regionales, y a lo cual se unía además la gran fascinación que sentían su esposa y él por las campiñas de Tarma y de Huaychulo, y por la pesca de truchas en ríos y riachuelos de la región.

II

En Lima, mientras tanto, don Fermín Antonio de Ontañeta Tristán había optado por ponerle fin, radicalmente y lo antes posible, a la empedernida y parasitaria vagancia de sus sobrinos Tristán López Urizo y Tristán Mendiburu, que andaban siempre juntos, además, y que, no contentos con los zarpazos que constantemente le pegaban, habían llegado al extremo de falsificar su firma en una ocasión. O sea pues que de la noche a la mañana, las siete joyitas que eran en total los sobrinos Tristán López Urizo y Tristán Mendiburu se encontraron trabajando en puestos bastante subalternos de la oficina principal del Banco Nacional del Perú, donde para empezar debían marcar tarjeta cada mañana media hora antes que el resto del personal, a ver si por lo menos en algo da el ejemplo esta tanda de facinerosos. Y la verdad es que casi todos ellos fueron muy puntuales empleados, aunque sin descollar nunca en sus puestos ni mucho menos llegar a la altura del primo José Ramón, único miembro de la familia en quien funcionaron al pie de la letra y hasta con creces las teorías de Charles Darwin.

Los sobrinos Tristán López Urizo y Tristán Mendiburu,

en cambio, jamás pasaron de las ventanillas de atención al público, y una de ellas, desesperantemente desaliñada y sucia de aspecto, y que respondía encima de todo al atroz nombre de Aurorita y era de una enfermiza beatitud, tenía en cambio la incontenible manía de limpiarlo todo, pero lo que se dice absolutamente todo lo que encontraba por delante, y por más limpio que estuviera ya, motivo por el cual don Fermín no sólo optó por despedirla del banco sino que logró además que, a cambio de una modesta suma de dinero, la tal Aurorita renunciara a usar sus apellidos Tristán y López Urizo, por lo menos mientras ello no le resultara absolutamente indispensable.

Sin embargo, ni siquiera la maniática y realmente exasperante Aurorita quedó excluida del generoso regalo que don Fermín Antonio les hizo a todos estos sobrinos de una casa bastante regularona en Chacra Colorada, un barrio del distrito de Breña en el que poseía algunos buenos terrenos, pero Dios es testigo de los denodados esfuerzos que realizaba el caballero por no toparse nunca en el banco ni en lugar alguno con cualquiera de ellos, fueran éstos Tristán López Urizo o Tristán Mendiburu, con lo cual tampoco se enteró nunca de que, a su vez, los siete sobrinos huían despavoridos no bien aparecía por ahí su tan temible benefactor.

Doña Madamina, en cambio, se reunía con ellos, muy puntual y cariñosamente, el segundo y cuarto día martes de cada mes, en el Salón de Té y Heladería D'Onofrio de la avenida Grau, sea para invitarles ingentes cantidades de helados, en verano, sea para invitarles deliciosos pasteles de fresa y chocolate, en invierno. Otra fue la costumbre, eso sí, cuando algunos años más tarde volvieron por fin a Lima José Ramón y María Magdalena con los cuatro hijos que tuvieron en las diferentes ciudades andinas y costeñas por las que fue ascendiendo siempre él, en su meteórica carrera de banquero. A estos niñitos les llevaba a casa de sus padres los pasteles o los helados la abuela Madamina, todos los viernes del mes, y sin falta también los días sábados los llevaba a pasear en burro por Atocongo, donde por supuesto que su esposo poseía también unas estupendas chacras entonces destinadas a cultivos de panllevar, pero que tarde o temprano terminarían incorporándose a la siempre creciente Lima urbana, convertidas ya en muy grandes y modernas urbanizaciones.

Por aquellos años cuarenta, también, los dos hijos políticos de don Fermín Antonio se habían mudado ya a San Isidro, huyendo de la Casa del Pueblo que, a mediados de aquella década, el Partido Aprista, considerado por entonces el enemigo malo de los ricos, había fundado realmente al lado de todo aquel conjunto de hermosas casas familiares, con comedores populares y todo. En fin, una verdadera catástrofe, ruidosa, asquerosa, populachera y hasta parcialmente vernacular, que obligó a José Ramón Ontañeta y Klaus von Schulten y sus respectivas familias a poner los pies en polvorosa y no parar hasta San Isidro.

Don Fermín Antonio, en cambio, juró que jamás se movería de su palacete medio extremeño y medio castellano, para que jamás aprista alguno soñara siquiera con la posibilidad de que él pudiese tenerles miedo, ya que por el contrario estaba siempre dispuesto a demostrarle a cada uno de aquellos babosos pelagatos de la ínfima quién exactamente era don Fermín Antonio de Ontañeta Tristán con su espada, su estoque o con su florete en ristre, en fin, a gusto del cliente. Y por último renunció también el caballero a vender o alquilar cualquiera de sus otras casas, por temor

116

a que subrepticiamente se le colaran en ellas algunos miembros del partido del pueblo.

Pero todo lo contrario, más bien, es lo que fue ocurriendo con el paso de los años, pues los apristas, cansados por fin de arruinarle sus días de reposo a don Fermín, mediante altavoces estratégicamente colocados en el mismísimo techo del caserón, o sobre sus patios y terrazas, para literalmente torturarlo con música vernacular a todo volumen, y cansados también de escupirle el Chrysler azul e incluso de rayarle la carrocería, en algún descuido del anonadado Claudio, con los años terminaron no solo por tomarle un gran afecto y el debido respeto al ya envejecido señorón, y por último llegó incluso a darse el caso de que, el día de su muerte, arriaron sus banderas hasta dejarlas a media asta y apagaron sus altavoces a lo largo de cuatro fines de semana seguidos, en sentida demostración de cariño, de admiración, de duelo, y de la mayor consideración por la inconsolable viuda de don Fermín Antonio de Ontañeta Tristán.

Pero nuevos y muy grandes disgustos habrían de darle a don Fermín los hermanitos Augusto, alias Cuto, nada menos, y Aurorita Tristán López Urizo, quienes a pesar de la generosidad a manos abiertas demostrada por su tío, se diría, claro que de no ser ambos bastante limitadillos, pues se diría que hacían todo lo humanamente posible por enlodar el tan bien ganado prestigio de su multimillonario y señorial tiote. Y quién habría dicho, además, que a pesar de ser de una puntualidad a toda prueba en el trabajo, el tal Cuto empinaba diariamente el codo hasta las mil y quinientas, y que aquello empezaba precisamente no bien abandonaba su ventanilla de atención al cliente en el Banco Nacional, en la conocida bodega Arboccó, para luego continuar por otros lugares *de culto*, siempre en la vieja Lima, y terminar sabe Dios en qué antros de aserrín en el suelo y vómitos por aquí, por allá, y por acullá.

A punto de desfallecer, eso sí, y cuando caía ya la noche y Aurorita continuaba todavía como si nada su loca jornada de limpieza, los mismos curas que la explotaban le ponían término a sus muy peligrosas escaladas por aquellas neoclásicas o barrocas, pero siempre muy oscuras fachadas, de cualquier modo, y entonces la muchacha se daba todavía maña para ubicar a su hermano Cuto en su suicida y arrabalera carrera en pos de otro pisco, compartía con él sus mendrugos de pan y un buen par de últimas mulitas de un cada vez más barato aguardiente, pero que tampoco fueron jamás las últimas mulitas ni mucho menos, dicho sea de paso, lo aseaba enseguida a como diera lugar, y lo obligaba, eso sí, a efectuar una serie de gargarismos sumamente perfumados y destinados a erradicarle por completo aquel tufo asqueroso, y cuya receta no era otra que un gran trozo de jabón que burbujeaba sabe Dios cómo en el fondo de un gigantesco vaso de agua mineral.

Después, y ya con la luz del día, la mendicante Aurorita y un exteriormente renovado Cuto, lo cual ya es algo, se tomaban un buen par de cafés bien negros, compartían los mendrugos de pan que ella aún conservaba para estas últimas emergencias, y, exactamente media hora antes que nadie, el perfecto empleado bancario estaba ya marcando la primera tarjeta del día, para gran satisfacción del tiote magnate y banquero, quien jamás imaginó, pero lo que se dice ni en sueños, que en uno de los únicos instantes de debilidad que se permitió en su vida, aparte de aquel ya lejano y muy superado episodio en que se mezclaron Herman Melville y su yerno José Ramón Bartleby, hoy ya toda una encarnación del más esencial darwinismo, y en lo que bien podemos llamar pura y dura ley de vida, por lo demás, habría de terminar ofreciéndole nada menos que la plaza de cajero auxiliar del Banco Nacional del Perú, en mérito a su siempre ejemplar puntualidad, al tal sobrino Cuto. O sea pues que le pidió a Dorita, su eterna secretaria en esta oficina, que por favor le ubicara en alguna ventanilla a un tal Cuto, perdón, Dorita, quise decir a mi sobrino Augusto Tristán López Urizo.

Y cuando importantísimo tío y sumamente insignificante sobrino, aunque también modelo de puntualidad, es cierto, quedaron por fin a solas en la grandeza y el esplendor de aquel presidencial despacho, y el pobre sobrino Augusto, miserablemente sentadito ahí delante de él y absolutamente reducido también ya a su dimensión Cuto, don Fermín, que no sólo le había permitido sentarse ante su escritorio y prácticamente desaparecer en el intento, que también esto es muy cierto, sino que además acababa de decirle, o casi, que en el fondo aquélla no era tan sólo la reunión de todo un señor mandamás y un insignificante empleaducho, muy puntualmente tarjetero, eso sí, valgan verdades, sobrino, que por esta última razón es precisamente que deseaba verte, sino que en verdad se hallaban además en una reunión de familia, de dos auténticos Tristanes, encima de todo, o más bien tan sólo encima de un tal Cuto en vías ya de una muy rápida reducción a la nada.

En fin, que antes de que Cuto terminara por desaparecer del todo, don Fermín Antonio se apresuró en decirle que por obra y gracia mía acabas de quedar convertido en auxiliar de caja, es decir en auxiliar del cajero Arnoldo Zamora, aunque se desmayó enseguida don Fermín, eso sí, cuando la historia, tal y como afirma su mortal enemigo comunista Karl Marx, se repitió con carácter de farsa, al responderle desde allá abajo, y sin duda alguna por puritita coincidencia Bartleby, apenas un hilillo de voz y de ultratumba:

—Preferiría no hacerlo, señor.

Ya de patitas en la calle, el tal Cuto no encontró mejor empleo que el de acompañar, muy puntualmente, eso sí, en lo de marcar tarjeta, aunque no la hubiera, por supuesto, a su imprescindible hermana Aurorita. Inmunda ella y siguiéndola a pasos agigantados él, en todo lo que a falta de higiene se refiere, los dos hermanos crearon una verdadera y perfecta microempresa, entregada realmente en cuerpo y alma a la limpieza de templos, y también ahora de capillas, ya, pues tanto la oferta como la demanda de mano de obra realmente regalada, por lo demás, habían ido creciendo a la par, debido sobre todo a una absoluta carencia de ingresos fijos, ahora también por parte de Cuto, lo cual hizo que los inseparables hermanos Tristán concibieran incluso una cierta especialización, consistente ésta en que el interior de las iglesias, o sea pisos, zócalos y bancas y altares no muy altos, sobre todo, quedaban a cargo de Cuto, para evitarle más pérdidas de equilibrio que las ya debidas al aguardiente, y en que las partes altas de las fachadas y asimismo de los más importantes y enormes altares quedaban a cargo de la muy intrépida Aurorita, cuya ansiedad por mantener limpísimas las diferentes casas de Dios en que los iban empleando corría a la par que su temor de ver a su adorado hermano Cuto desplomarse por los suelos.

Y por supuesto que las ofertas de otro tipo no tardaron en surgir en el horizonte laboral de los inseparables hermanos Aurorita y Augusto, y entre éstas nada menos que una del circo Las Águilas Celestiales, que en Fiestas

Patrias instalaba siempre muy puntualmente su carpa en una esquina de la plaza Grau. En realidad, Cuto no servía para nada, salvo para las habituales tareas de limpieza, pero en cambio Aurorita, capaz ya de alcanzar alturas tan desafiantes y arriesgadas como las de la más alta torre de la más alta iglesia de Lima, y por supuesto que sin red, fue rápidamente detectada por un empresario circense a quien su arrojo, ya bastante conocido en esta ciudad, por lo demás, le resultó tan asombroso como admirable, pero cuya remuneración le pareció realmente ridícula y sumamente injusta, por tratarse tan sólo de limosnas y mendrugos de pan frío, aunque, eso sí, con su poquito de pisco, también, es cierto, absolutamente indispensable, por lo demás, de un tiempo a esta parte, para que los dos hermanos funcionasen como un reloj al que el propio Dios le da cuerda todas las mañanas del año.

Pero precisamente era Dios quien brillaba por su ausencia en el firmamento circense, y así al menos lo entendió la también beatísima y pudorosa Aurorita cuando el empresario le propuso el trapecio como meta a alcanzar, aunque bien bañadita y artísticamente maquillada, por supuesto, y además con una malla realmente breve, muy estrecha y hasta pecaminosa, destinada a realzar al máximo incluso la silueta de la menos agraciada y curvilínea de las trapecistas, lo cual, por cierto, no era ya tanto el caso de una muchacha a la cual eso de andar trepando por tan altas torres y fachadas de iglesias y lo de limpiar asimismo grandes ventanales y hasta vitrales llenecitos de Dios, uno y trino, de apóstoles y de santos y beatos mil, todititito con tan sólo una mano y mientras su cuerpo entero colgaba de la otra, le habían hecho desarrollar una muy atlética a la par que esbelta silueta de nadadora, a la cual una reducida malla realmente haría brillar en el firmamento de los circenses columpios que van y vienen, vuela que te vuela por los aires.

–¿Y si la sometemos a una prueba, señorita? Estoy seguro de que usted no se arrepentirá.

–Pero yo sólo trabajo con mi hermano Cuto, que además le tiene pánico a la altura, señor, hasta cuando bebe.

–Eso déjelo de mi cuenta, señorita Aurora.

–Aurorita, señor.

–Pues mire usted: Aurorita podría ser un buen nombre artístico, aunque a su hermano Cuto sí tendríamos que encontrarle un nombre un poquito más apropiado.

–Pues Augusto; ¿no le parece bien Augusto, señor empresario?

Y vaya que ardió Troya cuando los hermanos Aurorita y Augusto Tristán López Urizo, alias Los Titanes Tristán, aparecieron retratados en toda la prensa limeña, y esto incluía, sin duda alguna por error, a *La Voz de Lima*, y a plena página, y además Aurorita lucía nada menos que una muy escasa malla de cuentecillas violeta y hasta ultravioleta, o algo así de tan encendido y atrevidísimo, mientras que a su hermano lo que le brillaba, y bastante más que la desteñida vestimenta de payaso sumamente triste y encima de todo sordo y mudo, era una muy dorada y reluciente cantimplora, llenecita hasta el techo mismo de la más alta torre de la Catedral de esta ciudad de puritito pisco de uva, y que entre copa y copa no sólo recupera el oído y el habla y se arranca a soltar uno tras otro chistes reveladores y atroces sobre un tal don Fermín Antonio, cuyos apellidos, además, damas y damiselas, niñas y niños, amas y amos, y caca-cacaballeros, coincide con el nuestro por varios de sus costados, y que se las da de muy gran señor cuando en realidad no pasa de ser un caca-cacaballero, respetable público presente o ausente, que para el caso da lo mismo, caca-cacaballeros...

Entonces sí que se desplomaba el borracho sordo y mudo, pero que esta tarde milagrosamente ha tartamudeado, cuando menos, y hasta ha escuchado muy bien sus aplausos, muy respetable público limeño, y desde su trapecio y sin red alguna de por medio vuela en su ayuda la gran Aurorita mientras un gigantesco reflector pone a la vista del público todo de esta muy bella y noble ciudad el más ágil vuelo que jamás se haya visto hasta hoy de una damisela tan encantadora y enamorada como alada, y nada menos que hasta los brazos mismos de su Arlequín muerto y resucitado especialmente para esta inolvidable y tan novedosa actuación en Lima de los incomparables *Titanes Tristán,* niñas y niños, damas y damiselas, señoras y señores, caballeros y caca-cacaballeros como un tal don Fermín de La Gran Caca-cacaballería...

Todos ahí, y como siempre ya, en el saloncito de las circunstancias, sabían perfectamente que cuando don Fermín mandaba a su esposa a leer, y *su* Azorín, nada menos, las cosas de la familia realmente habían llegado a su límite. Y por ello no tardó ni un segundo el furibundo señorón en callarles la boca a su hija María Isabel y a Klaus von Schulten, su esposo, quienes no sólo tuvieron la osadía de reírse de aquel ridículo episodio, sino que incluso sugirieron que lo mejor era dejarlo pasar todo como la palomillada de un buen par de torpes avivatos. Temblando además ahora de la rabia, sí, realmente temblando y totalmente fuera de sí, don Fermín les espetó que ya iba siendo hora de dejarse de tanta irresponsable risotada y de dotarlo, en cambio, al menos de un nieto más, en vista de que ellos no sólo se habían casado antes, aunque sea tan sólo cinco meses antes, pero antes, de cualquier modo, que María Magdalena, su otra hija, y José Ramón, pero que en cambio éstos les llevaban ya ni más ni menos que una ventaja de cuatro hijos a cero, y a ver si ahora se me ríen ustedes también de esto, tan dispuestos como los veo a reírse como un par de babosos de asuntos tan serios, por no decir tan graves...

–Perdona, papá –empezaba a decir María Isabel, seguida en ello por su esposo, pero fue de inmediato interrumpida por don Fermín.

–Pues no. Ni perdón ni qué ocho cuartos. Aquí lo único que vale es darme nietos o tomar las debidas cartas en este asunto.

–Déjeme decirle entonces, don Fermín Antonio –trató de salvarse Klaus, a como diera lugar, de la ira santa de su suegro–. Déjeme decirle entonces que, para empezar, no me parece una mala medida desheredarlos, por ejemplo.

–¡Oye, teutón de mierda! ¿Desde cuándo se te antoja a ti desheredar a mis sobrinos, que tuyos no lo son por ningún lado, y encima de todo de un dinero que tan sólo me pertenece a mí? La verdad, Klaus, es que esta mañana te encuentro sumamente desacertado, por decir lo menos.

–Déjeme a mí encargarme de todo, don Fermín Antonio –intervino, por fin, José Ramón, harto ya de tanta babosada–. Y por supuesto que le daré cumplida cuenta de cada paso que dé, siempre, eso sí, en una sola dirección y con un solo objetivo...

–Por mi parte, quedas autorizado incluso a asesinarlos. Y en este caso seré yo quien se encargue de que jamás nadie se entere de nada. ¿De acuerdo José Ramón?

–¡Fermín Antonio, pido piedad para esas pobres criaturas! –se oyó entonces la voz febril de una aterrada doña Madamina, que exclamaba y protestaba, sí, la pobrecita, pero ya como desde el mismo cielo.

124

—¡Pero no estabas tú leyendo a *tu* Azorín, carajo!

La peor de todas las reuniones familiares, y en un saloncito para las circunstancias cada vez de mayor utilidad, esto sí quién lo habría dicho, acababa de terminar para todos ahí, en ese instante, menos para don Fermín Antonio y su yerno José Ramón, ya bien instalado en Lima con sus cuatro hijitos, dos varones y dos mujercitas. Para estos caballeros, que a la vez eran primos, suegro y yerno, por lo menos, y además con todos los enredos colaterales a los que da lugar una ya casi incestuosa endogamia, para estos dos caballeros, en cambio, ahora todo quedaba por delante, absolutamente todo quedaba ahora por hacer acerca de este tan desagradable asunto de los malagradecidos Cuto y la tal Aurorita.

Y como por algo había que empezar, eso sí, pues al día siguiente mismo, un domingo, por lo demás, el circo Las Águilas Celestiales ya había colocado desde las primeras horas de la mañana un gran letrero anunciando el cese de las funciones, por disposición municipal, nada menos, aunque también el día lunes, en un aviso pagado y a toda página, en los más importantes diarios de circulación nacional, la Prefectura de Lima informaba al público en general que el susodicho circo cerraba sus puertas para el resto de la temporada de Fiestas Patrias, por muy graves faltas que no sólo atentan contra el pudor y las buenas costumbres, sino además por abusos cometidos contra personas menores de edad, y de ambos sexos, a las cuales se obligó incluso a trabajar en estado de ebriedad inducida, con grave riesgo para sus vidas.

Y por otra parte, todos los curas, párrocos o no, de las iglesias del centro de Lima, tronaron en sus púlpitos contra estos abusos de un circo, empezando por el de la propia Catedral y terminando por el de la última y más humilde capillita. En fin, que hasta el último y más insignificante curita finalmente tronó en contra, pues la noticia voló veloz como un rayo incluso desde los conventos hasta las sacristías, ya que era el mismísimo cardenal primado de la ciudad de Lima quien prohibía terminantemente el empleo de personas menores de edad o simplemente de beatos, beatas y demás mendicantes para tareas como la limpieza de las fachadas e incluso el interior de las iglesias todas de la ciudad, debiendo estas tareas recaer en adelante en profesionales pagados para ello y sobre todo en personas mayores de edad y en la capacidad de hacer debida prueba de ello mediante los documentos de ley.

Por supuesto que todas estas categóricas y hasta despiadadas medidas tenían por objeto tan sólo que los hermanos Aurorita y Augusto Tristán López Urizo se encontraran de golpe y porrazo absolutamente desempleados, lo cual resulta fácilmente deducible, con tanto aviso pagado, tanta ordenanza, tanto edicto, tanta ley, tanto reglamento y hasta diríase que tanto auto de fe a los que dio lugar el rabietón de don Fermín Antonio de Ontañeta Tristán, que habiéndose mostrado asaz generoso con aquel par de torpes y asquerosos sobrinos, dos verdaderos casos del peor ejemplo y de la más monstruosa ingratitud, dicho sea de paso, tan sólo había cosechado al fin y al cabo una inmensa tristeza y un infinito sinsabor familiar.

En fin, se comprenderá fácilmente que quien repetía una y otra vez, y en sucesivas ediciones, toda esta machacona verborrea era *La Voz de Lima*, una vez más convertida en la voz de su amo, para decirlo con todas sus palabras, pero como en este caso lo que le pasaba al amo repercutía grandemente sobre los asuntos de la ciudad de Lima, cuando menos, muy fácil resulta también concluir que José Ramón Ontañeta, convertido ahora en una mezcla sutil y cruel, a un tiempo, del evolucionista e inglés Charles Darwin y del implacable e italiano Nicolás Maquiavelo, en todo lo que a fines, medios y punto de llegada se refiere, y dadas por supuesto unas muy precisas circunstancias.

Pero se equivocaba, y mucho, quien veía en la brutal hostilidad de este verdadero zafarrancho de combate tan sólo una maniobra destinada a aplicarles un buen castigo a los pobres y desvalidos hermanitos Cuto y Aurorita, poseedor cada uno de su propia casa, por lo demás, y que muy fácilmente podrían alquilar una, empezar a vivir los dos en la otra, y con el producto de aquel arriendo hacer caso omiso de las atroces iras del tío Fermín Antonio, y nada más que por una bromita, Dios mío, qué malo había sido ese señor que al principio pareció tan bueno, cuando nos regaló dos casas y hasta nos ofreció trabajo en su banco, pero que tan malo ha resultado que yo hasta le tengo mucho miedo, Cuto.

–El pisco envalentona, Aurorita. Tómate una copa más y verás como te sientes capaz incluso de matarlo.

–Ave María Purísima, Cuto. Ahorita mismo que amanezca nos vamos para que te confieses.

–Pero si no nos dejan ni acercarnos a una iglesia, hermanita. ¡Salud!

–Cuto, tú vas a acabar en el infierno...

–Del infierno mejor no me hables, oye. Se me quita el efecto de las copas y me entra verdadero pánico.

–¿Y si nos fuéramos a pedir limosna en la puerta del Banco Nacional del Perú, del tío Fermín Antonio?

–Ése mejor que ni nos vea, Aurorita.

–Por mí sí que no nos verá nunca jamás. Ni nosotros tampoco a él.

Pues todos estos mutuos y recíprocos deseos de no verse nunca más, muy claramente expresados por don Fermín Antonio, en primer lugar, por su yerno José Ramón, en segundo, y en tercer y último lugar por los pobres Aurorita y su inseparable hermano Cuto, se cumplieron al pie de la letra. Pero también un último y hasta entonces muy callado e inconfesable deseo se cumplió, y éste consistió nada menos que en la manera en que suegro y yerno acordaron que en la ejecución de lo pactado en el saloncito de las circunstancias, acerca de los ya insufribles hermanos Tristán López Urizo, sería el yerno quien tomaría absolutamente todas las decisiones acerca del destino de ese par de forajidos, una vez terminada la cacareante campaña de prensa que contra ellos puso en marcha don Fermín Antonio, con la finalidad exclusiva, eso sí, de que de la noche a la mañana se encontraran de patitas en la calle, tanto en el circo como en las iglesias y capillas todas de Lima. Algo sospechó, sin duda, eso sí, José Ramón Ontañeta Wingfield, siempre cien por ciento reacio a anteponer la preposición *de* a su primer apellido, y tan rotundo en su negativa, incluso ante los ruegos de su esposa, que no faltaba gente allegada a la familia que afirmaba que lo hacía tan sólo por joder a don Fermín Antonio.

Pero sí, algo sospechó, o pudo sospechar, al menos, José Ramón, cuando le pidió a su suegro que le firmara un poder notarial para poner en venta las casas de Aurorita y Cuto, y por única respuesta obtuvo un rotundo no, mi querido yerno, quedamos en que actuarías absolutamente por tu cuenta en este asunto, aunque por supuesto que yo siempre te daré toda la cobertura si algo surgiese en la *extinción* de ese par de retardados mentales, que además, ten la seguridad de que ni siquiera tienen debidamente registrados como suyos esos inmuebles.

Pero sabido es que el Maquiavelo grande se devora al chico, sobre todo cuando de tiburones se trata, además, y tal cosa ocurrió en efecto en este caso. Suegro y yerno no habían vuelto a hablar sobre el tema de los incómodos sobrinos desde la reunión familiar aquella del saloncito de las circunstancias, que acabó con la pobre doña Madamina releyendo casi a patadas a *su* Azorín, y ello quería decir nada más y nada menos que, a partir de aquel día, la suerte toda de aquellos dos indeseables había quedado en manos tan sólo de José Ramón, aunque eso sí con la prometida cobertura de su suegro.

Pero el tal José Ramón no sólo había dispuesto de las dos casas de Chacra Colorada, a como diera lugar y contraviniendo además los deseos de don Fermín Antonio, sino que una vez en la calle ambos hermanos, él mismo hizo todos los contactos en el puerto del Callao con viejos conocidos de muy dudosa reputación, gente que de alguna manera había conocido durante sus veinte largos años de navegante, para que los pobres infelices fueran embarcados en una nave con destino a la ciudad de Colón, en Panamá, donde se les abandonaría a su suerte, por supuesto que sin ninguna documentación, sin dinero alguno, en fin, con tan sólo lo puesto.

Sin embargo, fueron aquellos viejos conocidos del Callao, por vía además de terceros, jamás vistos antes y sin nombres ni apellidos, por supuesto, quienes aparecieron al día siguiente de todo aquello con un periodicucho impreso allá en el puerto, en cuya primera página José Ramón Ontañeta reconoció los cadáveres ensangrentados y los rostros desfigurados de Aurorita y Augusto Tristán López Urizo. Los nombres y apellidos que recogía aquel infame impreso eran correctos, y el lugar de los hechos un bar de mala muerte, allá en el puerto del Callao.

Por supuesto que, no bien estuvo solo en su recién estrenada oficina limeña del Banco Nacional del Perú, José Ramón llamó a su suegro. Y por supuesto también que doña Madamina y don Fermín Antonio habían viajado dos días antes con destino a Nueva York.

María Magdalena lo ignoraba todo acerca de este intempestivo viaje, Klaus y María Isabel también, la secretaria Dorita, en el propio banco, ídem, en fin, y lo más probable es, conociendo a este viejo cabrón, que hasta doña Madamina y Claudio, el chofer, y ni qué decir ya de la servidumbre de Alfonso Ugarte, lo ignoraran todo acerca de este viaje de don Fermín Antonio a Nueva York, hasta el último minuto para cada uno de ellos, según su mayor, menor o completa participación en un acontecimiento que, sabrá Dios hasta qué extremo, dejaba a José Ramón absolutamente solo ante los hechos, lo cual quería decir absolutamente solo ante cualquier eventualidad, por supuesto, y finalmente también contra las cuerdas, por qué no, sería cosa de verse.

Siete días útiles más tarde, uno tras otro, por fin lograba verle la cara José Ramón a don Fermín Antonio. Pero encima de todo era a éste, y no a su sobrino y yerno, a quien le correspondía llevar adelante un interrogatorio que, se hubiera dicho, era a José Ramón Ontañeta a quien le hubiera correspondido, cuando menos, poner en marcha. El tono adoptado por don Fermín Antonio y la cruel firmeza de su voz harían el resto.

–Los mandaste matar, ¿no es cierto?

–Yo no he mandado matar a nadie, tío.

–¿Y esto qué es, entonces? –cortó el tío, dejando con una mueca de asco el recorte de la foto con los cadáveres de sus dos sobrinos tirados por el suelo y bañados en sangre.

–Eso...

–*Esto*, y no *eso*, son mis dos pobres sobrinos. Y tú deber era tan sólo hacerlos llegar a la ciudad de Colón, en Panamá, vivitos y coleando, ¿o no?

–Pero...

–Pero los mandaste matar.

–No, no tío. Eso nunca...

–Lo de *tío* está absolutamente de más, de ahora en adelante, José Ramón. ¿O no era a ti a quien aterrorizaba la idea del nepotismo? Esta imbecilidad, mientras anduviste en provincias, no tenía la más mínima importancia, pero en cambio ahora que has llegado a la oficina central de *mi* banco, en Lima, pues ahora sí que esto del nepotismo tiene toda la importancia del mundo. ¿Entendido o no?

–Pues sí, cómo no.

–Y una cosa más, antes de irte. ¿Qué colocación se te ha atribuido, ahora, en Lima? Me refiero por supuesto al cristal de la puerta, en tu oficina. ¿Ves el mío? Dice con letras negras y bien claras «Don Fermín Antonio de Ontañeta Tristán. Presidente». ¿Qué han puesto en la luna ahumada de tu puerta?

–Sólo mi nombre.

–Perfecto. Y así se quedará mientras yo presida esta institución. Y además, por decirlo de alguna manera, así te quedarás tú también.

–Pero algo tendré que hacer, tío...

–¿Cómo? ¿*Tío*, otra vez?

–¿Pero cómo he de llamarte, entonces? Suegro suena muy feo.

–Pero es lo que soy, José Ramón, aunque esto tampoco es lo realmente importante. Lo realmente importante es que para ti, de ahora en adelante, y aquí, en el club, o en casa, me llamo don Fermín Antonio de Ontañeta Tristán, y punto.

—Entendido, don Fermín.

—Me alegra mucho, pero ¿y los cadáveres de *mis* sobrinos? Porque habíamos quedado en que a la ciudad de Colón llegarían con vida. ¿Por qué diablos, entonces, los mataste?

—Yo no los maté.

—Suena lindo, ya lo sé, pero los mandaste matar, por lo menos. *Por* lo menos. ¿O acaso no están muertos ese par de infelices...? ¿O acaso no has visto la portada de este periodicucho?

—Sí, pero insisto en que yo no los mandé matar...

—Bueno, ahora sí que nos vamos acercando a la verdad. ¿O no, José Ramón?

—Bueno, sí, pero yo no...

—Pero resulta que tú sí, al menos a juzgar por esta fotografía.

—Fui el primer sorprendido...

—Cojonudo. Y así resulta también que yo soy el último sorprendido. Realmente vivimos en un mundo lleno de sorpresas, José Ramón.

—Pero nadie ha indagado nada, tío...

—¿Y quién crees que se ha encargado de eso, pedazo de imberbe? Pues tu mismo *ex tío* Fermín Antonio que, en este mismo instante, puede marcar un número de teléfono para que suelten un millón de sabuesos a correr tras un solo nombre: el tuyo... ¿Cómo la ves y qué me vas a dar a cambio de que no marque número alguno?

—Di tú...

—*Diga usted, don Fermín Antonio.*

–Diga usted, don Fermín Antonio.

–Pues te digo, entonces, o más bien te repito lo que muy bien sabes: que como tú tienes dos hijos hombres y yo ninguno, quiero que el mayor de tus hijos lleve, uno tras otro, *todos* mis nombres y *todos* mis apellidos. ¿Queda bien claro, no?

–Pero si el mayor de mis hijos tiene apenas cuatro años, tío...

–Y dale con el maldito tío, oye... Olvídate por favor del tío, porque a partir de este momento paso a ser, *además,* tu tío abuelo...

–¿Y María Magdalena?

–Una hija le debe devoción a su padre. *Absoluta devoción. ¿Te enteras?*

Y como José Ramón se había puesto de pie y se disponía a mandar a don Fermín a la mismísima mierda, antes de largarse de su oficina con un portazo que, de ser posible, hiciera añicos su nombre pintado sobre el cristal de la puerta, éste, descolgando su teléfono y como a punto de marcar en él unos números, el resto de su vida, se puso también de pie, pero muy lenta y sonrientemente, y le dijo con una voz de lo más apacible, ahora:

–Di que pongan dibujante debajo de tu nombre, en el cristal de la puerta, allá en tu oficina, y empieza por hacerme el croquis de unas cuantas oficinas nuevas, para que luego se sometan a mi aprobación, como todo en este banco, y en esta vida, de ahora en adelante, también, digamos. Pero mira, y ya que estamos en plan de confidencias, te adelanto que Arequipa, Cuzco y Piura son los lugares en que tengo pensado instalar mis próximas nuevas sucursales, pues las anteriores están resultando demasiado pequeñas. Por su creciente pujanza e importancia, estas tres ciudades requieren oficinas de mucha mayor prestancia que las actuales. O sea que anda dibujándote algo que se adapte a tres capitales de departamento tan diferentes.

Realmente abrumado quedó José Ramón, a la mañana siguiente, cuando al regresar a su oficina comprobó no sólo que aquello de DIBUJANTE en el cristal ahumado de la puerta de su oficina iba muy en serio, sino que además había pasado, también por obra y gracia de don Fermín Antonio, claro está, a llamarse José Ramón *de* Ontañeta Wingfield. Estaba pensando, eso sí, que tanto en el banco como en la familia y entre sus conocidos la gente se había acostumbrado a no usar la preposición *de,* en su caso, cuando recibió su correo del día dirigido todo al señor *De* Ontañeta Wingfield, también las primeras llamadas telefónicas con la maldita preposición añadida, y que por último hasta su secretaria y el señor Valle, su uniformado ujier de raza negra, habían incorporado a su nombre, con sorprendente naturalidad y como si aquello fuera cosa de toda la vida, ya, la maldita preposición.

¿Cuántos años hacía que él había optado por simplificar su apellido suprimiéndole el *de* de marras, y cuántos años le tomaría ahora acostumbrarse nuevamente a él? José Ramón de Ontañeta Wingfield había cerrado firmemente el puño derecho y se disponía ya a dar un feroz golpe sobre su elegante escritorio, pero la sola idea de ver a su suegro doblando y guardando cuidadosamente la fotografía de los desdichados Aurorita y Augusto Tristán López Urizo, desfigurados y muertos en el piso de un asqueroso antro del Callao, lo paralizó. ¿Qué había podido ocurrir, y cómo, y por qué...? Pero, bueno, para qué seguirse torturando con una pregunta cuya respuesta había quedado clarísima en el momento mismo en que él cedió en lo de su hijito mayor, que encima de todo, maldita sea, se llamaba también Fermín Antonio, como ese abuelo ahora convertido en padre, y lo demás era tan sólo cuestión de un par de retoques más que dejarían al que fuera su primer hijo convertido en Fermín Antonio de Ontañeta Tristán, en vez de Fermín Antonio Ontañeta Wingfield.

«Canalla», fue lo último que dijo José Ramón, ahora también *De* Ontañeta, al cerrar la puerta de su oficina y mirar el cristal con su nuevo nombre, para, al cabo de un par de amargas copas en el Club Nacional, del cual había amanecido también siendo socio, sin haber tenido jamás nada que ver en ello, ni mucho menos haberlo deseado, correr a su casa del bosque de San Isidro y contarle todo a su esposa: «María Magdalena, tal vez, tal vez yo, ¿pero tal vez yo qué...?»

Pues llegó a su casa en tiempo récord José Ramón de Ontañeta, pero tan sólo para enterarse por una empleada de que su esposa acababa de salir rumbo a la casona de Alfonso Ugarte con cuatro maletas de ropa del niño Fermín Antonio, y con el niño también, sí, señor. Media hora más tarde, calculando que ya estarían en casa de doña Madamina y don Fermín, José Ramón marcó el número de casa de sus suegros y se enteró de que, en efecto, la señora María Magdalena había llegado ya con las cuatro maletas en que venía la ropa del niño, pero que tan sólo al llegar aquí, señor José Ramón, su esposa se ha dado cuenta de que el niño no había llegado con ella.

—A ver, Horacio, a ver, páseme con mi esposa —le dijo José Ramón al mayordomo—. El niño, mujer... ¿El niño dónde está?

—Te juro que estaba sentado en el asiento trasero del automóvil, José Ramón.

—¿Y por qué no estaba sentado a tu lado?

—Pues con la confusión que se ha creado, en fin, con esto de que se viene a vivir a Alfonso Ugarte, el pobrecito estaba muy confundido, un poco mareado, incluso, y yo misma le dije que se tumbara en el asiento de atrás...

–No puede ser, mujer.

–Lo que no puede ser, José Ramón, es que papá y tú se hayan puesto de acuerdo en semejante arreglo sin consultarme a mí jamás una sola palabra.

–Tu padre es un canalla, María...

–Papá está llegando en este instante. Habla tú con él, si quieres... Creo que entre dos canallas sí que se entenderán, ¿no te parece?

Pero la propia María Magdalena tiró el auricular, cortando de golpe la comunicación, y, allá en San Isidro, José Ramón salió disparado a su automóvil, puso en marcha el motor, y no paró hasta llegar a la comisaría del distrito, donde sentó la denuncia. Su hijo mayor, de tan sólo cuatro años y un mes, había desaparecido del asiento posterior del automóvil de su madre. Un dato de interés, sin duda alguna, era que cuando el niño salía con su ama a jugar en los jardines del bosque, solía intentar siempre, sin éxito, treparse a los viejos y retorcidos olivos centenarios. A lo mejor lo había conseguido, por primera vez, justo ahora...

–Nombres y apellidos del niño, por favor, señor.

–Fermín Antonio Ontañeta de Ontañeta, así, tal cual, comisario –dijo José Ramón, y a punto estuvo de que se le escapara–: al menos por el momento.

Fue realmente muy breve la búsqueda del niño en el bosque del Olivar, pues mientras los tres policías que el comisario de San Isidro había destinado a ello se dispersaban y José Ramón se concentraba más bien en los árboles más cercanos a su hermosa casa, su hijo cayó silenciosamente de un árbol, como un fruto maduro, quedando hecho un ovillo sobre el césped, tembloroso y con el rostro lleno de los más forzados, nerviosos y babeantes gestos, de horribles y a la vez inconscientes e incontrolables muecas.

No, no se necesitaba ser médico para darse cuenta de que ese niñito estaba sufriendo un fuerte ataque de epilepsia, por más que ésta fuera la primera vez que tal cosa ocurría. Sin pensarlo un instante más, y sobre todo al ver que su hijo volvía en sí y se calmaba, José Ramón le limpió la cara con un pañuelo, lo tomó en sus brazos y se lo llevó a su casa sin avisarles a los policías que aún lo buscaban, aunque optando, eso sí, por mandarles avisar con una empleada que el señor había encontrado a su hijo en perfecto estado de salud y que ambos estaban ahora juntos y muy tranquilos.

«Por el momento todo está bajo control», pensó, y hasta concluyó José Ramón, tras comprobar una y otra vez que el niño no se acordaba absolutamente de nada más que de haberse escapado del auto de su madre y haberse trepado luego, con éxito por primera vez, eso sí, a un árbol del bosque. Enseguida, llamó a casa de sus suegros y avisó que el niño ya estaba en casa, feliz además con su exitosa travesura. Y por supuesto que ya había colgado cuando su esposa se acercó al teléfono en busca de cualquier otra novedad, de cualquier otro detalle, antes de empezar su apresurado retorno a casa. En esos momentos, además, el ama de Fermín Antonio estaba cambiando al niño, tras haberle lavado bien la cara y las manos, sin sospechar absolutamente nada de nada, sobre todo debido a la carita de contento con que el niño festejaba la gran proeza de haber logrado por fin alcanzar la copa de un árbol del bosque.

Y ya todo lo tenía también muy claro José Ramón cuando su esposa, tras haberlo encontrado todo en calma al llegar a casa y haberse cansado de comprobar que el niño estaba perfectamente bien, corrió a disculparse una y un millón de veces ante su esposo y se arrojó con verdadera pasión y arrepentimiento entre sus brazos al encontrarlo sentado, muy tranquilo y sonriente, y con un tintineante vaso de whisky en mano.

–Aquí tienes al canalla de tu esposo –le dijo José Ramón, mientras ella continuaba con sus caricias, sus besos, sus disculpas, y él, pues él le correspondía, claro, pero de una manera bastante flemática, ya que tras haberla recibido entre sus brazos como alguien a quien le arrojan repentinamente un gran cojín, lo que trata de hacer enseguida es dejarlo bien colocado en el lugar que le corresponde.

Pero una vez más, también, José Ramón se daba cuenta de lo mucho que lo amaba su esposa, y de la gran pereza, sí, de la gran flojera, el tedio, y del enorme aburrimiento que todo aquello le ocasionaba. La quería, sí que la quería y la respetaba también mucho, e incluso le gustaba como mujer –cuatro hijos en apenas cuatro años de matrimonio eran buena prueba de ello, le parecía al menos a él–, pero maniático y con alma de solterón como en el fondo era, tanta manifestación de amor y tanta pasión, digamos además que en horas de oficina, a José Ramón le resultaba sumamente parecido, por decirlo de alguna manera, y él en esto sí que se entendía, pues le resultaba en realidad exacto a comerse una salchicha de Huacho en Ginebra... Pues sí: salchichas de Huacho y en Ginebra...

Momentos más tarde, sin embargo, José Ramón había llegado ya a la conclusión de que ésta era la gran oportunidad de explicarle –o de mentirle, más bien– a su esposa acerca de las razones por las que harían incluso bien en ceder al antojo de don Fermín para que le entregaran en calidad de hijo, y con alteraciones en los apellidos incluidas, a un niño que, por lo demás, llevaba ya sus dos mismos nombres de pila y un apellido y medio, y por estúpido o completamente absurdo que esto parezca, María Magdalena. Y por lo demás, pensaba él, contarle absolutamente todo ahora a mi esposa, como única manera de que entienda que realmente estoy en manos de su padre, sean las que sean las razones, podría tener imprevistas y hasta muy graves consecuencias no sólo para él sino incluso para toda la familia, ya que ello podría degenerar en una guerra sin cuartel entre familiares tan unidos y cercanos, incluso por la sangre, como eran todos ellos.

En fin, la decisión estaba tomada y José Ramón se incorporó, se sirvió otro whisky bastante cargado, para lo austero y poco bebedor que era él, y le ofreció una copa de oporto a su esposa. María Magdalena la aceptó de inmediato, a sabiendas de que había llegado el momento más grave de su vida, se retiró del sillón en que estaba su esposo, se sentó frente a él, y le dijo secamente que podía empezar.

–Pues sí. Sí, sobre todo en vista de que ni tú ni yo vamos a mover un solo dedo. Y por lo pronto tú misma has llevado ya cuatro maletas de ropa y de efectos personales del niño a casa de tus padres. Creo que con eso basta y sobra. Mejor dicho, estoy convencido de que con eso basta y sobra, y también por supuesto con que tanto tú como yo vayamos diariamente a visitarlo. Eso sí que es imposible que tu padre lo impida. Su caprichosa, su estúpida pretensión ya ha sido colmada y necesitará además de nuestra presencia continua para que el niño también la vaya aceptando, si es que le acepta, y para que toda esta locura no le salga costando realmente muy caro a su único responsable. Por lo demás, sólo él va a quedar satisfecho. Tu madre, tú y yo, María Isabel y Klaus, todos, todos menos él, vamos a sufrir...

–Pero dime, José Ramón, dime por favor qué ha ocurrido en el banco... Necesito saberlo para entender por lo menos algo, si es que hay algo que entender.

–En el banco, María Magdalena, lo único que ha ocurrido es que tengo ya redactada mi carta de renuncia. ¿Me entiendes?

–Te prometo que haré lo humanamente posible, José Ramón. Pero, por lo demás...

–Con la carta de renuncia le haré llegar a tu padre otra carta en la que quedará muy claramente dicho que ha actuado contra nuestra voluntad y no cabe duda que también contra la del niño, aunque el que esto último no atente contra su salud y su alegría de vivir es algo que tan sólo el tiempo decidirá.

–Dime, José Ramón, por qué hemos cedido. ¿Por qué, mi amor?

–¿Conoces a alguien que no haya cedido ante la voluntad de tu padre?

María Magdalena le pidió otra copa de oporto a su esposo, y le dijo:

–Pues muy bien, de ahora en adelante creo que nos vamos a ver más a menudo en la casa de Alfonso Ugarte que en la nuestra. –Y al cabo de un instante agregó–: Incluso de noche, José Ramón.

José Ramón enmudeció. Con el vaso de whisky en los labios vio cómo su esposa se incorporaba y se retiraba callada y como quien en cierta manera se aleja para siempre de algo bastante impreciso todavía. José Ramón miró entonces su reloj, rechazó el almuerzo que el mayordomo le dijo estar listo, y salió en busca de su automóvil y de su oficina de dibujante, allá en el Banco Nacional del Perú. Su estado de ánimo era el de un empleado que desea largarse pero al que algo más fuerte que él lo retiene. Por supuesto que ya nada le importaba el chantaje canalla de su suegro, muchísimo menos ese trasiego de apellidos que estaba teniendo lugar en la que fuera una familia respetuosa y muy unida.

Le importaba mucho más, al menos por ahora, redactar la carta que enviaría con el señor Valle, su ujier, a la presidencia del banco, informándole a don Fermín que el niño estaba a su entera disposición en la casa de San Isidro, sobre todo en vista de que, el pobre, al enterarse de que se lo llevaban con sus maletas a vivir donde quien, en realidad, era su abuelo, pero se había empeñado en ser su padre, no sólo había huido muy sigilosamente del automóvil de su madre, sino que por primera vez en su vida se había dado maña para treparse y esconderse en un árbol, tristísima proeza infantil, a fin de cuentas, pero allá usted verá, don Fermín...

En este punto, desgraciadamente, tendría que detenerse su carta. Y detenerse para siempre, ya que también él ignoraba, ni lo sospechaba, siquiera, que el niño que llegaría en pocas horas, o a más tardar al día siguiente, y a la fuerza, a casa del abuelo, para llamarse en adelante Fermín Antonio o Antonio Fermín, ya qué más da, De Ontañeta Tristán, o Pérez o López, también, ya qué más da, pero, eso sí, que allá te lo mando yo, sí, yo, maldito viejo prepotente, para que te encargues tú de la epilepsia, de una sordera que se agrava, de un vocabulario que se reduce, y sabe Dios de cuántos males más, que sólo con el paso del tiempo se irán manifestando, seguramente.

Pensaba concluir su carta José Ramón, eso sí, con esta frase muy precisa: «Doña Madamina Basombrío Gastañeta jamás se habría merecido que hasta en esto la hiciera usted tan miserable como con sus llaveros de mujeriego infame.» Pero aún le quedaban un par de frases más, imposibles de escribir, éstas sí: «De la que me salvé, viejo miserable» Y remitírsela así: «De otro miserable más.»

Muy sabido era, sin embargo, que José Ramón de hombre malo no tenía absolutamente un pelo. Se pasaba de bueno, por el contrario, pero, eso sí, había visto mucha maldad por el mundo y en una circunstancia como ésta también él se sentía sumamente capaz de repetir y de repartir maldad, y también de aplicarla, cómo no. Pues sí: muchísima maldad. Y como si lo hiciese de paporreta, punto.

III

Un tiempo lento, realmente lento, como el de un gran recuento, y, a la vez, como el de la muy larga y tensa espera, llena además de incertidumbres, había empezado a correr ahora para toda aquella familia, rota ya en mil pedazos, y cuyo patriarca, además, parecía de golpe haberse hecho añicos para todos, incluyendo a la propia doña Madamina, nunca antes tan ocupada, nunca antes tan enterrada como ahora en la diaria y cada vez más detenida lectura de Azorín, al cual le había agregado, de un tiempo a esta parte, libros de Pío Baroja, de José María Pereda, de Balzac y de Proust, que se apiñaban en un pequeño pero realmente hermoso mueble de muy fino cedro.

Saltaba de un libro a otro, la siempre bondadosa doña Madamina, y se diría incluso que en realidad lo que hacía era galopar de estas a aquellas páginas, de este a aquel autor, de un título a cualquier otro, y todo ello en medio de un desorden que muchísimo tenía que ver, cómo no, con la manera tan desazonadora como el paso del tiempo la estaba tratando ahora a ella. Tenía un niño en casa, tenía *al* niño, a *su* nieto en casa, pero por ello precisamente preferiría haber vivido solamente en los altos de aquel caserón y

143

que aquella pobre criatura, que todo lo rechazaba sistemáticamente desde que puso los pies en Alfonso Ugarte, viviera siempre en los bajos. Sin duda alguna el propio niño sufriría menos, y con él todos también, todos menos don Fermín Antonio, por supuesto.

A los cuatro y pico años de edad, el niño reclamaba a sus padres, a sus tres hermanos menores, unas criaturitas, en realidad, reclamaba a su ama, por más que todos éstos lo visitaran a diario, reclamaba también a las empleadas, al mayordomo y hasta a la cocinera de su casa, reclamaba jugar en el bosque de San Isidro y sobre todo quería treparse de nuevo a uno de aquellos centenarios olivos, en vista de que el día en que lo arrancaron de su primera hazaña infantil, el día en que por vez primera logró llegar a la copa de un árbol, allá en el bosque, un fuerte mareo y un poderoso temblor se apoderaron de él, y cuando pudo nuevamente enterarse del paso del tiempo estaba ya sentado sobre las piernas juguetonas de su abuelo Fermín, pero ello no le resultó en absoluto agradable, por primera vez en su corta vida, además, extraña cosa, ya que él aún no sospechaba siquiera que de ahora en adelante iba a vivir en casa de sus abuelos, sabe Dios por qué.

Para el propio don Fermín Antonio, el paso del tiempo, siempre tan subjetivo y tan relativo, además, empezaba a transformarse en el tremendo infierno que sin embargo había sido, hasta apenas ayer, anteayer, o la semana pasada, máximo, un tiempo de victoria, de absoluta afirmación de su poder absoluto en los asuntos públicos, en los más familiares y en los más privados, y en cambio ahora, en algunos acontecimientos de los últimos días veía él incluso una merma de su autoridad y un desorden de factores que por momentos le sonaban incluso a burla, o cuando menos a una falta de respeto a su habitual e incontestable potestad.

¿Qué significaba, entonces, que el maldito José Ramón Ontañeta Wingfield le hubiera enviado con un ujier la más insolente carta de renuncia, acompañada además de otra realmente injuriosa, que hubiera encontrado de golpe y porrazo una plaza de subgerente en el Banco de Crédito del Perú, una entidad incluso más poderosa que la suya, y que por último se hubiese largado de su banco sin siquiera haberle hecho llegar los croquis de las nuevas oficinas de Piura, Cuzco y Arequipa.

Pero dos hechos más colmaban para don Fermín Antonio el vaso de tanta insolencia, de semejante desafío. El primero era, sin duda alguna, su plena convicción de que, en menos de lo que canta un gallo, el cretino de José Ramón llegaría a ocupar los más altos cargos del banco que lo acababa de contratar. Realmente le sobraban la preparación y las facultades para convertirse tanto en su competidor como en su adversario, y lo que es aún peor, en su más frontal enemigo. Y habría que ser un imbécil, además de ciego, para no ver en la diaria visita a su casa de este atrevido un verdadero ultraje, un inmenso atrevimiento y un rotundo desafío a su autoridad familiar.

En el gran despacho presidencial de su banco, don Fermín se preguntaba nuevamente, y con creciente rabia, qué significaba que el maldito José Ramón Ontañeta Wingfield le hubiera enviado con un ujier la más insolente carta de renuncia, acompañada además de una segunda misiva, realmente injuriosa esta, que encima de todo hubiera encontrado de golpe y porrazo una plaza de subgerente en el Banco de Crédito del Perú, nada menos que en el todopoderoso Banco de Crédito del Perú, y que por último se hubiese largado de su banco sin siquiera hacerle llegar los croquis de las nuevas oficinas de Piura, Cuzco y Arequipa, y lo que es más, sin duda alguna, con la intención de proporcionárselos a su nuevo empleador.

Por supuesto que todo esto tenía que aceptarlo e incluso asumirlo don Fermín como la única manera de que su ayer, y todavía hoy, nieto, pero sin duda alguna muy pronto su hijo, ya que en ello estaba poniendo don Fermín todo su empeño, arrastrado hacia esta meta por una doble ceguera que le impedía ver dos hechos, dos grandes evidencias que tarde o temprano terminarían actuando ferozmente en su contra: la grave discapacidad del niño y su cruel decisión de arrancárselo a su hija mayor y al más querido de sus yernos, que además era su primo hermano y el hombre de su más absoluta confianza, hasta que de golpe y porrazo un día se lo encontró convertido en una piedra en su camino, una, dos, y hasta tres veces. En todo caso, ahora a don Fermín Antonio no le cabía ya la menor duda de que ese mismo José Ramón, casado con la mayor de sus hijas, era el único enemigo realmente temible que tenía en su camino. Y este tipo, nada menos, este tipejo se paseaba como Pedro por su casa, tarde tras tarde, y, con su esposa e hijos, e incluso con un ama, se apoderaban diariamente de su niño José Ramón.

El tiempo, para don Fermín, pasaba de una manera cada día más lenta y como si él mismo se pusiera un obstáculo tras otro en el camino, pues en su ceguera no sólo era absolutamente incapaz de ver el rechazo creciente del niño José Ramón, y de sus hermanitos, también, que nada parecían entender aún de todo aquello, pero que sin duda algo muy poco aceptable sí intuían, sí percibían, y hasta entendían, por instantes, y muy claramente, cerrando así el frente común familiar que iba en escala ascendente desde ellos hasta alcanzar a la propia abuela Madamina, nerviosa, irritable, por momentos en verdad furiosa, también, con el espanto perpetrado por su esposo, y aunque este espanto se debiera sobre todo a una inmensa frustración, al hijo varón jamás tenido, y por más que también ella fuese partícipe de pleno derecho de tan triste carencia, jamás habría imaginado, eso sí, un proceder tan abyecto, tan bárbaro y tan ruin como el de su esposo.

Y así iba creciendo más y más la ya arrolladora bola de nieve que alcanzaba incluso a la servidumbre del caserón de Alfonso Ugarte. Las razones no se entendían muy bien, allá en la cocina, en la repostería, o en el comedor y en los dormitorios de los empleados domésticos, y sin embargo nadie sentía la necesidad de interrogar a Claudio, el chofer, siempre tan bien enterado de todo, ni éste tampoco sentía necesidad ni deseo alguno de darles la más mínima explicación, la más breve aclaración, acerca de la helada tormenta que iba arrollando uno tras otro los afectos familiares y sumiendo en la oscuridad del rencor e incluso del odio lo que hasta la semana pasada, y se diría que hasta ayer mismo, también, había sido un mundo familiar lleno de amor, de buen humor y de una inquebrantable unión. Un gran silencio, sí, todos terminarían muriendo aplastados por un gran silencio oscuro, muy oscuro, y realmente allá abajo y al fondo del caserón, en el pequeño y hoy también silente y mañana además aplastado reino de Claudio, jamás nadie habría imaginado un final tan sumamente injusto, tan cruel y tan ruin.

Una urgente reunión familiar, que excluía, eso sí, a todos los niños, empezando fatalmente por el pequeño José Ramón, que ni siquiera había cumplido los cinco años de edad, vino a restablecer el orden y la armonía en la familia

De Ontañeta Basombrío Tristán Gastañeta. Todos vestían de luto, pero ni siquiera doña Madamina llegaba a tener la apariencia completa de una mujer que está de luto, desde hace apenas tres días, por la trágica muerte de su esposo. Muy poco tiempo atrás, apenas unos cuantos meses atrás, habría muerto un hombre bueno que además era el acertado timonel de un mundo que se extendía bastante más allá de las fronteras familiares. Y la pena, el dolor, serían inmensos. Hoy, por supuesto, en consideración a los setenta largos años cumplidos de un hombre fundamentalmente bueno y generoso, algo mundano y mujeriego también, aunque esto último se perdona, se supera, se olvida también, su familia, compungida, eso sí, pero ni muy adolorida ni mucho menos desconsolada, calla un alivio, como quien traslada la losa que hasta entonces aplastaba un amor familiar y la coloca unos pasos más allá, sobre la tumba del hombre que, de la noche a la mañana, puso en grave peligro y hasta actuó contra aquel mismo amor familiar.

Don Fermín Antonio de Ontañeta Tristán ha muerto, resulta evidente. Muy evidente pero también sumamente extraño, pues hoy no lo lloran ni su esposa ni sus hijas, ni siquiera Claudio, su incondicional chofer, su eterno cómplice, tal vez incluso su amigo de mayor confianza. Sus yernos no lo lloran en absoluto, ni siquiera sus grandes amigos del Club Nacional, allí donde estén, y tampoco su incondicional secretaria Dorita. Los embarga la pena, sí, y por supuesto que esto se ve en sus rostros, pero se diría que al mismo tiempo un sentimiento que viene feroz, en sentido contrario, crea la tan extraña sensación de que éste va mitigando a su paso todo, absolutamente todo lo demás.

Una semana antes, la segunda de febrero de 1956, don Fermín de Ontañeta y Tristán, aparentemente aún en ple-

148

na forma, había recibido la Orden de Sol del Perú, en el grado de Gran Comendador, de manos del general Manuel Apolinario Odría, a quien él mismo ayudó a llegar al poder, primero mediante un golpe de Estado, en octubre de 1948, y luego, en 1950, mediante unas elecciones bastante circenses. Para pronunciar su discurso de agradecimiento, aquella muy cálida noche veraniega, don Fermín Antonio de Ontañeta Tristán había recurrido, como tantas veces anteriores, a su ya conocida y perfectamente bien ejecutada prestidigitación palaciega, consistente en un rapidísimo y realmente invisible cambio de dentaduras postizas, antes de que las miradas de todos los invitados a Palacio se posaran en él, y sus muy agradecidas palabras lo habían llevado al extremo de soltarle al general Manuel Apolinario Odría, pues nada menos que la siguiente perla, a guisa de conclusión: «Y si no fuera por usted, señor Presidente de la República, ¿dónde estaría el Sol del Perú en estos momentos?»

Le colgaron enseguida su medallota a don Fermín Antonio de Ontañeta Tristán, quien agradeció ensoberbecido las verdaderas salvas de aplausos prodigados por las llamadas fuerzas vivas del Perú, pero que acto seguido se quedó muy desconcertado al descubrir que, bien sentada y muy atenta a todo, al lado del presidente de la República, doña Madamina, sin embargo, no lo estaba aplaudiendo. Y aunque sabía que tal cosa era aún imposible, a partir de entonces don Fermín ya sólo esperó que llegara el momento de salir disparado a su casa.

Y ahí estaban, estacionados delante de la puerta de la casona, los automóviles de sus dos yernos. Una vez más, antes de que Horacio abriera de par en par la puerta que daba ingreso a la cochera, don Fermín le preguntó a su esposa por qué no lo había aplaudido esa noche en Palacio de Gobierno. Y doña Madamina le volvió a responder que se distrajo y punto. Y pues sí, se lo respondió tal cual, con estas mismas, exactas palabras:

–Me distraje, pues, Fermín. ¿O ya no puede ni distraerse una?

Entonces, sin esperar a su esposa, ni tampoco que Claudio le abriera la puerta del automóvil, don Fermín salió hecho una exhalación a ver qué demonios estaba ocurriendo en su casa. Pasó mirando rostros conocidos de la gente que trabajaba en esa casa para él, pero sin detenerse a preguntarle nada a nadie. Y en los bajos de la linda casona no había absolutamente nadie más. En los altos, la única luz encendida era, allá al fondo del largo, alto, blanco, muy hermoso corredor al que desembocaban todos los dormitorios de la familia, la de la habitación donde lloraban desconsoladamente su hija mayor, María Magdalena, y José Ramón, el renegado y criminal de su esposo. Y en el precioso dormitorio infantil recientemente arreglado para el niño que sería su hijo, yacía el cadáver de este mismo niño.

Nadie ahí sabía aún muy bien qué hacer, Klaus y María Isabel eran la imagen misma del desconcierto, ni siquiera el médico al que llamaron cuando ya era demasiado tarde para todo lograba atinar cuando le preguntaban qué les aconsejaba él hacer. Por fin el médico les dijo que una autopsia era indispensable y que por consiguiente habría que llevar al niño a la morgue, pero la sola idea de ver a esta pobre criatura en un lugar tan espantoso aterraba a todos en la familia, menos a don Fermín Antonio, al parecer, pues éste había dicho que corría a buscar a su esposa para encargarse de ella e impedir que se acercara siquiera por ahí. Pero, como doña Madamina, al entrar a la habitación en que yacía el niño muerto, sufrió primero un grave ataque de nervios y luego un largo desmayo, nadie ahí se había preguntado aún por don Fermín Antonio, que en realidad se había apartado del lugar sin mirar siquiera al niño José Ramón, a punto de cumplir los cinco años de edad y convertido ya en su verdadera chifladura.

Pero todos supieron de inmediato, eso sí, que don Fermín acababa de volarse los sesos no bien escucharon aquellos dos tremebundos escopetazos. Uno fue en la sien y el otro en plena boca, aunque parezca mentira, pues entre otras cosas sus escopetas de caza, Winchester ambas, eran verdaderamente enormes y del mayor calibre. Un solo disparo habría sido más que suficiente para matar a un león.

Había bastado una breve reunión de familia, realizada como era habitual en el saloncito de las circunstancias, para llegar a un acuerdo acerca de los pasos a seguir en todo lo referente a la herencia de don Fermín Antonio, en cuyo testamento –y esto fue un verdadero alivio para todos– nada se decía sobre el niño del cual quiso apropiarse, sin duda alguna porque él esperaba resolver, antes de mencionarlo, siquiera, el tan espinoso asunto de convertir en hijo suyo a uno de sus nietos, contra viento y marea, eso sí, un loco empeño que finalmente habría de costarle la vida.

Siendo además quien era, don Fermín Antonio, o sea un hombre considerado por cuantos lo conocieron o tuvieron noticia de él como un triunfador que se mantiene aún en el apogeo de su poder y su fortuna, la extrema privacidad en que se realizó su entierro fue asumida en la ciudad de Lima, incluso por sus más cercanos amigos, como el muy respetable deseo de una familia sumida en

151

un gran dolor y sin duda absolutamente sorprendida por lo repentino e inesperado de su fallecimiento, en momentos en que aún gozaba de sus plenas facultades, se mantenía al frente de todas sus empresas, y hablaba además de muy novedosos y diversos proyectos.

La realidad, sin embargo, era otra, y tenía que ser otra sobre todo en lo referente a *La Voz de Lima*, un diario cuya circulación había ido disminuyendo notablemente, sobre todo en la medida en que don Fermín lo fue convirtiendo en el terco defensor de cuanto antojo se le venía en mente, que cambiaba una y otra vez de dirección y orientación, y que sin duda alguna debido a ello fue perdiendo el favor de sus lectores, y con éste prácticamente todo su avisaje, como era natural. El propio don Fermín había pensado en su cierre, antes que en la radical reforma que el diario requería, y que tal vez lo habría reflotado, pero con los años su siempre creciente obstinación y su desmesurado orgullo habían sido la causa de que el diario continuara perdiendo lectores, y todo ello debido siempre a la misma galopante ceguera para todo tipo de asuntos, sin excluir ni siquiera los familiares.

Desde este punto de vista, su trágica muerte, la atroz manera en que todo aquello ocurrió, lo absurdo de sus pretensiones y la ciega y sorda prepotencia con que quiso llevarlas a la práctica, aplastando a su paso a sus seres más queridos, llegándolos incluso a infamar, terminarían por desencadenar una muerte realmente inevitable, sí, pero que también hizo tomar conciencia a toda su familia de la vertiginosidad de unas determinaciones tan absurdas y que atentaban hasta tal punto contra la razón, que en realidad sólo podían desembocar en una tragedia. E increíblemente fue doña Madamina quien, con una serenidad a todas luces sorprendente en ella, definió con claridad meridiana el estado de ánimo de la familia, toda, y también el de los empleados de casa, empezando por el propio Claudio.

—Hemos vuelto a la normalidad —dijo, en aquella oportunidad, doña Madamina, agregando—: Ésta es la única verdad.

Y del saloncito de las circunstancias salió aquel atardecer una familia que estaba tan profundamente afectada como absolutamente de acuerdo en todo. Doña Madamina se mudaría a San Isidro, para estar más cerca de su familia, todas las casas de la avenida Alfonso Ugarte se pondrían en venta, José Ramón se encargaría en adelante de todas las empresas familiares, y como primera medida a adoptar se procedería al cierre inmediato de *La Voz de Lima*. Por lo demás, era bastante probable que cada uno de los miembros de la familia estuviera pensando más o menos lo mismo, a medida que abandonaba, sin duda alguna por última vez, el saloncito de las circunstancias: «Se acabó la voz de su amo... Para bien y para mal, se acabó. Aunque últimamente se diría...»

Tercera parte

I

Durante un buen tiempo, durante largos años, en realidad, José Ramón vivió con el temor de que el atroz asesinato de los hermanos Aurorita y Augusto Tristán López Urizo, en un siniestro antro del Callao, pudiese ocasionarle algún serio disgusto, pero poco a poco se fue convenciendo, aunque sin comentarlo nunca con nadie, y mucho menos con su esposa, de que el responsable directo de aquel desenlace sangriento y cruel había sido el propio don Fermín Antonio, que los mandó matar inmediatamente después de que él hubiese llegado a un arreglo, y nada menos que a pedido de su mismo suegro, para embarcarlos a la ciudad de Colón, en Panamá. Y la única finalidad fue, muy claro estaba también ya, un gran chantaje destinado a ponerlo a él entre la espada y la pared y facilitar de este modo la entrega de José Ramón, su hijo mayor, entonces de apenas cuatro años y pico de edad.

En fin, todo un descomunal abuso cometido además con tal ceguera y prepotencia, tan violentamente y contra el parecer de todos y cada uno de los miembros de una familia hasta entonces sumamente unida y que a punto estuvo de volar en pedazos, cuando de golpe algo aún muchísimo peor le arruinó su siniestro plan, y fue él quien a fin de cuentas terminó volándose los sesos. Además, vistas así las cosas, y con el paso de los años, José Ramón no dejaba de encontrar una cierta coherencia, o más bien una lógica incluso previsible, en este último desenlace. Dos muertes, y podía decirse asimismo que dos muertes sumamente violentas, ya que sin tanta presión a su alrededor y sin aquel inexplicable traslado mientras jugaba en el bosque del Olivar y a su alrededor sucedían cosas muy extrañas, que además el chiquillo rechazaba, por más que su alcance final se le escapara por el momento, tal vez aquel ataque final de epilepsia no hubiera sido de esa magnitud ni tenido tan trágicas consecuencias, y el niño aún estaría con ellos. Finalmente, pues, el que alguien que fuera su tan querido primo, a lo largo de muchos años, para luego convertirse en su monstruoso suegro, de la noche a la mañana, y al final se hubiese volado los sesos, tampoco había resuelto absolutamente nada.

Y sin embargo quedaban aquellos dos cuadernos, verdaderos borradores de un largo y muy meditado testamento, que, de la noche a la mañana, doña Madamina puso a disposición de sus hijas y yernos, sin haber mencionado nunca antes su existencia y transcurridos ya tres largos meses de la muerte de su esposo. Indudablemente, habían sido escritos durante un buen tiempo, un buen par de años, por lo menos, y desde la primera hasta la última página se reconocía, sin lugar a la menor suspicacia ni tampoco a duda alguna, la inconfundible caligrafía de don Fermín. Y aquéllos eran los cuadernos de un hombre fundamentalmente bueno y que nada en absoluto les ocultaba.

Para empezar, reconocía don Fermín, y con tremendas mayúsculas en letras muy grandes y negras, HABER CUMPLIDO SIEMPRE CON SU DEBER DE CABALLERO, pero

DÁNDOSE SIEMPRE MAÑA para no dejar un solo hijo natural, ni un litigio ni la menor queja, siquiera, de DAMA ALGUNA, en este sentido. Y el único FERMÍN DE ONTAÑETA que quedaba en Lima era no sólo su amigo sino un CABALLERO DE RAZA NEGRA, a quien él mismo visitaba dos veces al año, en Fiestas Patrias y Navidad, y al que en ambas ocasiones OBSEQUIABA, por ser descendiente de esclavos mandingas que tomaron el nombre de sus amos, léase mis abuelos, etcétera. Y aquel buen amigo tenía una colocación como portero de la clínica San Juan de Dios, que con toda seguridad el propio don Fermín Antonio le había conseguido, aunque ninguna mención se hacía sobre este hecho, sin duda alguna por elemental modestia. Y ni una palabra se decía tampoco de la bolsita llena de monedas de oro de ley que don Fermín Antonio también debió dejarle a este hombre, en previsión a su muerte, pues de inmediato se pasaba a un nuevo acápite, consagrado ya a los parientes venidos a menos, los cuales, además, en gran parte ya trabajaban en el Banco Nacional del Perú y POR NINGÚN MOTIVO DEBÍAN SER DESPEDIDOS Y NI SIQUIERA DESPLAZADOS DE SUS CARGOS, SALVO MEDIANTE UN ASCENSO, BASTANTE IMPROBABLE POR LO DEMÁS, POR SER TODOS UNA TANDA DE ZÁNGANOS, PERO MIS ZÁNGANOS FAMILIARES Y PUNTO.

De más está decir que hasta las letras mayúsculas y las *negritas* eran fruto de un cuidadoso examen previo y hasta maniático, dedicado a las RAMAS COLATERALES DE MI FAMILIA, cada uno de cuyos miembros debía recibir una de las bolsitas con monedas de oro que don Fermín Antonio había dejado en un inmenso cofre de plata, cuya llave quedaba en manos de doña Madamina. Y la propia doña Madamina y sus dos hijas, PERO ABSOLUTAMENTE NADIE MÁS, debían hacerse cargo del reparto de estas bolsitas.

159

Las últimas páginas del primer cuaderno las había llenado don Fermín con las siguientes indicaciones, A CUMPLIRSE AL PIE DE LA LETRA: Claudio seguiría al servicio de doña Madamina y recibía en propiedad una casa y una pequeña huerta, situadas ambas en el Bosque de Matamula; sus dos mayordomos, HONORATO Y HORACIO, entrarían a trabajar como porteros en la oficina principal de MI BANCO, y tanto la cocinera como las dos empleadas, la lavandera y la planchadora de la ropa más fina, seguirían al servicio de su esposa, a quien le aconsejaba mudarse a San Isidro, a una casa que ya él mismo le había comprado en el bosque del Olivar, para que viviera cerca de sus dos hijas. Las propiedades de la avenida Alfonso Ugarte debían ponerse en venta, con excepción de aquella consagrada a algún amigo venido a menos, y mientras los hubiere.

Llegados a este punto, y terminado el cuaderno aquel, doña Madamina miró a sus dos yernos y a sus dos hijas, que a su vez la miraban atónitos, y procedió sólo entonces a mostrarles a los cuatro, mientras soltaba una larga y buena risotada y los iba mirando fijamente, de uno en uno y de ida y vuelta, unas diez veces, por lo menos, un segundo cuaderno que hasta entonces ni siquiera había mencionado, y culminó su realmente inesperada faena con la siguiente frase:

–Ah, y antes de que se me olvide, Fermín Antonio me dejó esto también, para ustedes.

Aunque tanto María Magdalena como su hermana María Isabel y sus esposos José Ramón y Klaus se esperaban algún gesto tan insólito y tan extravagante de don Fermín Antonio, los cuatro sin embargo como que acusaron el castigo, ninguno supo muy bien cuál de ellos debía tomar en sus manos el cuaderno que doña Madamina les tendía, y por fin fue la hija mayor quien se atrevió a aceptarlo. Y aquello sí que fue un papelón, un tremendo papelón. Doña Madamina le dio un amoroso beso en la frente a cada uno de ellos, mientras se ponía de pie y se retiraba a leer a sus aposentos, sin lugar a dudas, tras haber dejado a cada uno en posesión de su ya cantada herencia: las dos haciendas, el banco, sus muy importantes acciones mineras, y otros paquetes de acciones más, en diversos bancos y empresas que figuraban al final de este cuaderno, con lujo de detalles, les pertenecían a los cuatro, mientras que la administración de la totalidad de su patrimonio quedaba a cargo de su primo y yerno José Ramón de Ontañeta. Y así, tal cual. Y como condición SINE QUA NON DE HERENCIA.

Por supuesto que tanto María Magdalena como María Isabel y Klaus miraron automáticamente a José Ramón, quien asintió en el acto, y todo esto mientras el alemanzote soltaba una de sus gruesas y teutonas carcajadas y agregaba, a duras penas:

–Viejo cabrón...

Pero ahora era a él a quien todos ahí miraban, y mal, muy mal, y esto incluía al propio José Ramón, quien casi estalla en una verdadera rabieta de amor, pero tan sólo atinó a decir:

–Eso no está bien, Klaus. Uno no se ríe de los difuntos.

Pero como Klaus von Schulten, la verdad, era *bávaramente bruto*, como dijera alguna vez la muy pretenciosa, ignorante y huachafísima doña Etelvina, mientras aún caminaba por Lima, pero ya muy anciana y sola, por haber muerto, de purito más anciana, todavía, su hermana doña Zoraida, y todo esto en la habitual columna del pícaro Fausto Gastañeta, pues el muy *bávaro* de Klaus les soltó, nada menos, aunque muy sentida y respetuosamente, eso sí, pero esto era lo peor de todo, cómo no:

161

–Sí, pues. Y lo siento de veras. Porque lo correcto es esperar al menos a que los muertos se enfríen, claro que sí, carambolas...

Largo y sumamente minucioso fue el análisis al que José Ramón sometió el contenido real de los bienes y demás efectos que, a través de la aplicación estricta de la última voluntad de su suegro con respecto a su familia directa, había pasado a administrar. Y muchas eran las cosas que fallaban o cuando menos dejaban bastante que desear, y hasta el punto de que, de pronto, tuvo un gran sobresalto al quedar confrontado a una certeza que en aquel momento le resultó infinitamente triste, realmente insoportable, una certeza cruel que a partir de aquel momento lo dejó para siempre con la conciencia sucia, muy sucia, negra.

Y ésta no era otra que la absoluta certidumbre de que, tras su rechazo de la gran oferta que años atrás le hiciera don Fermín de convertirse en su brazo derecho, absolutamente en todos sus negocios y la administración paralela de todos sus bienes, él ni siquiera había cedido ante un detalle tan absurdo como el de agregarle la preposición *de* a su apellido, caprichosamente suprimida por él al largarse del Perú, décadas atrás, pero que sin embargo constaba aún en su partida de nacimiento.

«¿Qué me habría costado todo aquello, si finalmente he terminado sentado en su propio sillón de presidente de este banco, una institución que por lo demás fue casi cien por ciento fruto de su esfuerzo y entrega? Nada. No me habría costado absolutamente nada ceder, ser un poco menos terco, no llevarle eternamente la contra. Y todo esto ni siquiera sé hoy muy bien por qué lo hice, ya que definitivamente no fue por temor a un nepotismo que, la verdad, jamás fue una razón válida entre dos primos hermanos que, además de todo, vivían entonces entre ellos la más noble y desinteresada amistad. Y esto último estaba entonces por encima de cualquier otra razón, pero en cambio yo acabé llevado por una mezcla de egoísmo y de tonta vanidad, que sin duda hirieron a aquel hombre que sólo le deseó el bien a cada miembro de su familia y, uno tras otro, a cada uno de sus amigos. Pues sí. Y que lo hirieron hasta el punto de...»

Un verdadero sobresalto fue el que le hizo comprender a José Ramón que sus pensamientos y sentimientos, en aquel momento, realmente atentaban contra la razón. Y contra las más elementales razones, también. Y que además lo hacían siempre por encima de cualquier otra consideración.

Volvió pues al examen minucioso de toda la documentación referente a los bienes y demás pertenencias de su primo y suegro, comprobando bien a las claras que, a partir de aquel rechazo suyo, exactamente a partir del momento en que le dijo que preferiría no hacerlo, no aceptarle absolutamente nada de toda aquella gran oferta laboral, su suegro, don Fermín, don Fermín Antonio, mi primo, mi primo tan...

En fin, que ya ni siquiera sabía cómo llamarlo, por más que el más grande amor familiar lo estuviese agobiando, aplastando, asfixiando, y todo aquello porque la única certeza de José Ramón, a partir de este momento, es que algo había fallado en el férreo control de una gran fortuna y que ésta había mermado hasta el punto de que era muy urgente reunir a la familia para tomar cartas en el asunto.

Por lo pronto, habría que vender en el acto las acciones mineras, pues habiéndose retirado del Perú la empresa angloamericana de la que don Fermín Antonio había sido hasta hace muy poco socio importante, mas no mayoritario, gracias a Dios, las actividades de aquellas minas, hoy inmensamente conflictivas, además, debido al personal impago, prácticamente se habían paralizado, su rendimiento llevaba dos años en números rojos, y más de alguna absurda medida entre las muchas tomadas en estos últimos meses sólo podía explicarse por un descuido absoluto del capital peruano, o sea casi cien por ciento don Fermín Antonio.

Por lo demás, era realmente inexplicable que tras la muy reciente guerra de Corea, con la que tanto subieron algunos productos peruanos como el azúcar y el algodón, y sobre todo este último, en el mercado mundial, tanto la hacienda San Felipe, de Cañete, consagrada casi íntegramente al cultivo del algodón, como la norteña hacienda El Quilombo, productora de caña de azúcar, hubiesen bajado en su rendimiento hasta dejarlas en un extremo prácticamente insostenible. Y tanto que, la verdad, no le fue nada difícil a José Ramón explicarles a su esposa y cuñados que sólo se podría salvar una de esas dos haciendas con el producto de la venta de la otra. Los dos matrimonios estuvieron de acuerdo en ello, como lo estuvieron también en ocultarle ya para siempre la realidad de la situación familiar a doña Madamina, en mantener también para siempre su excelente ritmo de vida, y en otorgarle a él, a José Ramón, un sueldo fijo a partir de ahora, al menos hasta que con muchísima suerte y constancia se lograra un cambio radical de la situación.

Pero éste fue nada menos que el momento en que Klaus confesó que tampoco él atravesaba por un buen momento, algo por todos ahí sabido ya, y de sobra, pues sus grandes y muy brillantes negocios los emprendía uno tras otro en el bar del Lima Golf Club y por iniciativa, cómo no, de la corte de zánganos que lo rodeó siempre, a partir del momento mismo en que pasó a sus manos de hijo único, íntegra, la gran herencia de su madre, doña Emilia Canavaro de Von Schulten, por haber fallecido muy poco antes el teutón braguetero y luterano, como le llamó siempre don Fermín Antonio a su esposo, sin duda alguna debido tan sólo a los centímetros de más que le llevaba el alemanzote don Hans von Schulten.

—Con un gran esfuerzo familiar, querido Klaus —le dijo entonces José Ramón—, se te podría dar mensualmente una suma algo inferior a mi sueldo, por no tener María Isabel y tú hijos, mientras que yo tengo tres... Sí, tres. —Y como quien se siente abrumado al hacerlo, y abruma al mismo tiempo a quienes lo escuchan, José Ramón, con voz muy firme y tajante, repitió lo de *tres hijos*, dando muy claramente a entender, al mismo tiempo, que hasta hace muy poco fueron cuatro esos niños—: Pues sí, María Magdalena y yo tenemos *ahora tres hijos*...

—No, yo no me he quejado de nada —acusó todos los golpes Klaus, pero José Ramón le rogó que lo escuchara un momento más y el muy bruto aceptó encantado, aunque claro que sin sospechar, en absoluto, que aún le quedaba por escuchar lo peor de todo o, mejor dicho, el golpe de gracia o *su* golpe de gracia muy particular.

—Pues tendrás que renunciar a ser socio del Golf, como yo he renunciado ya a serlo del Club Nacional.

Aterrado ante la perspectiva de quedarse el resto de la vida sin un lugar donde continuar no haciendo absolutamente nada, tanto en el bar como en la cancha del Lima Golf Club, Klaus miró a su esposa, realmente implorante y no sólo en busca de comprensión sino asimismo ya de compasión y auxilio.

—Es que tenerte a ti *todo* el día en casa —lo miró y le replicó, a la vez, ésta, realmente aterrada ante semejante perspectiva.

—¡Ya ven! —exclamó el muy bruto, agregando, además—: Ya ven, María Isabel tiene toda la razón. Y María Isabel sabe de lo que habla.

—Todos sabemos muy bien de lo que habla María Isabel, Klaus —le soltó José Ramón, ya bastante harto de la falta de entendederas de su cuñado, pero el golfista como si nada, o sea brutísimo, y además mirando nerviosamente el reloj, el muy fresco, como si al menos tuviese que participar en un torneo de golf en miniatura, o algo así de insignificante.

—Tengo una gran idea, Isa —le dijo a su hermana, María Magdalena.

—Dime, Malena. Te oigo.

—Adopten un niño.

—Tendría que ser en Alemania —se las ingenió para decir Klaus, que realmente ese día había sacado a la luz pública todo su inagotable repertorio de impertinencias, algo tan sólo superado por el repertorio realmente infinito de sus chistes pésimos.

Tanto María Magdalena, que adoraba a su hermana menor, que la adoraba también, y hasta José Ramón, siempre tan parco en estos asuntos más bien privados, encontraron que la adopción de un bebe podría ser providencial para una pareja que hasta entonces no lograba reproducirse. Pero como el alemanzote terco de su cuñado insistía en que tendría que ser, además, en Berlín Occidental, fue José Ramón esta vez quien no sólo se puso de pie sino que, además, dijo que él sí que tenía muchas cosas que atender, esa misma tarde, y optó por mirar su reloj de pulsera, golpearlo un millón de veces con un muy nervioso e insistente dedo índice, en señal de inmensa prisa, y

166

optó también por ponerse de pie mientras le soltaba a la concurrencia toda, pero a uno entre ellos, muy particularmente, el siguiente exabrupto, absolutamente inesperado e inusual en él:

–Tú muy bien sabes que el Golf es un sitio tan bueno como Berlín, Berlín Occidental, además, para adoptar un niño, querido Klaus. O sea que te sugiero adoptar a esa criatura ahí, pero no en el bar, por favor, y antes de darte de baja como socio, o sea a más tardar antes de fin de mes. La familia entera te lo agradece, desde este mismo momento, y además ello también contribuye a que doña Madamina pueda seguir con su tren de vida habitual. La familia entera te lo agradece muy encarecidamente, cómo no. Y lo digo con toda sinceridad y hablando también muy en serio, mi querido Klaus.

Ésta fue, en realidad, la primera vez en su vida que el pobre golfista puso cara de verdadero desconsuelo. Y como que se le quedó así, también, y ya para siempre, esa tristísima expresión, acostumbrado como había estado hasta entonces a no saber de qué ni por qué vivía tan bien y a cambiar de automóvil cada vez que se estrellaba borracho en la avenida del Golf o por querer entrar zigzagueando al garaje de su casa en alguno de los tantos Mercedes que tengo, como decía él mismo, debido sin duda a que los compraba siempre del mismo color para saber a cuál subirse al salir del edificio del Lima Golf Club al patio de estacionamiento.

–Y de ahora en adelante Klaus únicamente beberá pisco –soltó, por último, José Ramón, a manera de despedida general a la familia, y golpeando más que nunca su reloj, mientras remataba sus hoy tan oportunos exabruptos: conocí a Klaus sin beber una sola gota y jugando golf tan sólo los fines de semana, y de eso no hace un millón de años. Y ahora sólo deja de beber cuando se le caen el vaso o la botella... En fin, querido Klaus, pisco, cerveza nacional, y adiós a las armas, que en esta guerra estamos todos exactamente en la misma trinchera.

María Magdalena no sabía ya si amaba a su marido o no. En realidad, amaba tan sólo a sus cuatro hijos... Amaba al angelito aquel que... Y amaba a Rosa María, Magdalena, y al pata de Judas este de Federico, adolescentes ya, los tres, y adoraba a su madre y a su única hermana, demasiado inteligente, demasiado buena, demasiado sensible, excesivamente frágil siempre. Su padre estaba muerto y lo había adorado, aunque hoy ésta fuera más una convicción que una realidad indispensable para su vida, aunque ni siquiera le fuera necesario para la buena salud de sus mejores sentimientos, mucho menos para la buena salud de sus mejores y de sus peores recuerdos. Sentimental como nadie pero con un sentido práctico que, según el gran Klaus, tenía incluso un olor propio, más no una fragancia, pues, mira tú –y el del Golf fingía una suprema inhalación–, de la cual regresaba exhalando muy en serio que aquel olor, definitivamente, no *fragaba* ni bien ni mal, y que esto se debía, qué duda cabe, a que no se mezclaban muy bien que digamos tanto sentimentalismo y tamaño sentido práctico.

–Huele, sí –insistía el muy bruto y entrañable Klaus, a quien en media ciudad se le conocía también como El Heredero Incontenible. Pero como entonces notó que su auditorio empezaba a hartarse de *su* fragancia, optó por la sonrisa angelical que tan bien le salió siempre, bañada, eso sí, por el exquisito perfume de su silencio más total.

Pero en momentos así como el de ahora, con el propio José Ramón a su lado, con su hermana única y con el inefable Klaus, María Magdalena sentía de golpe que aún amaba a ese hombre con la misma pasión del primer día en la hacienda El Quilombo, o comiendo salchichas de Huacho en Jauja o donde quieras, mi amor, o mientras pensaba en él y en Charles Darwin al mismo tiempo... Pero a veces, también, tanta flema, tanta introversión, esa perfección tan silente como constante y aquellos como inexistentes años por mares y océanos de este mundo... Marcel Proust solía hablar de las intermitencias del corazón... Pero ese mismo corazón suyo casi estalla hace un momento al ver a José Ramón comerse el mundo, un mundo que se acabada, eso sí, pero con calma, con valentía y bondad, con generosidad y serenidad, con tremendas ocurrencias y exabruptos y ese dedo martillando su eterno reloj...

Y su apellido con preposición *de*, ahora, por mí, por la memoria de él... Por todos nosotros... Si tan sólo fuera un poquito malo, si hablara tan sólo un poquito más... Si no fuera tan eternamente práctico y soñara un poquito, aunque sea un poquitito y tan sólo de vez en cuando... ¿Amado mío...? Pero Tarma y Huaychulo siguen siendo el destino favorito en todos y cada uno de tus viajes... Y al morir Caruso y Tito Schippa murieron para ti La Scala de Milán, la propia ciudad de Milán, y el resto del mundo, mi José Ramón, mientras les encontrabas el reemplazo austero e insignificante de Jauja, Tarma y Huaychulo, y yo cada día odié más acompañarte en aquellos aplastantes viajes, porque los Andes me aplastan y me matan con su majestuosa tristeza, me deprimen, y sólo los amé una vez porque bajando el valle de Tarma, en el esplendor de aquella campiña, me olvidaste por completo e, igualito a cuando cada mañana cierras la cortina de una ducha perfecta, cómo no, y diseñada por ti, cómo no, y con más agua que el resto de las duchas del Perú, cómo no, y gracias a unas máquinas importadas por ti de Inglaterra, cómo no, pues sí, exacto a cuando te encierras en tu propia Scala de Milán, abres tu ducha, una verdadera, una deliciosa cascada, te lanzaste entonces a cantar arias de grandes óperas, como ahora, de golpe, y como cada mañana, no bien te encierras en tu ducha y desde ahí despiertas a la familia entera con una voz de gran divo que supera a todos tus tan valiosos discos de Caruso, de Tito Schippa, de todos y de cualquiera, amado mío, intermitente José Ramón...

En la más bonita y elegante de las tres casas del bosque de San Isidro vivía ahora doña Madamina, entre olivares, una lagunita con botecitos de remo para niños acompañados por mayores, y un lindo paseo que la señora recorría entero cada mañana y cada tarde, hablando a menudo a solas, y en todo caso más con don Fermín Antonio que con la empleada que la acompañaba diariamente, y más incluso que con sus dos hijas, que también le hacían compañía muy a menudo, sobre todo el día de descanso de la empleada para el paseo habitual, como ella le solía llamar, pues había olvidado su nombre y también el de sus otras dos empleadas, aunque en cambio Claudio sí conservaba completos sus dos nombres y apellidos.

Y con Claudio, precisamente, era con quien más le gustaba conversar, pues sin duda alguna era él quien con sus ocurrencias y disparates más le recordaba a su esposo. Y pasear en el más elegante, caro y azul de los Chrysler de último modelo, uno modelo sedán, como siempre, y del último año, cómo no, que el buen José Ramón, *mi* yerno favorito y además *mi* primo, como recalcaba siempre ella, sin duda alguna en claro menoscabo del pobre Klaus, que jugaba ahora golf tan sólo en el jardín de su casa, con unas pelotitas de plástico agujereado y vacías por dentro, por haber hecho ya añicos el gran ventanal de la sala con vistas al jardín, con una pelota de golf verdadera, y *entre Pisco y Nazca*, como reconocía él mismo, usando este forzado símil no para referirse a dos ciudades del sur del Perú, que jamás había visitado, por lo demás, sino al barato aguardiente de casi inexistente uva que compraba, aun así de adulterado, como pisco, y a la cerveza peruana que, otra frase suya, por supuesto, *cabe también en mi nuevo presupuesto, en lugar de Berlín Occidental, mi club de golf favorito.*

Gobernaba por entonces el Perú el arquitecto Fernando Belaunde Terry, excelente como candidato pero aterrador como gobernante, y dos de sus lemas de campaña habían sido precisamente «La conquista del Perú por los peruanos» y «Conozca el Perú primero», un par de frases que, según Klaus, copa de pisco y vaso de cerveza muy a la mano, pues según él ésta mitigaba la fortaleza de aquél, lo habían precipitado a un conocimiento obligatorio del Perú primero. Y se desternillaba de risa, el *bávaro*, sin que ser humano alguno lo acompañara jamás en sus ocurrencias, y las carcajadas tan a menudo repetidas le desfiguraban el rostro hasta tal punto que un día, estando el pobre absolutamente solo, además, sus propios perros *puddle* como que no lo reconocieron y se crisparon hasta tal punto con sus muecas y carcajadas que la emprendieron con él a mordiscones, dejándolo por largo tiempo hecho una costura humana, e incluso algo cojo de por vida por causa de los grandes desgarramientos en ambos muslos y sobre todo en una de las pantorrillas.

Una buena temporada en la clínica Anglo Americana, alejadísimo forzosamente de Pisco y de Nazca, le hicieron tanto bien a Klaus von Schulten que el propio José Ramón, previa reunión con su esposa y cuñada, optó por prolon-

171

gar esa hospitalización mucho más allá de lo necesario ya para las mordeduras feroces de sus perros, y de acuerdo con un especialista fue sometido a un tratamiento antialcohol cuyo resultado fue realmente de doble filo, pues si bien el gran Klaus dejó de beber por completo y se mantenía siempre lúcido e incluso aceptó un pequeño empleo en el banco, destinado a sacarlo de tanto encierro casero, antes que nada, al mismo tiempo tomó conciencia de la patética realidad del golf de mentira que jugaba en su casa con aquellas odiosas pelotitas para tontos, y entre una cosa y otra, un día, pero también al siguiente, y luego al siguiente también y después ahora y siempre, mañana tarde y noche, no cesaba de hablar del suicidio, que incluso empezó a catalogar y a dividir en tres grandes categorías: 1) suicidios ejemplares, 2) suicidios imprescindibles, y 3) suicidios de mierda. Y a la primera categoría pertenecía, cómo no, Sócrates. A la segunda, Matías Laudrup, un magnate alemán del que tan sólo él había oído hablar, y que ingenuamente se había enriquecido en muy turbios negocios con Hitler, y que, digamos, se quitó la vida a la caída de éste como única salida digna ante su esposa y sus hijos, que eran cualquier cosa menos nazis. Y a la tercera y última categoría, o sea a la de mierda, pertenecían los suicidas lamentables y sin interés alguno de las páginas policiales de la prensa populachera, aquí y en Sebastopol.

Pero lo peor de todo fue que, siempre con su monotema del suicidio, una muy soleada mañana de verano, mientras almorzaba con su esposa, su cuñada María Magdalena y José Ramón, en el restaurante El Suizo, allá en la playa de La Herradura, contó que había visto una película en que James Mason, un gran actor inglés, se suicidaba elegantísimamente –y tanto que yo, al menos, sólo lo situaría, como a Sócrates, en la primerísima categoría de suicidas–, pues se quitó de en medio sencillamente metiéndose a pie, y como quien tan sólo va a darse un breve chapuzón, cada vez más adentro en un mar muy embravecido, y por supuesto que además sin inquietar a un solo bañista... Klaus hizo una larga pausa, enseguida, y olvidándose por completo de James Mason, pero con la mirada cada vez más perdida en el mar, eso sí, los dejó requetefríos y perplejos cuando dijo:

—Lo malo, en mi caso, es que no sé a qué categoría de suicidas pertenezco, pero sí les ruego que tengan piedad de mí y no me pongan en la tercera categoría.

—Tú, Klaus —intervino José Ramón, realmente como quien baja del cielo—, tú, hermano, olvídate para siempre de La Herradura y de ese disparate de quitarte la vida, porque algo ha mejorado la situación familiar, y como yo sólo fui socio del Club Nacional por complacer a nuestro suegro, mañana mismo regresas a jugar al Lima Golf Club, pero sólo con dos whiskies por día, por favor, eso sí. Dos whiskies y ni un solo negocio, ¿entendido, mi hermano?

Por supuesto que Klaus casi se trae varias mesas y sillas del Suizo abajo, de felicidad, pero felizmente tomó conciencia a tiempo de que hasta del último rincón del restaurante los comensales miraban el desorden de vasos derramados y platos rotos que había causado ya.

—Por favor, perdonen las molestias —dijo—, pero es que todo se debe a mi *bávara* alegría...

—Klaus —le dijo, entonces, María Isabel—: La verdad, a veces te quiero mucho siempre.

—Nos pasa a todos —completó José Ramón, pidiendo de inmediato la cuenta, en vista de que ya Klaus estaba a punto de pedir una botella de whisky, con la excusa de que entre los cuatro, calculaba el del Golf, saldría más o menos a dos *vasitos* por cabeza.

–Bueno –le dijo, a guisa de genial conclusión, el gran Klaus a su esposa–. Pues entonces tú y yo nos vamos a casita a despedirnos para siempre de Pisco y de Nazca.

–Eso ya lo veremos allá, querido Klaus –le replicó ella–, aunque yo te aconsejo más bien sacar tus palos de golf del olvido y limpiarlos a fondo, como hacías antes, y te encantaba. Piensa además que han estado guardados un buen tiempo y que deben tener hasta una gruesa capa de moho encima... Con la humedad de Lima, además, imagínate tú cómo estarán.

Pero el gran Klaus von Schulten volvió a encontrarse en una espléndida situación económica gracias a las cuantiosas herencias recibidas de dos hermanas solteronas de su madre, doña Juana María y doña Carlota Canavaro, a quienes, en realidad, ni siquiera recordaba haber visto en su vida entera, aunque tal vez sí, alguna muy remota vez, sin duda alguna durante su más tierna infancia. Y por supuesto que volvió a jugar golf todos los días en su club, volvió a hacer pésimos negocios en el bar del mismo, y volvió a estrellar sus Mercedes, exactos unos a otros, siempre en las mismas zigzagueantes calles de San Isidro.

Sin embargo, las cosas cambiaron radicalmente cuando al cabo de tres viajes a Europa con su esposa, los tres con largas escalas en Berlín Occidental, para lo de la adopción de un niño, llegó el tan ansiado momento en que recibieron de una enfermera un precioso niño de un añito y pico, bastante morenito para ser tan alemán por los cuatro costados como lo afirmaban los certificados de reglamento, aunque por supuesto que siendo el niño en realidad hijo de una mujer de reconocida vida licenciosa, que además ya había hecho entrega a ese hospicio de varios angelitos más como el que María Isabel tenía ahora entre sus brazos, por vez primera, desde hacía apenas unos segundos, lo más probable es que los hubiera desde muy arios hasta muy *moritos*, por lo muy variada que debía ser la baraja de chulos o simples clientes de aquel mundillo donde hasta los condones parecían escasear.

Pero la telaraña del infortunio, no sospechada aún por nadie, continuaba tejiéndose en ese Berlín Occidental tan caro a Klaus von Schulten, hoy padre aún feliz de un niño que, a fuerza de amor maternal, había convertido ya a su esposa, María Isabel, en madre muy experta, muy segura y muy serena en el cuidado de su bebe, de tal manera que Elke, la enfermera que los acompañaba y que ocupaba una habitación contigua en el hotel, apenas había tenido que intervenir, aunque continuaba con ellos, solícita y sumamente amable.

Y en la habitación que la pareja y la criaturita ocupaban en un estupendo hotel de cinco estrellas, Klaus von Schulten se aprestaba ya a empezar a hacer el equipaje, pues aquella misma noche emprendían el vuelo con dos escalas que los traería de regreso a Lima, cuando sonó el teléfono, que la enfermera respondió y que resultó ser nada menos que una llamada urgente de la clínica en que acababan de ultimar los trámites definitivos de adopción. Se trataba de un error, de un asunto bastante complejo desde el punto de vista humano, y por lo tanto se les pedía al padre y a la madre del bebe presentarse lo antes posible y llevando, eso sí, por favor, a su criaturita.

Al llegar al hospital, ingresar con gran prisa y cruzar con mayor prisa aún el jardín central, en dirección del pabellón de adopciones, que encontraron muy fácilmente, María Isabel con su bebe, la enfermera Elke y Klaus, realmente inquieto, una enfermera jefa de sección los espera-

175

ba en la puerta y los hizo pasar hasta la amplia sala en que, en dos hileras de cunas, se hallaban los bebes en adopción. ¿Qué había ocurrido? Pues nada menos que un grave error que, les juraban, jamás había ocurrido antes. Y mientras una enfermera se paseaba entre las dos hileras de cunas con un rubísimo y precioso bebe de grandes ojos azules y se unía a ellos, la directora les explicaba a los atónitos María Isabel y Klaus la confusión del bebe que les había sido entregado ayer con este querubín cuyo cambio inmediato les proponía, pues además éste era el niño que figuraba en toda la documentación, y desde que se iniciaron los primeros trámites, dos años atrás, nada menos.

—¡Imposible, madre, imposible! —exclamó en ese mismo instante María Isabel, y agregando, hecha ya una fiera—: ¡Este niño ha sido mi hijo durante veinticuatro horas, ya! ¡Y jamás me lo quitará nadie! ¡Absolutamente nadie!

La convincente ferocidad de un instinto materno muy claramente definido, y perfectamente comprensible, por lo demás, y que, cosa importantísima también, Klaus compartía también a fondo, desarmó por completo todos los argumentos que la madre directora pudo esgrimir, realmente los mató en el huevo. Klaus, entonces, le dijo muy claramente en alemán a la enfermera que estaba con ellos desde el día anterior que acompañara a su esposa y al bebe al hotel, y que él se quedaría ocupándose del problema surgido con el querubín que continuaba ahí con ellos, pero cuando le explicó lo mismo a su esposa en castellano, ésta le dijo:

—Sí, claro, Klaus. Mira qué puedes hacer por ese pobre bebito, pero una cosa, por favor, *no lo vayas a cargar, no lo vayas a tener en los brazos ni un solo instante, por favor...*

—Regresa al hotel tranquila, María Isabel. El error es de ellos, nosotros nos largamos esta noche con nuestro hijo, y a este angelito le resolveré la vida, si quieres, pero, eso sí, no lo tocaré, ni mucho menos lo cargaré, ni lo abrazaré ni lo besaré ni nada...

Y al partir rumbo a Lima, esa misma noche, María Isabel, Klaus, y un niño sin bautizar y sin nombre, aún, y al que tampoco ninguno de los dos se atrevía a llamar el querubín, en memoria del querubín anterior, de cuyos cuidados *muy especiales* Klaus se iba a ocupar, de la misma manera en que se ocuparía de pagarle estudios escolares y luego secundarios y hasta de comprarle una cómoda vivienda, de no haber sido adoptado nunca, tal y como en efecto ocurrió, muy desafortunadamente. Y muy desafortunadamente sobre todo para Klaus, primero, pues el abandono de aquel niño, como él se obstinaba en considerarlo, a pesar del muy ventajoso arreglo al que llegó para el caso de que no fuera adoptado, la sola idea de que aquel lindo niño se había quedado tirado en ese hospicio debido tan sólo a un absurdo error, lo perseguía y lo hacía sentirse cada día más culpable, y así, sin darse cuenta siquiera de que incluso su hijo los podía escuchar, el tema del *querubín* volvía una y otra vez a sus conversaciones con María Isabel, y todo esto corría además en paralelo con el paso de los años y la vida del ya adolescente Hans von Schulten de Ontañeta, un niño vulgar, frío, calculador, pésimo escolar que sin duda no terminaría ni siquiera el colegio y llevaba repetidos dos años seguidos, que hasta comía en la cama y se pasaba la mayor parte del día ante un estúpido televisor que jamás apagaba, ni siquiera para dormir. Mientras que allá en Berlín, y habiendo terminado en primer lugar del colegio, la secundaria, un *querubín* ya bautizado, pero que ni siquiera sabía el origen del dinero que lo mantendría hasta que tuviera una carrera y una colocación, acababa de ingresar en primer lugar a la universidad de Berlín Occidental, habiendo optado ya también por los estudios de arquitectura.

–Frutos de un maldito traspapelamiento, carajo –se quejaba una y mil veces cada noche Klaus von Schulten, copazo de coñac en mano.

Pero lo malo, lo peor de todo, es que el enano ese gordo y vago del televisor infame, el comelón compulsivo de comida y cultura basura, y fruto de un malditamente tonto traspapelamiento que ya empezaba a tener las peores consecuencias, también había arrastrado por la senda del copazo y la soledad más triste a María Isabel, su madre adoptiva, y tan sólo por haberlo ya tenido en sus brazos unas horas antes, habiendo además un querubín ahí, ante sus ojos, para efectuar el cambio que todo, absolutamente todo, lo habría arreglado, y hasta el día de hoy, algo de lo que además estaban perfectamente al corriente. Pues sí, el gordinflón ese –porque además era enano y regordete, el de la comida basura y la televisión ídem– también la había arrastrado a ella por el rumbo del alcohol de la amargura, aunque en su caso se trataba nada menos que de pisco, y de pisco nada puro de uva.

–Frutos del demonio y punto, Klaus... ¡Y salud por el enano gordo de la cama eterna...!

–Salud, mujer, salud. Tristes son nuestros brindis, y triste es nuestra salud...

–¿Y qué fue del ícono ese, Klaus? ¿El que estaba ahí nomás, colgado en la pared? Nos costó una fortuna en Bulgaria...

–¿Quién va a ser, María Isabel? ¿Las empleadas?

Eso jamás. Ni Eusebia, ni Imelda, ni Rosenda. Ninguna de las tres podía ser. Eso jamás. Y entonces, como ya tan a menudo, María Isabel y Klaus rompieron sus copas, lanzándolas como pedradas contra alguna pared, mientras tambaleantes se incorporaban, tambaleantes se dirigían a su tristísimo dormitorio, y tambaleantes iban diciendo por el camino, en muy desentonado dúo:

—El gordo infame del televisor maldito tiene que haber sido...

—Entonces.

—Claro, tiene que haber sido...

—En-ton-ces...

Y muy a menudo, al día siguiente, llenos de buenos propósitos, los esposos Von Schulten de Ontañeta atravesaban los escasos metros de jardín que en el Olivar de San Isidro separaban su casa de la de María Magdalena y José Ramón, cuando ni uno ni otro se encontraba en casa, y ahí dejaban encargado a algún mayordomo o alguna empleada que les escondieran por favor sus botellas de licor. Por supuesto que los empleados estaban bastante al corriente de la situación, y en todo caso tenían instrucciones de recibirles siempre las botellas, de escondérselas, pero muy en serio, y sabían también que si volvían reclamándoselas, debían abrirles siempre la puerta, pero en la medida de lo posible tenían también que hacerles todo tipo de trampas al devolverlas. Podían, por ejemplo, devolverles una o unas botellas de menos, y en este caso siempre *la* o *las* de pisco, que a lo mejor los señores Von Schulten aún están sobrios y sienten vergüenza de hacer tanta alharaca por unas tristes botellas de pésimo aguardiente. Otra posibilidad, y la mejor, por supuesto, consistía en esconderse todos cuando tocaban la puerta, aunque, claro, esto lo malo es que podía lanzarlos en busca de alguno de los Mercedes para salir disparados rumbo al bar del Lima Golf Club, donde una dama no debía de ninguna manera ser vista en estado de ebriedad, y muchísimo menos nuestra hermana María Isabel.

179

¿Qué hacer, entonces? Algo muy parecido, pero que de ningún modo acarreaba los mismos peligros, era que se escondieran todos los que les recibieron las botellas y sólo apareciera a abrirles la puerta y atenderlos aquel que no asistió a la entrega de botella alguna, no señora, no señor, yo no estuve esta mañana a la hora de la entrega, pero en cambio tengo instrucciones de mis señores de obsequiarles, de parte del señor y de la señora, en caso de que necesiten *algo*, pues, eso sí, un máximo de dos botellas de whisky Ye Monks, ese de la garrafita, que es el que bebe don José Ramón. Y antes de que mencionen siquiera la maldita palabra pisco, ustedes les sueltan, pero bien a boca de jarro...

–Pisco, eso sí, no tenemos, señores. Lo sentimos mucho...

Y si los señores Von Schulten protestaban por esta medida, pues a aquellas empleadas o a aquel mayordomo que tenían que hacerles frente en esta oportunidad les correspondía asegurarles una y otra vez que en esta carencia no había rechazo alguno hacia ellos, que era cuando, sobre todo Klaus, que ya llegaba copeadísimo del Golf e incluso estacionaba su auto en una casa que no era la suya, sino la de doña Madamina o la de María Magdalena y José Ramón, por ser las tres viviendas sumamente parecidas en lo de los techos de dos aguas, rojos por sus tejas y muy verdes y tupidas enredaderas, y también muy parecidas unas a otras por sus puertas y ventanas con una gran viga de muy oscura madera encima, por sus verdes rejas, y por aquellas paredes que habrían sido sombrías de no haber estado cubiertas casi por completo por unas enredaderas que, se diría, las empaquetaban, pues cubrían también en buena medida los rojos tejados.

Por lo demás, estas tres casas como que nunca tuvieron un límite propio, una pared, o alguna señal, siquiera, que marcara algún límite entre ellas o dentro del mismo parque. Simplemente habían sido edificadas así, desparramadas en aquella zona que tampoco atravesaba o cruzaba calle alguna, y como si fuera imposible darles otra dirección postal o catastral que «las tres casas del bosque del Olivar que no dan a calle alguna ni llevan tampoco numeración alguna posible con respecto a nada, salvo a ellas mismas». En fin, tal vez ubicándolas en el bosque –que más bien era ya un parque y punto, en aquellos ya menos lejanos años–, de acuerdo a los cuatro puntos cardinales, habría podido decirse de aquellas bonitas viviendas algo así como: casa A, casa B y casa C. Pero absolutamente nada más podría decirse de las tres dichosas casas, postalmente o catastralmente hablando, sin caer en el más absurdo disparate.

Preciosa era, eso sí, la casa de doña Madamina, toda iluminada con grandes candelabros de largas y gruesas velas que Anatolio, su actual mayordomo, e incluso Claudio la ayudaban a encender, pues sin don Fermín Antonio y sus aventuras, aunque también sin su conversación cultural, sobre todo lo divino y lo humano, como afirmaba el gran Claudio, y su ciencia en el manejo del idioma castellano y sus tesoros, el pobre chofer se aburría a morir, y siempre andaba proponiéndole algún paseíto a La Jefa, como se refería él a la doña Madamina, pero La Jefa cada día se limitaba más a sus dos paseos a pie, divagando por las veredas del parque, y a sus visitas de los viernes a casa de José Ramón y María Magdalena, a la que nunca asistían su otra hija ni su yerno Klaus, que estaban pasando los pobres las de Caín con aquel hijo de nadie, como solía llamarle ella y ya muchísima gente más en Lima, al enano gordo y basura del televisor.

Doña Madamina, además, ni siquiera veraneaba ya, ni extrañaba la casa de La Punta, ni recordaba bien tampoco si todavía le pertenecía o no, aunque tampoco le importaba, la verdad, pues sus tres nietos adorados, o sea los tres hijos de María Magdalena y José Ramón, que estaban ya en secundaria, siendo excelentes alumnas Rosa María y Magdalena, en el San Silvestre, mientras que en cambio Federico y el estudio o el trabajo parecían estar reñidos de por vida, en fin, que aquellos tres nietos jamás sintieron interés alguno por un veraneo en La Punta, y en cambio con los primeros rayos de sol ya empezaban a soñar con Ancón, con su pésima playa, su casino de pacotilla, sus fiestas de huachafona pretensión, y esa mala calidad de vida a la moda que tan poco tenía que ver con el refinamiento europeo del ayer, y tantísimo con la vulgaridad norteamericana con chicle y ritmos de cadera e histeria, doña Madamina, según le aseguraba Claudio a La Jefa cuando por fin lograba sacarla de paseo por la Lima que se nos va, Jefa, y mire que se lo dice un chileno, o sea que de Ancón ni hablar, ese balneario sólo valió la pena en los años en que don Alfredo Benavides Diez Canseco, el gentleman del superyate azul, invitaba a don Fermín a navegar, y de punta en blanco los dos caballerazos se hacían a la mar, y entonces sí que aquellos tan audaces amigotes se perdían en lontananza. O sea que piense usted, Jefa, cómo andará hoy en Ancón el ganado...

–Por Dios santo, Claudio, no exagere usted –le decía en estas ocasiones doña Madamina–, porque, eso sí, llamarle ganado a la juventud de hoy...

–Usted perdone, doña Jefa, que no se repetirá.

Pero como si nada continuaba Claudio con lo del ganado y que, de entre él, *nos* salió la otra noche nada menos que un bailarín de flamenco en el casino ese de naipes, que le dicen, y por su vulgaridad debe ser, digo yo, pero lo cierto es que vino un bailarín de flamenco y de él dice Sofocleto, en su columna de hoy, que el tipo «Es un epiléptico que se gana la vida pisando cucarachas». Tal cual, doña Jefa. Y ya me dirá usted, doña Madamina, si una cosa es bailar y otra muy distinta ir por el mundo, y esto incluye al así llamado Casino de Ancón, que a su vez es un mal llamado balneario...

—¡Claudio, por favor, a casa ya! Que se extralimita usted.

—Pero es que eso de ir por el mundo matando cucarachas y cobrando, pues eso es algo que don Fermín Antonio simplemente no hubiera tolerado jamás en la vida. Y se lo digo yo, Jefa: ¡Jamás en la vida!

—¿Me está usted llevando a casa, Claudio?

—Ahorita mismo me vuelvo pa'llá, Jefa.

—Me alegro mucho, Claudio... Pero ¿cómo dice Sofocleto que se llama el bailarín de las cucarachas...?

—De flamenco, Jefa. Bailarín de flamenco.

—¿Y cómo es que se gana la vida?

—Pues con epilepsia, Jefa, y pisando mucha y mucha cucaracha. Millones...

—Es que debe ser que, al mismo tiempo que baila, el hombre aprovecha y las pisa. ¡Qué asco, por Dios santo!

—Ya está usted en su casa, Jefa.

—Pues no, porque aquí se ha estacionado el señor Klaus...

—Es que, una vez más, el señor Klaus se ha estacionado en la casa de mi Jefa.

—El pobre señor Klaus, dirá usted, Claudio.

—Pues sí, mi Jefa, y será que bebe tanto porque el pobre tiene que soportar tarde, mañana y noche a ese gordo mal nacido, que además diz que es de Alemania, pero yo diría que es mezcla de gitano con moro, y del mismísimo Albaicín, que es zona de cuevas y gente con navaja...

—¡Claudio!

—Con el debido respeto, señora y Jefa, doña Madamina, pero es que uno también tiene su corazoncito y con éste comparte y además opina, opina familiarmente además, sobre todo por la antigüedad en la casa y la solidaridad ante el infortunio vecino...

—Bien sabe usted, Claudio, cuánto se lo agradecemos todos, y mi Fermín Antonio, el primero, que Dios lo tenga en su Gloria, sí...

—Ay, Jefa... Que si me dejaran al moro gordo ese yo lo devolvería obediente, rotundamente honesto, y de mil colores...

—¡Pero, Claudio, por Dios!

—Usted a mandar, Jefa, que además es lo suyo...

II

De ventana a ventana, todos los días útiles de la semana, María Magdalena y María Isabel, las dos hermanas De Ontañeta, que realmente se adoraban y compartían gustos en todo, absolutamente en todo, que si Proust, que si Beethoven, que si Pirandello y su teatro, mas no sus cuentos, que si Thomas Mann y muy especialmente *Los Buddenbrook*, que si el concierto para oboe de Benedetto Marcello, antes que el Vivaldi de *La primavera*, que la ópera más bien no, eso sí, pero que no se vaya a enterar el pobrecito de José Ramón, pero que si tú supieras, sin embargo, María Isabel, la delicia que es cuando entra a su ducha matinal y se arranca con *Celeste Aída*, por ejemplo, ¿que si no lo sé, Malena?, ¿que si no conozco la delicia que es abrir la ventana de mi dormitorio, cada mañana?, pero si es lo único que le arranca una sonrisa a mi pobre Klaus, cada mañana, al salir huyendo de la casa rumbo al Golf... Una larga, pacífica y reconciliada sonrisa a la vida, a mí misma, a esta casa, a esta ciudad, mi tan querida María Magdalena... Mira que lo mejor, ya, mi siempre amada María Isabel, lo mejor ya es *laissez faire, laissez passer*, como he leído en algún diario o revista, o allá en tu club, precisamente...

Y ahí seguían, horas, las hermanas De Ontañeta de Von Schulten y De Ontañeta de Ontañeta –tal como se lee y se oye, sí, señoras y señores–, y sobre todo desde que el buen José Ramón, siempre tan parco y tan aburridote, pero también tan noblote, por decirlo todo, aceptó agregarle, de una vez y para siempre, a su apellido de siempre la preposición *de*, poniendo fin a su tan larga y antojadiza supresión, aunque lo hiciera, eso sí, ya después de la muerte de don Fermín Antonio, sobre la cual las hermanas pasaban siempre como sobre ascuas, volviendo incluso con cierta prisa a sus autores preferidos, que si *La muerte de un viajante,* de Arthur Miller, *Un tranvía llamado deseo,* de Tennessee Williams, *A Rose for Emily, Miss Zilphia Gant, ¡Absalón! ¡Absalón!* y *El sonido y la furia,* de William Faulkner, y tras intercambiar asimismo información sobre las lamentables lecturas de sus cónyuges, que si una revista de golf tras otra, en el caso de Klaus, y que si una biografía tras otra de Winston Churchill, en el caso de José Ramón, volvían a encontrar la paz, la alegría y la armonía, cada una en su ventana, cuando se lanzaban juntas a los brazos de Federico. Federico, y punto, era *el* García Lorca de *Poeta en Nueva York,* y éste era a menudo, también, el instante en que doña Madamina abría la ventana de su aguda hipocondría y les anunciaba esta vez, por ejemplo, un inminente derrame cerebral.

Y tanto fue así que la dramática doña Madamina, siempre entre la vida y la muerte, sobre todo no bien regresaba de sus paseos por el Olivar, ya que como éstos la hacían realmente feliz, quedaban asimismo momentáneamente suspendidas todas sus mortales representaciones para la empleada de los paseos diarios, de cuyo nombre no tenía ya el recuerdo, mas en cambio sí los de los ocho tomos completitos de Azorín, que recitaba, casi, a la perfección, como también *Vida de don Quijote y Sancho,* de don Miguel de Unamuno, como ella le llamaba, a pesar de la inclinación algo roja del fusilado vascote, y ya de ahí pegaba tremendo brinco, como si nada, a *Peñas arriba,* de José María de Pereda, y de ahí otro brinco que la llevaba casi de bruces a *La Regenta,* de Leopoldo Alas, Clarín, que sencillamente le dolía en el alma, la mataba de pena, la afligía incluso en plena primavera florida, de ahí a las cuatro sonatas de don Ramón del Valle Inclán, rematando, eso sí, con *su Ramón,* pues así como sus hijas tenían su *Federico,* también ella se gastaba a su *don Ramón,* que en este caso no era otro que don Ramón Gómez de la Serna, y por donde me lo abran, oigan ustedes.

Pero enseguidita de tan gozosa enumeración de la felicidad literaria, allá en su tercera ventana, doña Madamina daba literalmente un salto mortal y lo que tenía esta mañana era un derrame cerebral, con lo cual, cómo no, sus dos hijas se acostumbraron tanto a estos arrebatos de hipocondría que, en cuanto su madre ponía fin a su charla o declamación literaria, dejaban de hacerle caso por completo, y cerraban las ventanas del amor fraternal, eso sí, sin la menor mención, jamás, de los nocturnos problemas de María Isabel y Klaus con el alcohol ni mucho menos de la existencia sin amor de un jovenzuelo al que se le adoptó con las justas y precisamente sólo por amor.

Por supuesto que Hans von Schulten jamás terminó el colegio –se quedó tan sólo con la primaria, pero ni ésta la completó, siquiera–, y si se le daba algún cachuelo, robaba, tanto o más de lo que robaba en su casa, donde el hurto debutante aquel del valioso ícono búlgaro era ya cosa de un pasado casi remoto, como también la desaparición de varios muebles y cuadros, de prácticamente todos los electrodomésticos, en fin, todo menos el maldito televisor aquel ante el que comía basura y veía incesantemente más basura.

—¡Este chico es un verdadero basural! —exclamó una tarde, harto ya de todo y borracho, el pobre Klaus, y fue tan atroz el alarido de su miserable esposa que de las otras dos casas del bosque llegaron la familia y dos servicios domésticos enteros, menos doña Madamina, a quien Claudio se había llevado providencialmente de paseo romántico a La Punta, y que felizmente era tan feliz por allá que hasta creía que la península entera le pertenecía con sus dos malecones, sus dos playas, todos sus muelles y todas sus glorietas, todas sus casas y casonas, más los primeros edificios residenciales y hasta la Escuela Naval del Perú. Y además de golpe y porrazo La Punta resultó ser también un excelente lugar para tener un derrame cerebral y que mis hijas me hagan caso alguna vez en la vida, oiga usted, Claudio.

—Sus dos hijas viven para usted, Jefa, o sea que ni se imagine cosas así por el estilo, porque usted sufre, Jefa, y nada saca. Sufre usted, Jefa, inútilmente, mientras que otros...

—Mi pobre hija María Isabel —dijo, entonces, doña Madamina, realmente como quien tiene una cruel premonición y decide regresar de inmediato al lugar en que viven sus hijas, sus yernos y sus nietos adorados, menos ése...

Instinto materno o lo que fuera, pues aquella cruel premonición, allá en el bosque de San Isidro, se había encarnado en el internamiento urgente de María Isabel en un pabellón psiquiátrico de la clínica Barreda, de San Isidro. Alcoholismo agudo y una profunda quiebra del sistema nervioso en general era el muy esperado diagnóstico, y se pensó incluso en una inmediata lobotomía —eran los años del apogeo de este crimen psiquiátrico en el Perú–, pero más pudo el amor filial y la firme, la tenaz y frontal oposición de María Magdalena, en momentos en que el pobre Klaus realmente no ataba ni desataba, y el especialista en esta incisión o corte fatal se quedó con los crespos hechos, furibundo ahí con su maligna teoría, su bisturí, su anestesia, y sus ganas de poner manos a la obra de inmediato.

Finalmente apareció incluso doña Madamina, quien, postergados a años vista todos sus males y sus siempre inminentes y fatales derrames cerebrales, hasta fue útil a su manera, como lo fue también, sobre todo, José Ramón, con su gran sentido práctico, bañado como nunca de un gran amor familiar, del cual emanaban una indulgencia y unos cuidados muy especiales y sensibles por su cuñado Klaus, entonces momentáneamente, al menos, cien por ciento fuera de combate. Únicamente comparable al cariño de José Ramón era el de sus hijas Rosa María y Magdalena, y también, por qué no, el del eterno vagoneta de Federico, que finalmente había abandonado sus estudios sin aprobar siquiera primero de secundaria, y de trabajar, cero, al menos hasta ahora, para gran mortificación de su padre, que había soñado inútilmente con ponerlo al frente de la linda hacienda El Quilombo, verdaderamente vuelta a nacer, y se diría que ahora además en todo su esplendor, al cabo de dos o tres pésimas administraciones, en vida aún de don Fermín Antonio, y de una actual y muy eficiente, a cargo de un joven y excelente ingeniero agrónomo, contratado por José Ramón.

En fin, que el amor familiar realmente se había dado la gran cita en torno al tan triste caso de Klaus y María Isabel von Schulten de Ontañeta, producto de la más desafortunada adopción imaginable. Aunque la discreción se impuso y la paciente permaneció siempre aislada, por la sala de visitas de la clínica Barreda pululaban sobre todo los parientes Basombrío y Gastañeta, y ni siquiera faltó aquel primo desatinado, más por bruto que por malo, no cabe la menor duda, eso sí, que a quemarropa le soltó al pobre Fausto Gastañeta, ya bien entrado en años por aquel entonces, y que sencillamente no estaba esa tarde para bromas:

—Oye, Fausto, ¿qué crees tú que hubieran pensado doña Etelvina y doña Zoraida de todos estos acontecimientos familiares?

—Las dos huachafas esas ya están bien muertas y enterradas, a Dios gracias —le calló la boca al pariente brutote el veterano cronista de la vida limeña.

—Pero ¿qué crees tú, sin embargo?

—Pues que a diferencia de ciertas personitas, ellas no habrían ido a meter la nariz donde nadie las ha llamado.

Muchísimo más grave, cómo no, aunque todos lo prefirieran así, qué duda cabe, era la total ausencia de Basura Fon, como era ya públicamente conocido el Mal Adoptado y Traspapelado Hans von Schulten, otros de sus tantos patéticos apodos, en aquellas interminables y muy tristes circunstancias. Pero a José Ramón no dejaba de preocuparle aquella ausencia, que sí, que como todos ahí pensaban, se debía antes que nada a que ese tipo era realmente una basura. Pero también es cierto que quien tiene a su cargo, casi enteramente, a una familia, y conoce al dedillo el desorden en que viven el cuñado Klaus y su esposa María Isabel, teme además por sus bienes, y sobre todo cuando de estos bienes, y en sus propias narices, ya han desaparecido muchas cosas de valor. Y hasta el extremo de que hoy todos lamentamos el estado de nuestra queridísima pariente...

En fin, todos lamentamos muchísimo el preocupante estado de María Isabel, claro que sí, pero con toda seguridad no aquel ausente canalla... «Basura», se dijo una vez más José Ramón, explicándole brevemente a su esposa su lógica preocupación, tras haberla apartado un tanto del resto de los parientes más cercanos que como ella aguardaban noticias en una habitación aparte de la clínica Barreda. Y sin dudarlo un segundo más, corrió hasta su automóvil, puso rápidamente el motor en marcha y salió disparado rumbo al bosque de San Isidro.

Estaba ya a punto de llegar a su casa cuando decidió que lo mejor era estacionar el auto a una prudente distancia y caminar desde ahí sin que lo viera nadie y entrar también en su domicilio sin encender luces y sin que de las vecinas casas de doña Madamina y de su cuñado Klaus tuvieran la menor sospecha de que había regresado para ocuparse personalmente del asunto más desagradable del mundo. El error que había cometido era, además, subsanable. Y mientras José Ramón llamaba a Franco, el mayordomo, para que le sirviera un whisky doble y puro, sí, seco, Franco, y hasta triple y muy seco, también, marcó el número telefónico de la clínica Barreda, dio las informaciones del caso acerca de la persona ingresada, de su esposo, y de su parentesco con ambos, y por fin, al cabo de unos minutos que se le hicieron eternos, logró comunicarse con su cuñado Klaus. Éste sollozó durante los breves momentos de conversación que mantuvieron.

—Escúchame bien, querido cuñado. Porque ya estoy en mi casa y nunca he odiado tanto en mi vida como ahora, ahora, sí, te lo juro, muy querido Klaus, a tu hijastro ese.

—Es muy mala persona... Tuvimos pésima suerte... María Isabel se ha puesto peor...

–Tienes que entenderme, querido Klaus. Te voy a hacer una sola pregunta y quiero que me la respondas con un mínimo de palabras, pero, eso sí, con una total y absoluta seguridad. Ni siquiera te pido que me autorices a actuar de una manera u otra. Sólo quiero que me digas, hablando de la vida y de la muerte, hasta dónde quieres que llegue. Primero averiguaré todo lo que hay que averiguar, absolutamente todo lo que en la familia queremos y necesitamos averiguar, pero sólo hay dos cosas que puedo hacer después de eso. Dejarlo vivo o terminar para siempre con él. Y escúchame algo más, por favor, querido cuñado...

–Sí, dime, José Ramón.

–Ya tengo la respuesta de tu esposa a mi pregunta. No, esta respuesta no me la ha dado ella. Ella no puede hacerlo. Ahora, precisamente, no está en condiciones de tomar decisión alguna. Pero la vida misma ha hablado ya por ella y me ha convencido cien por ciento de lo que hay que hacer. O es María Isabel, muy sana o muy enferma, algo sana o algo enferma, en fin, lo que quieras, pero o es eso o es este bastardo de mierda.

–Está muy bien pensado, José Ramón.

–Pues entonces sólo quiero tu respuesta, Klaus: ¿vivo o muerto?

–No sé, cuñado. Y tengo tanto miedo. No estoy bien yo, tampoco, y necesitaría un buen par de copas para responder...

–Pues entonces muerto, Klaus. Y un millón de gracias por tu respuesta. Para mí, en todo caso, es sumamente clara.

–Ten cuidado, José Ramón...

Éstas fueron las últimas palabras que le escuchó decir José Ramón a su cuñado, mientras colgaba el auricular y llamaba a su mayordomo.

–¿Otro whisky seco, señor?

–Pues sí, mire usted. Pero tan corto como el tiempo que le doy para averiguarme si el hijo de los señores Von Schulten, o sea Basura, entendámonos bien, está en su casa.

–Sí está, señor. Regresó a la hora de almuerzo, y con toda seguridad no ha vuelto a salir...

–Y ustedes, todos, los empleados de esta casa y de las otras dos, saben eso porque el monstruo ese ni se movió de la cama al ver que su madre sufría un ataque de nervios y era urgentemente trasladada a una clínica en una ambulancia, ¿no es cierto?

–Pues sí, don José Ramón. Y créame usted que todos lo lamentamos mucho, mucho, sí, señor... Tan buenos como son los señores Von Schulten.

–Muchas gracias, Franco.

–¿Le sirvo su whisky, señor?

–No, apague todas las luces, más bien. Y váyanse todos a darse una vuelta larga, por favor. Todos. Los empleados de esta casa, los de mis cuñados, y los de la casa de doña Madamina. Ya verá usted cómo se las arregla, pero créame que le daré una buena propina si lo consigue todo sin que ese pobre diablo se entere.

–Con el televisor encendido, como anda siempre, de nada se entera ese joven...

–Pues me alegro mucho. Y ahora, por favor, manos a la obra y toda la oscuridad que se pueda obtener sin que ese pobre diablo sospeche nada.

–Ése vive sólo con la luz de su televisor, señor.

–Adelante, entonces... Y váyanse todos, por favor. Y no regresen... Mire usted, no regresen por favor hasta que yo no encienda las luces de esta casa.

–Entendido, señor.

Esta vez fue el propio José Ramón quien se sirvió un

whisky y lo fue bebiendo mientras daba con la llave ganzúa que abría las tres puertas de calle de las casas de la familia, ahí en el Olivar, se la guardaba en el bolsillo derecho de su pantalón y subía al desván en el que aún almacenaba muy diversos útiles y aparejos de su época de navegante. Lo buscaba todo iluminando los anaqueles hasta dar rápidamente, eso sí, con una muy larga y muy gruesa soga con la que algunas veces se entretenía aún practicando los más complicados nudos marinos. «Parece que sigo al día», se dijo, tras haber imaginado los nudos que tendría que hacer. «Pues sí, Basura Fon, parece que sigo estando realmente muy al día y además ya estoy también listo para hacerte unas cuantas caricias antes de irnos los dos de paseo al puerto del Callao. Claro que antes tendrás que aclararme algunas cosas, Basura Fon. Y tendrás que hacerme un buen par de confesiones. Y por último, antes de irnos rumbo al puerto, tú y yo, tendrás también que devolverme algunos documentos, Basura...»

José Ramón se descubría a sí mismo, tremenda soga sobre un hombro, llave ganzúa en el bolsillo derecho de su pantalón, tarareando aún la obertura de *La bohème* y ya prácticamente ante la puerta de una casa muy parecida a la suya. «La diferencia mayor entre ambas es la presencia del abominable hombre de las nieves», se dijo, mientras abría la puerta de calle, atravesaba el vestíbulo y la sala, escuchaba el sonido de un televisor a todo meter, agradecía los whiskies que se había bebido porque gracias a ellos se sentía muy relajado y lúcido, y porque a pesar de estas dos muy cómodas sensaciones odiaba como nunca al individuo que miraba aquel tan ruidoso televisor, y además porque a medida que se acercaba a aquel dormitorio, a aquella cama, a aquella bandeja con comida basura y a aquel televisor, sabía que lo haría todo a la perfección, sí, realmente a la perfección. Y de principio a fin. O sea desde San Isidro hasta el Callao, según un itinerario bastante conocido, por lo demás, aunque esta vez seré yo quien se encargue del asunto aquel del periodicucho y las malditas fotografías...

Y cuando, por fin, José Ramón encendió la luz de aquel dormitorio y Basura Fon vio a su tío parado ya al pie de su cama y se le cayó además al suelo la miserable cuchilla que pretendía esgrimir como misérrima arma de combate, quiso cómo no la buena bestia esa saltar de la cama e intentar una huida, pero al pobre diablo que era resulta que ya José Ramón lo tenía enlazado por el cogote y en una posición sumamente peligrosa e incómoda, al mismo tiempo.

–Pretende moverte y verás, si es que algo logras ver o entender, Basura, como tú solito te ahorcas. Y te ahorcas además sin que yo me haya movido siquiera de aquí.

Basura Fon soltó un «¡A ver si te atreves, cojudo!», de lo puro bruto que era, a lo cual el tío respondió sin un solo monosílabo. Eso sí, dejó que hablara la soga, pegándole a ésta un mínimo jaloncito. Y como resultado inmediato y hasta automático, a Basura Fon se le asomó tremendo trozo de una lengua ya bastante morada. Entonces al tío José Ramón ya sólo le quedaba mandar, a soga limpia, y al otro obedecer, a soga limpia también. «Bueno», se dijo entonces el tío, «pienso que por fin este animal me ha entendido.» Y pegó un jaloncito minúsculo de soga para comprobar que estaba en lo cierto y que ahora le tocaba llevarse a su cerdo rumbo a la cocina para que se bebiera una botella de aceite y otra de vinagre. Pero resultó que había dos botellas de cada cosa, o sea que le dijo:

–Pues parece que te tocó doble dosis o sea que bebe rápido porque yo no tengo toda la noche para terminar contigo y todavía tengo que llevarte hasta el Callao. ¿Que por qué? Mira, tú, pues digamos que así ampliarás tus horizontes. ¿Que cómo? Pues te explico, pedazo de... Y mira... Entiende de una vez por todas que así como a Lima llegaste en avión, de pura buena suerte, así igualito, aunque de pura mala suerte, esta vez, porque Klaus me ha dado autorización para hacerlo y porque María Isabel, si sana, vivirá muchísimo mejor sin ti, lo cual es también una excelente razón y una magnífica autorización, al menos para mí, esta noche tú y yo nos vamos a ir al puerto del Callao. Y yo, por decirlo de alguna manera, yo mismo te voy a embarcar. ¿Sientes curiosidad por saber adónde te vas? Pues francamente yo te diría que ya desde aquí, desde hace unos minutitos y en pleno Olivar de San Isidro, como que ya empezaste a zarpar rumbo al otro mundo...

Basura Fon vomitó como un cerdo, con su sogota al cuello y todo, motivo por el cual el tío José Ramón le manifestó todo el asco y la repelencia que siempre le había producido verlo, desde muy niño e incluso recién salidito de la ducha, con su ropa limpia y muy bien planchada, y sin una sola gota de aceite ni de vinagre en el buche. Y ya sé, Basura, que tú nunca fuiste capaz de pensar ni de amar tampoco a nadie. Pues soy yo, ahora, quien no sabe pensar en ti y, la verdad, sólo deseo verte muerto. Terminada esta muy breve pero bastante bien razonada perorata, José Ramón le indicó a Basura, eso sí, que aún le quedaban tres cuartos de botella de vinagre y una botella entera de aceite por beber. Y además, con una patada en el culo, agregó:

–Arre, burro, que durante un buen rato todavía nos espera el mismo camino esta noche, aunque digamos, eso sí, que con muy distintos horizontes.

Con sus sonidos, gestos y modales de cerdo, aunque

los gruñidos se diría que llevaban sordina, y por ello no eran además ni lamentos ni berridos ni atroces alaridos, Basura Fon logró manifestarle a su tío que no entendía tanta maldad de su parte y hasta manifestó cierta inquietud por los próximos pasos a seguir.

–*Piano piano va lontano*, pedazo de bestia, ¿o no sabes que *se hace camino al andar?*, a decir de un poeta que, él sí, no mereció morir como tú vas a morir. En fin, esto en cuanto a los próximos pasos a seguir. Y en cuanto a lo otro, o sea a por qué soy tan cruel contigo, pues sólo te puedo decir que, como nos queda apenas hora y media de las dos que tengo para acabar con este trabajito, y deseo ardorosamente ser tan cruel contigo como tú lo fuiste con unos padres que jamás te mereciste, no me queda más remedio que ser cruel contigo de una manera tan concentrada como sucinta, ya que sólo cuento con noventa minutos, te repito. O sea, pues, para entendernos de una vez por todas, que yo soy un hombre cuya única salida contigo es ser archicruel. ¿Queda claro así?

La verdad, José Ramón apenas se reconocía en el odioso papel que estaba representando. No era lector de novelas policiales y apenas iba al cine, pero su cine no era el llamado negro o de gánsters sino más bien aquel de películas musicales, dibujos animados, capa y espada, y uno que otro dramón sentimental. ¿Era posible que su odio por ese muchacho desalmado, que en estos momentos terminaba precisamente con su aceite y su vinagre, despertara en él actitudes y comportamientos verdaderamente sádicos? Porque, la verdad, lo que empezó por ser odioso empezaba a convertirse, también, y a pasos cada vez más agigantados y rápidos, en algo francamente delicioso.

Por supuesto que de Freud él no había leído jamás una línea y por lo tanto nada podía opinar al respecto. La verdad, además, es que del inventor del psicoanálisis tan sólo sabía, y de oídas, que Karl Marx lo había llamado el charlatán de Viena, o algo por el estilo. Pero tampoco un recuerdo tan vago como aquél podía aportarle nada concreto con respecto a su tan galopante como profundo cambio de actitud con Basura Fon, pues además de todo, en su opinión, y esta vez sí que rotunda, el verdadero charlatán fue Karl Marx, y encima de todo a escala mundial, ya que Viena, por atenerse exclusivamente a su cita sobre Freud, Viena y su propia ciudad natal, la entonces prusiana y actualmente alemana ciudad de Tréveris, puestas juntas, además, sí que le hubieran quedado enanas al germánico charlatán de *El Capital*, un libro que José Ramón llegó a hojear, muchos años atrás, mientras navegaba entre Bristol y Lisboa, mira, lo recuerdo ahora mismo con total precisión, como recuerdo también en este instante que arrojé aquel tomazo al mar por encima de la borda... Y vaya que este último recuerdo del joven navegante de antaño le produjo incluso una profunda vergüenza al maduro señor banquero del día de hoy.

Ahora Basura Fon ya estaba absolutamente atado a una silla de la cocina y en la boca llevaba metida una verdadera colección de estropajos, usados y sin usar, secos y empapados, pues en la elección de José Ramón primó la cantidad sobre cualquier otra consideración. Duró así quince minutos, el tal Basura, antes de ponerse lo suficientemente grave como para que su tío, por última vez y muy a regañadientes, lo soltara, considerando, eso sí, que el tipo ya estaba más que listo para los dos siguientes pasos de su estrategia: 1) Devolución de cuanto documento le hubiese birlado a sus padres. 2) Respuesta breve, concisa y útil a cuanta pregunta le hiciera su cada vez más efímero tío, y mientras éste, por su parte, experimentaba nuevamente odio, maldad y violencia, pero una violencia, una maldad y un odio altamente sucintos, eso sí, algo por lo demás indispensable en este caso para llevar a cabo el resto de su tarea en exactamente diez minutos menos de una hora y media, ya.

La verdad, obtuvo lo que todos en la familia sabían casi de paporreta: Basura Fon se había robado de la caja fuerte de sus padres las escrituras de cuanta propiedad inmueble tuvieran. Las conservaba, felizmente, y se las entregó una por una a José Ramón, enumerándolas y todo, cual mansa paloma, cual verdadero encanto. Sí, y ahorita mismo hasta le sonreía a su tío por adopción, aunque en cambio éste lo estuviera odiando a él más sucintamente que nunca, justito en ese momento, y también purita coincidencia o cruce máximo de antagónicos sentimientos o comportamientos, dependiendo de las dos partes, claro está, porque el sucinto sólo podía ser José Ramón, mientras que el tentativamente sonriente, que a lo mejor funciona, último recurso, última llamada, *last call*, y toda esa buena mierda, sólo podía ser Basura o Basural Fon, por decir también algo del progresivo estado de deterioro general del capturado, fruto, cómo no, de la paliza interior y exterior de la cual venía siendo objeto, muchísimo más que víctima, y por más que anduviese ya en franco proceso de colaborador con la justicia, una justicia tan sólo humana, claro está, pero que, de puro efectiva, hasta divina les parecía a ambos, aunque muchísimo más a José Ramón, por supuesto, sobre todo en vista de que las cosas le estaban saliendo muy de acuerdo con su *timing* y divinamente bien.

Y así, por ejemplo, José Ramón sabía ya que el plan de este Basural era ir vendiendo uno tras otro todos los bienes muebles e inmuebles que tanto María Isabel como

199

Klaus poseían, incluyendo una linda casita situada en un parque de San Isidro, en la que pensaban vivir por fin en perfecta paz, absolutamente libres ya del alcohol y su maldad, y también por completo del hijo traspapelado y perverso, pues una cosa iba con la otra, como que dos y dos son cuatro, los últimos años de unas vidas tan llenas de amor y buena fe como de infortunio, de bondad y de muy humanas debilidades. Porque ¿no era acaso ser realmente desafortunados, además de nobles y muy buenos, el haber tenido que hablar, en nombre de la decencia y la moral, y en nombre también de sus respectivas conciencias, con los padres de las dos chicas que su hijo había pretendido cortejar, desaconsejando cualquier relación con él, porque su hija es demasiado buena, señores, y en cambio nuestro muchacho...?

Esto sí que hunde a cualquier madre y también a cualquier padre, está más claro que el agua, pero imagínense ustedes hasta qué punto no habría hundido ya a dos seres tan frágiles como María Isabel y Klaus, hasta qué punto no los llevó primero a vivir entre Pisco y Nazca, y ahora también a ella, sobre todo a ella, a una clínica para gente con agudas alteraciones mentales... Y el pobre Klaus no tardaba en acompañarla en aquel doloroso y horrible final de trayecto, como que dos y dos son cuatro, también una vez más y seguro que vendrían otras caídas nuevas y cada una peor que la otra, más aguda, más larga, muchísimo más grave...

José Ramón pensó que era inútil preguntar por el desaparecido ícono búlgaro, vendido ya, sin duda alguna, como muy pequeña parte inicial de un proyecto a años vista, como suele decirse. En fin, un plan tan vasto y paulatino como pensado para ser ejecutado mediante todo tipo de irregularidades, leguleyadas, trampas, sobornos...

Un plan tan asqueroso como digno de este tipejo, sin lugar a dudas. Y gracias a Dios que recién estábamos empezando, ¿no?, oye tú, mierda humana.

—Te juro, tío...

—Basta. Nos vamos, Muladar... Pero antes revisemos esa soga, que falta, me parece, más de un cabo que atar...

—Tío...

—Anda, mierda. La cabeza en el suelo o te mato.

—Tío...

—De tío, nada. Y así bien agachadito y enrollado. Fetal, digamos, como cuando malditamente llegaste a este puto mundo del cual no tardas en irte, que lo sepas bien, carajo...

Sin duda alguna ya su gente en el Callao lo estaba esperando y muy al tanto de cuanto detalle habría que tener presente. En todo caso, cuando el bólido que manejaba José Ramón llegó a destino, su hombre de confianza en el puerto le abrió la puerta del automóvil. Un breve diálogo, lleno de un viejo y sorprendente afecto, tuvo entonces lugar:

—¿Cómo olvidar lo de aquella vez, hermano? —le dijo un mastodonte a José Ramón, observando al mismo tiempo el interior del auto.

—Me prometiste dejar esto y yo te prometí darte algo muy bueno, a cambio. Sigo esperando, Nico.

—Esto es lo mío, hermano, o sea que por mí no esperes. Pero lo tuyo, al menos para esta noche, J. R., ¿dónde está? —Le sonrió ahora ampliamente, bondadosamente, incluso, el mastodonte aquel.

—Bien atado en la maletera y con lo puesto. Y sin un puto cobre o documento. O sea que así, en calidad de bulto, me lo mandas a Colón, en Panamá, lo más rápido que puedas, por favor, Nico. Tan rápido que yo pueda dar ya por concluida mi parte.

–Vale, hermano. Pero Colón en Panamá 1 o Colón en Panamá 2.

–¿Y ésa qué novedad es?

–Colón de Panamá 2 es lo que nos pagó tu suegro por lo de la parejita esa del circo.

–Lo sabía, mierda...

–No. No lo sabías. Puta madre, hermano, ya veo que no lo sabías. Y yo lo siento, créeme...

–Fermín Antonio de Ontañeta Tristán, nunca terminaré de conocerte...

–Y también ya veo que aquella vez sí que te hicieron cholito, hermanón.

–El dinero, Nico. Tal y como me los has pedido. Toma y cuéntalo, pero rápido, por favor.

–Yo confío en mis hermanos, J. R. Pero nos queda el problemita del número. Esto, por si *toavía* no lo sabes, se decide hoy y aquí, de todas maneras.

En su cada vez más sucinta maldad, José Ramón soltó automáticamente el número 2, abrió la maletera de su carro y le señaló el bulto a Nico, para que lo extrajera.

–Entonces me debes otro sobre igual, eso sí que sí, hermano.

–Vuelvo en una semana, a esta misma hora, Nico. ¿Está bien?

–Por mí, vale, hermano, pero siempre y cuando nos tomemos unos aguarraces, después, cuando ya esté el trabajito terminado y perfecto. Y te prometo, eso sí, que esta vez no habrá foto ni nada.

–En ese caso brindaremos, de acuerdo. Conversaremos y hasta navegaremos, Nico. Pero que la encomienda ya haya sido enviada a destino antes, y sin un solo paparazzi por los alrededores. ¿Queda claro?

—*Porsupuestancia*, hermano.

—Chau, viejo.

—¿Cómo? ¿Y de éste no te vas a despedir?

—Ese hijo de puta se está llevando una buena soga. De mis mejores años en un vapor, Nico. Se está llevando un gran recuerdo, créeme. Y además útil todavía, como podrás apreciar.

—Tú pierde cuidado, viejo. Llegado el momento, yo me encargo de desatarlo y la semana próxima ya te estoy entregando tu soga. Un detalle de la casa, mi hermano.

Millones de cosas se preguntó José Ramón en los meses que siguieron a aquella noche perfecta, tan perfecta que ni fotografía ni periodicucho hubo, como la vez pasada, en que su suegro trató de apoderarse hasta de su alma con aquel gigantesco engaño. Tan perfecta esta segunda vez, esta segunda entrega de noche, en fin, para él, en todo caso, que nadie nunca jamás en la familia le preguntó absolutamente nada sobre ella, tampoco allegado o amigo alguno de la familia o del trabajo, muchísimo menos su esposa, sus hijos, y sobre todo los siempre frágiles María Isabel y Klaus von Schulten. Podían éstos llevar bebidas más de muchas copas y todo, pero la muy maldita y siempre temida pregunta jamás había aflorado.

Y un par de años más tarde, José Ramón, que volvía de visitar al mastodonte en el Callao, y volvía además con varios copazos adentro, encontró la palabra exacta para describir todo lo que hizo aquella noche que hoy evocaba incluso con cierta nostalgia, mira tú lo que es la vida, caray. Basura Fon fue, sí, fue *suprimido* de la familia y *por* la familia. Durante un tiempo pensó que la palabra más exacta era *restado:* Basura Fon fue *restado* de la familia y *por* ella, tal y como quien suma y resta algo. «Pero miren», se decía, algún tiempo después, *«suprimido* resultó ser una palabra muy superior, bastante más exacta, y a la vez inmensamente más clarificadora. Y encima de todo a mí me devolvieron mi soga.» Esto último se lo decía siempre inmediatamente después de lo otro. Tras *suprimido* venía su soga, infalible, impajaritablemente. Era pues algo sencillamente automático y, lo que es bastante más, aún, cada vez le producía una mayor, una más honda, una realmente mucho más profunda satisfacción...

Claro que quedaba todavía el *todo Lima* de aquel entonces, pero la verdad es que, un par de años después de que el pésimo alumno apodado ya nada menos que Muladar, como si la propia ciudad, sin darse siquiera cuenta de ello, pero solita, esto sí, lo hubiese elevado unánimemente en su abyecto rango, porque mira tú qué asco de tipejo debió ser el tal por cual ése, que tan sólo un par de años después de que sus padres lo enviaran, de puro vago, insoportable, y hasta cleptómano que fue, bien pero bien interno al mismo Berlín Occidental del cual lo trajeron, a muy mala hora, por lo demás, pues resultó igualitito que si nunca lo hubieran adoptado ni traído al Perú ni nada. Y José Ramón sonreía para sus adentros, añadiendo, aunque sin soltar una sola palabra, eso sí: «Y encima de todo, a mí me devolvieron mi soga».

Tres meses más tarde, María Isabel y Klaus von Shulten regresaban por fin a casa. El internamiento de ella había durado tres meses y el médico que la trataba aún no sabría determinar cuántos meses, o años, más, iba a durar el tratamiento ambulatorio. El internamiento del buen Klaus, por copas y más copas, naturalmente, empezó un mes después, por lo cual, en su caso, nadie tampoco se atrevería a determinar cuántas semanas, o días, aguantaría El Heredero Incontenible antes de volver por sus fueros de bebedor también incontenible.

Además, el pobre hombre contaba nuevamente con caja chica y caja grande, absolutamente propias, y de dinero fresco, muy fresco, tan fresco como propio y recién caidito del cielo, de las manos, ya difuntas, por supuesto, de sus dos horrorosas primas Andrea y Silvia Canavaro Santamaría, con testamento y todo, y sobre todo con aquella tan agradecida última voluntad que coincidía en ambos casos:

«Lo nombro mi heredero universal por haber sido siempre la primera, la última, y también la única persona –todo hay que decirlo ahora que una se va por fin de este valle de lágrimas», aclaraba asimismo el notarial documento, «que nos invitó siempre a bailar en nuestras fiestas y que hasta se quedó plancha que te plancha, también él, y baile tras baile tras baile, con nosotras, en muy gritona charla, eso sí, y con tan seguidas y tan feroces carcajadas, celebrando absolutamente nada, que, pobre primo Klaus, pues jamás fue su intención hacerlo, lo único que lograba con ello, en su inútil afán por entretenernos a mi prima y a mí, fue que la gente se fijara todavía más en lo feas que éramos las dos. Y lo que es la vida, ¿no?...

»Sí. Tome usted nota, señor, notario, por favor, que quiero que también usted mismo dé fe en este testamento, puesto que hay sobre todo una segunda razón por la que mi prima Silvia, y yo, Andrea, y las dos igualmente Canavaro y Santamaría, hemos venido una tras otra donde usted. Tome usted nota, por favor, señor notario, de que si yo nombro mi heredero universal a mi primo Klaus Hans von Schulten Canavaro es también porque, debido a que al fin, yo creí que ya no se me invitaba a las fiestas por causa de sus risotadas y opté por no saludarlo nunca jamás e ignorarlo como pariente y como amigo, hoy comprendo y manifiesto ante usted que el entrañable primo Klaus Hans von Schulten Canavaro lo que en el fondo logró fue librarme, para mi propio bien, de llorar durante toda la juventud al regresar de una fiesta habiendo bailado tan sólo con él.»

«Empuñar el frasco», le llamó siempre El Heredero Incontenible a «empinar el codo», y a su manera, la verdad es que no le faltaba razón. Y bien empuñada que llevaba una botella de pisco el día en que llamó a José Ramón para que se pasara a verlo, ahora que estaba por fin de regreso al hogar, dulce ho... No, la verdad es que tan bruto no era y además se sentía en aquellos momentos bastante realizado, porque o María Isabel realmente había logrado olvidar el licor o él había logrado que ella ni cuenta se diera de que él sí bebía, pero a escondidas, y como quien dice para evitar el contagio. Tampoco podía manifestar alegría alguna por las nuevas herencias, las de sus horrorosas primas Silvia y Andrea Canavaro, y finalmente tampoco podía manifestar alegría alguna por el internamiento de su hijo Hans en un instituto *muy especial* de Berlín Occidental, y eso que pena sí que no sentía ninguna, la más mínima, aun a sabiendas de que aquel internamiento *tan* especial iba a durar... Por fin, Klaus se echó un largo trago de pisco y, pensando odiosamente en Hans, osó soltar las palabras *vida* y *estudios*, primero, y luego, por fin, como quien se sobrepone a una tarea realmente gigantesca, soltó las también palabras *muerte* y *entierro*, bastante más reales para él que las dos anteriores. Y la verdad es que se sintió estupendo, liberado y feliz de haber regresado a casa y de estar con su esposa, a solas para siempre. Acto seguido optó por deshacerse de botella y copa, literalmente amó de todo corazón a su cuñado José Ramón, marcó su número en el teléfono y lo encontró en casa, desgraciadamente...

–Dejemos pasar unos días más, por favor, querido Klaus.

Pero siendo sábado, Klaus supo explotar el gran punto débil del cuñado: su perfecto maletín lleno de la mayor cantidad y variedad posibles de herramientas y demás utensilios, de cables, tornillos, tuercas, martillos que se iluminaban, clavos, tachuelas y pernos, linternas gigantes y enanas, pegamentos mil, gutapercha y cuanto útil más exista o simplemente pueda ser necesario para arreglar cuanto desperfecto surgiera en el vecindario o entre los miembros más cercanos o lejanos de la familia. O sea pues que José Ramón fue llamado por amor para arreglar el caño de un lavatorio que ni siquiera estaba descompuesto.

Y el hombre cogió feliz aquella joya de maletín, que no sólo daba fe de las habilidades manuales que lo habían hecho famoso entre sus familiares y conocidos, desde su primera infancia, casi, sino que además, tan callado y agresiva o defensivamente tímido como era, llegando en ello al extremo de mandar al cuerno incluso a las personas excesivamente extrovertidas o que le brindaban unas acogidas y atenciones tan parlanchinas o esmeradas o exageradas, como la vez aquella en que hizo su calladísimo y casi arrinconado ingreso a su peluquería habitual, y fue recibido con tal obsecuencia y con lo que era, sin exagerar un ápice, ya toda una verdadera salva de «Tome usted asiento, don José Ramón, sírvase usted tomar asiento, por favor, don José Ramón, y tenga usted la amabilidad de sentarse como de costumbre aquí, en su asiento de siempre, don José Ramón», por el extremadamente parlanchín tijereteador aquel, que encima de todo agregó enseguida, convertido ya en un verdadero y muy denigrante espectáculo, el pobre diablo:

–¿Y cómo desea que le corte el pelo, el caballero? ¿Cómo emprendemos, continuamos y terminamos, en esta veraniega y luminosa ocasión, su corte de cabellos, don José Ramón?

–Sin hablarme –le respondió, por fin, José Ramón, realmente seco, harto y furibundo. Y por supuesto que en menos de lo que canta un gallo abandonó hecho un bólido la peluquería, y tan sólo porque el fígaro de mierda ese se había atrevido, francamente convertido ya en un gigantesco frasco de miel derramada, a agregar todavía:

–Usted a mandar, caballero. Porque el cliente tiene siempre la razón, sí señor. El cliente es rey, sí, señor don José Ramón...

Pero lo único que no se esperaba realmente, en esta familiar llamada de Klaus, el ya inútil gasfitero, incapaz cien por ciento, eso sí, de no acudir al llamado ancestral de sus habilidades manuales, es que María Isabel estuviera también presente en la sala cuando él llegó, y que Klaus, aunque desprovisto de una copa por el momento, al menos, tuviese, eso sí, un buen tufo a cerveza y a pisco. Pasó sin embargo una buena media hora llena de tanto silencio como cariño, y él se disponía incluso a llamar a su esposa, ya, para que viniera a unirse al grupo familiar, cuando ocurrió lo que por fin, algún día, tendría que ocurrir, tratándose sobre todo del gran Klaus.

–La verdad, querido José Ramón –la embarró por fin El Heredero Incontenible–: nada me gustaría más en este instante que ser sacerdote para darte la absolución por tu

208

crimen perfecto. Yo hasta te condecoraría por haber hecho un trabajo tan bien acabado, tan magnífico, tan perfeccionista... Y ahora, entre nos, ¿nos cuentas cómo fue?

A punto estuvo la pobre María Isabel de ser lobotomizada y de quedarse bastante idiota por el resto de la vida, ya que extrañas son las enfermedades del cerebro cuando, además, se le confunde a éste con el alma, porque con el alma sólo hay dos posibilidades: o se le entrega a Dios o se le entrega a Lucifer. Pero ¿de cuándo aquí se le entrega el alma a un psiquiatra? ¿Acaso esos monstruos no lobotomizan, además de todo? ¿Trató el médico aquel que la atendió de lobotomizarle el alma a María Isabel? Pues sí que lo intentó.

Argumentos risibles, todos, claro que sí, para una pobre María Isabel que, de golpe, como que se asomó al abismo o algo así. Pero de aquella manera, con aquella interminable carcajada en vez de un muy determinado tipo de ataque de nervios, con antecedentes muy precisos en la adolescencia, cuando, por ejemplo, le prohibieron interpretar al piano a músicos como Beethoven, Schubert, Chopin y Liszt, y a los que nuevamente le prohibieron interpretar años más adelante, cuando se acercaba ya su matrimonio con Klaus, exactamente tres meses antes, sí, fue entonces, claro, y ahora sí que a María Isabel le dio un verdadero ataque de risa nerviosa, que sí que entrañaba peligro de una muy grave crisis, esta vez...

¿Pero acaso no era de locos rematados la casa de mis padres en la avenida Alfonso Ugarte, conmigo casi atada de manos, con papá aprendiendo a crecer, pasados ya los sesenta años, con mamá tila y más tila, y pila más pila, con papá batiéndose a duelo en la terrazota de los felices mastines contra su propia sombra en la pared, con el padre Serrano podado de cabeza, de nariz y de orejas, primero, y bañado al máximo, después, porque aquellos baños sí que duraban horas y horas, mañanas y tardes enteras duraban, ahora que me acuerdo, pobre sacerdote anciano al que apenas se le dejó salir de una ducha a lo largo de un buen par de semanas, si es que no fueron más... y con mi padre volándose los sesos por haberle robado a su hija y a su yerno, también su primo, el último de los De Ontañeta mayor de edad y su gran amigo, un niño enfermísimo, y fallecido también aquel día atroz...?

–Pero, Klaus, amor, ven que te quiero recordar lo felices y lo frágiles que fuimos y que somos casi siempre.

Y la bestia de Klaus, que tras haberla escuchado atentamente en su largo recuento de aquel pasado, dale que te dale y matándose la pobrecita de risa con cada una de sus palabras, le respondió, sí, pero qué tal respuesta la del muy burro:

–Amada María Isabel, bien sabes tú, y te repito al pie de la letra las mismas palabras de tu propio médico, *meine Liebe*: «Tienes que evitar esa manera tan tuya de hablar escogiendo las palabras en el borde mismo del precipicio.»

–Del abismo, mi amor. El médico habló del abismo. Y nunca mencionó siquiera la palabra precipicio...

–Mira, mujer, claro que es una broma y nada más, pero si yo no te sirvo para nada sería muy preferible que llamáramos a tu médico, y mucho mejor, también, que sea él quien te siga entrenando en esto de no hablar escogiendo siempre tus palabras en el borde del barranco.

–Del abismo, mi amor.

–Pues llama a tu médico tratante porque, lo que es yo, yo me cago en el borde mismo del abismo, en el borde mismo del precipicio y en el borde mismo del barranco, María Isabel.

–Pero si tú eres mi único y más perfecto médico de cabecera, *mein Lieber.* Y además con *deine Liebe* y en nuestra inmensa camota...

–Pues entonces yo aprovecho y me cago finalmente, también, dicho sea de paso, en el mismísimo borde del Empire State.

–Juguemos, Klaus... Ven, juguemos también a escoger palabras, pero no ya en el borde de nada sino en el fondo del arroyo, *meine Liebster...*

La recaída de ambos, tanto de María Isabel como de su adorado Klaus, hubiese sido cuestión de segundos, pero era muchísimo más fuerte en aquel interminable momento el dolor que sentía José Ramón al darse cuenta de que había *suprimido* a Basura Fon demasiado tarde ya. Y que había pagado una verdadera fortuna, pero suya, única y exclusivamente suya, sin pensar siquiera un instante en los riesgos que la desaparición de otro miembro de la familia podría suponerle a él, sobre todo cuando ya antes, sobre todo cuando años atrás su propio suegro, su primo, su amigo, había llegado a lo que llegó... Sobre todo...

Y estaba pensando en todas estas cosas, bastante mareado y como atontado también, sí, pensando que quién hubiera dicho jamás que un navegante ejemplar como lo fue él terminaría convertido en un asesino portuario, portuario, portuario... En todas aquellas cosas estaba pensando José Ramón cuando ni María Isabel ni Klaus lo escucharon mientras les pedía ayuda, segundos antes de desplomarse, víctima de un agudo ataque al corazón...

Epílogo

El tiempo acaba de dar un golpe de gong.

MAURICE DRUON, *Las grandes familias*

Definitivamente, ya nada podría seguir igual, de ahora en adelante. Dos años después de su gravísimo ataque al corazón, José Ramón de Ontañeta y Wingfield, al filo ya de los sesenta años de edad y siempre con la vida tan sana que solía llevar, continuaba sin encontrar entre los suyos, en su propia casa, el asidero, el ánimo o las fuerzas que le permitieran seguir adelante con sus empresas y sus proyectos. Había encanecido en un tiempo bastante breve, estaba mucho más delgado de lo que sus propios médicos le aconsejaban, y se negaba por completo a dormir esa breve siesta que tanto lo podría ayudar en sus labores de cada tarde, que terminaba realmente agotado, rendido, casi extenuado. Y tampoco por las noches dormía bien, a pesar de ese par de whiskies que se tomaba antes de la comida y que a menudo lo hacían trastabillar muy evidentemente durante el trayecto que lo llevaba desde un sillón en la sala hasta su asiento en el comedor, a presidir una mesa familiar en la que sí, todos lo querían mucho, pero como de lejos, desde muy lejos, y también como si su autoridad en esa casa hubiese mermado para siempre desde que regresó de una muy larga y gravísima hospitalización.

Y sucedía bastante a menudo también que él contemplara desde su asiento en el comedor a su esposa, a Rosa María y Magdalena, sus dos hijas, y al siempre testarudo de Federico, que ahora ni estudiaba ni trabajaba, y que, en cambio, combinaba una vida de bohemia tan prematura como total, de peñas criollas, cantantes, guitarristas, jaranas de rompe y raja y más que frecuentes amanecidas burdeleras, con otra vida que literalmente estaba en las antípodas de aquélla y que consistía en muy largos retiros espirituales, tanto en viejos conventos limeños como en apartados lugares de los Andes e incluso de la Amazonía.

Con esa vida tan incoherente como apasionada e intensa, a la cual se agregaba además una gran predisposición a la violencia y a las grandes trompeaderas, incluso con hombres bastante mayores que él, se diría que el muchacho andaba ya, cuando menos, por los veinte y pico años de edad. Pero no. Federico no había cumplido aún ni siquiera los dieciocho. Y, además, de pronto se convertía en un dandy, en un muchacho atildado, meticuloso en el vestir, francamente guapo y dotado de una voz muy seductora y galante, pero en absoluto dotada o adecuada para soñar siquiera con La Scala de Milán, no, de eso ni hablar, porque lo suyo eran también las chicocas y los boleros cantados *cheek to cheek*, enamoradores al máximo cuando, además, se los susurraba al oído a las muchachitas, el tremendo Federico. Y la peña criolla venía más tarde, mucho más tarde, ya de madrugada, acompañando su voz rompedora con sus propios golpes de cajón, en el fragor de una gran jarana. Pero quince días más tarde, muy asombrosamente, el mismo muchacho parecía casi un peregrino en busca del muy lejano convento andino de Ocopa, por ejemplo, y ya con sus sandalias franciscanas y todo.

Rosa María no planteaba problema alguno. Siendo la menor de la casa, y dotada de unas muy agudas inteligencia e intuición, a las cuales se agregaba además una gran capacidad de observación, sabía del dolor y del pesar que flotaba sobre el pasado de su familia, sabía de muchísimas cosas atroces, e incluso las veía encarnadas en sus tíos tan queridos, tan enfermos y desdichados, en María Isabel y Klaus von Schulten, y ahora, también, en su propia hermana mayor, en ella, sí, en la extrañamente tan enfermiza y débil como endemoniada, perversa y feroz Magdalena. Y sabía, cómo no, también, que ese chico retaco, perverso y canalla que sus tíos adoptaron por amor y por error, jamás iba a regresar de Alemania con una carrera terminada ni nada que se le pareciera, siquiera. También sabía que en la familia se le llegó a llamar Basura, mientras que con el tiempo su tan horrible como significativo apodo terminó transformado en Muladar, en cierta Lima de los años cincuenta y sesenta.

¿Hablaban acaso las paredes de las tres casas familiares del Olivar de San Isidro? Pues claro que sí hablaban. Realmente eran unas cotorras las paredes de aquellas tres lindas casas. Entonces claro que se podría decir que la siempre inteligente, la siempre alegre y sonriente, y la muy observadora Rosa María de Ontañeta de Ontañeta, se había enterado por un simple proceso de ósmosis casera de todas aquellas muertes, suicidios, de aquellas *supresiones*, de aquellos crímenes y de aquel hermanito muerto que jamás nadie mencionaba nunca, o en todo caso únicamente y de soslayo cuando llegaba la fecha de una nueva misa por el aniversario de aquel angelito muerto, que fue mi hermano mayor. Y si a Rosa María, que ya andaba por los catorce años bien cumplidos, alguien le hubiera preguntado si por casualidad las paredes hablan, con tanto y tan

219

grave pasado –más un frágil presente, además, claro está– como el que cargaba sobre sus hombros, su respuesta afirmativa a esta pregunta no se hubiera hecho esperar un solo segundo.

Magdalena, en cambio, sí que era un caso especial, un caso aparte y absolutamente contradictorio, aunque también ya bien definido, y sin que a sus dieciséis años se pudiese esperar o vislumbrar en ella cambio alguno. Magdalena era capaz de ser tan buena, noble y tan frágil como feroz y arpía e incluso de un racismo que hizo huir de casa de sus padres a más de una criada o cocinero de color. Y así huyó el célebre cocinero de raza negra Hugo Zambrano, vejado por ella tan sólo por haber preparado algún guiso criollo que no era de su agrado, y además por órdenes del señor José Ramón, cada vez menos poderoso en aquel clan, cada día menos dotado de estatura moral y capacidad de mando y tan mermado ya no sólo en su salud física, sino también en su presencia y su prestancia en aquel mundo familiar.

«Quién te viera y quién te vio», solía repetirse muy a menudo María Magdalena, su esposa, en ocasiones como aquella de la expulsión del cocinero negro, y se lo repetía con verdadera lástima y una buena dosis de ternura, en la que se mezclaban también algo de rabia y de una profunda insatisfacción tanto física como espiritual. Pero nada de esto podía siquiera interesarle a su hija Magdalena, cuyo trato con los empleados de la familia lindaba ya en el sadismo y cuyo cruel y abusivo racismo se agudizaba a medida que pasaban no sólo los días sino también las horas.

Y así huyó también de la casa, cual esclava cimarrona, la guapísima y dicharachera Cecilia Santa Cruz, muy fina madera de ébano y una verdadera joya, tanto por su esmerado cumplimiento del deber, su elegante presencia, sus altivos modales, y además por esa gracia permanentemente tropical y un habla repleta de los más sabios y viejos refranes a los que se unía un vocabulario que sólo podía provenir de las más antiguas haciendas e incluso de las encomiendas y de sus encopetados propietarios coloniales, criollos o españoles.

Tarde tras tarde, cuando ya la luz del día empezaba a ser remplazada por las lámparas y focos eléctricos en las tres casas del Olivar, Cecilia Santa Cruz le escarmenaba su larguísima cabellera algo rubia a Magdalena, pero rubísima, eso sí, ante la ciudad de Lima, gracias a las continuas incursiones de la repelente muchacha en las peluquerías de San Isidro y sus alrededores, a muy distintas horas de la mañana y de la tarde. Magdalena era llamativa pero no era guapa ni mucho menos hermosa ni muchísimo menos bonita. Le faltaba estatura, realmente le faltaba estatura, y su cuerpo corto y casi rectilíneo, tanto de frente como de perfil, poco o nada tenía que ver con un par de piernas muy bien torneadas y francamente hermosas, pero que jamás se lucían en público, claro está, pues aquéllos eran los años de las faldas *new look*, sumamente anchas y largas, muy plisadas y voladas, y que apenas dejaban entrever algún centímetro de tobillo, ya que también estaban de moda los calcetines cortos y blanquitos que dieron lugar al termino de *calcetineras*, precisamente para referirse a aquellas muchachas en flor que andaban entre los trece y los dieciocho años, y que muy a menudo no pasaban de ser un geranio, o sea la más humilde, común y huachafosa de las flores de un jardín limeño.

Y de la más temprana adolescencia, tanto de Magdalena como de Federico, que andaba ya por entonces muy precozmente hundido hasta las orejas en uno de sus períodos de jaranista y pendenciero, recordaba Rosa María el tremendo bochinche que se armó un atardecer en casa, entre sus dos hermanos mayores. Más que una afición, el adolescente Federico tenía un profundo regusto por lo popular y muy particularmente por lo popular de raza negra. Se diría, incluso, que también por entonces el muchachuelo de las francachelas habría dado la vida por haber nacido, como solía repetir él, de color modesto. Y muy excepcionalmente se encontraba Federico en casa de sus padres una tarde de ésas, poco antes de las siete, en que Cecilia Santa Cruz le escarmenaba día a día la *bionda* cabellera (blonda o hasta *bionda*, si se quiere, pero con su dinero, que esto quedó ya bien claro) a su hermana Magdalena, antes de culminar su tarea en una larga y espléndida cola de caballo, verdadera joya de la peluquería. Sí, que Federico se encontrara en casa a aquellas horas era algo bastante excepcional, algo francamente extraño y que incluso podía obedecer a las más oscuras razones. Pero lo cierto es que ahí estaba el muchacho, y además escuchando cómo maltrataba, cual a esclava mandinga, su insoportable hermana Magdalena a la morocha Cecilia Santa Cruz, mientras ésta, con paciencia de santa y encajando un insulto tras otro en el más profundo silencio, trataba de escarmenarle el pelo sin que la muchacha lo notara siquiera. Pero los insultos de Magdalena iban en franco aumento, no sólo por su creciente grosería sino también por su contenido altamente racista, hasta que de buenas a primera todo aquello ya fue demasiado para su hermano Federico. Veloz y ágil como el rayo, el muchacho apartó a la mujer de color modesto, hizo trizas peines, escobillas y frascos de agua de colonia, y a su hermana la capturó muy precisamente por la larga cola de caballo, con inusitada violencia la arrastró por todo el largo corredor del segundo piso de aquella casa, atravesó el salón de pasos perdidos al que llegaba la escalera principal de la casa, y con una pericia, violencia, e incluso sabiduría o genial truco de prestidigitador, logró hacerle pasar la cabeza por entre los estrechos barrotes de madera de la baranda. ¿Cómo cupo una cabeza entera entre dos barrotes que tan sólo estaban a ocho centímetros exactos de distancia, uno de otro?, es la pregunta que durante años la familia De Ontañeta de Ontañeta y los Basombrío y los Wingfield y los Gastañeta se siguen haciendo hasta el día de hoy, en que no sólo añoran las casas aquellas del bosque del Olivar sino muy sencillamente los tiempos aquellos, y por más que también aquellos tiempos fueran ya tan sólo un vago remedo o los últimos suspiros de los años de esplendor y gloria del abuelo Fermín Antonio y la muy anciana doña Madamina, a la cual nadie le hizo caso el día en que un derrame cerebral, que esta vez sí fue verdadero, la dejó prácticamente sin habla y con tan sólo tres meses de vida por delante. Su esposo, desde aquel derrame hasta el día de su último suspiro, fue un banquero, hacendado y magnate chileno llamado Claudio y su chofer un mujeriego y asesino peruano llamado Fermín Antonio, en trágica y agónica parodia del destino, y para la más profunda y aguda desesperación familiar.

Finalmente, también para doña Madamina, el balneario de Ancón adquirió en un remate público los balnearios de La Punta, La Perla, La Mar Brava, San Miguel, Chorrillos, Barranco y Miraflores. Y en todos aquellos escenarios bailaban hoy miles de gitanos epilépticos que por lo pronto habían acabado para siempre y a pisotones con la última cucaracha que quedaba en Lima, Callao y Balnearios. Y el último deseo de doña Madamina fue ser enterrada lo más lejos posible de Claudio, su esposo, para que éste pudiese irse de amante en amante sin molestarla a ella y siempre con la complicidad de Fermín Antonio, aquel chofer chileno que, a pesar de tanta complicidad con el disoluto, no dejaba de parecerle gracioso a ella, hay que reconocer.

Y así, párrafos y páginas y hasta libros enteros se podrían escribir o leer, una, dos y tres o cuatro veces mientras Magdalena permanecía arrodillada, bastante acogotada y golpeada a muerte en su vanidad, más que en su orgullo, con la cabeza y el cuello entre aquellos barrotes de redonda madera, y todo ello por supuesto mientras su hermano Federico montaba guardia bien sentado en un sofá, impidiendo durante tres largas horas que mayordomo o empleada alguna, o incluso Mefístoles Ruiz y Ruiz, el mulato-mulata cocinero-cocinera que usaba rímel en las pestañas, se empolvaba todititito, se llenaba de afeites y se empapaba con las más aterradoras aguas de colonia, en fin, cualquier cosa por un pellizconcito o, *más que sea*, un piropito de Varon Dandy, como la marca de una colonia, precisamente, e impidiendo sobre todo la más mínima intervención o intercesión de María Bazán, la vieja niñera de la familia, celendina de origen, allá en el verde departamento de Cajamarca, el de los baños del Inca y todo. María Bazán, más conocida como María Santísima en la familia De Ontañeta de Ontañeta, se hincó ante las piernas sentadas y sumamente satisfechas de Federico, pero todo ruego de la vieja y santa niñera fue por completo inútil.

Cuatro horas eternas duró aquel humillante y arrodillado cautiverio de la racista y clasista Magdalena, antes de que todos ahí en la casa escucharan llegar el automóvil de don José Ramón y vieran cómo Federico huía tan feliz como despavorido. Y por supuesto que don José Ramón, serrucho en mano y con su admirable destreza de siempre, limó más que serruchó aquellos barrotes, liberó a su humilladísima hija, y expulsó de la casa a Cecilia Santa Cruz, sin indemnización ni nada.

—Bastante gano con largarme —se mató de risa la morocha, que además ya tenía su buen baúl de ropa y demás pertenencias bien cerrado y hasta con un buen candado con su clave y todo. En fin, que Cecilia Santa Cruz estaba de lo más dispuesta para largarse de aquel avispero, y lo antes posible también.

Y así se largó feliz la morocha, agregando, cómo no, que, con la gran excepción de la señora doña María Santísima, en esta casa hasta el perro y el gato y las penas que la pululan son perversos y degenerados. Y que por eso la santa de doña Madamina debe ser hoy un alma terriblemente en pena, atrozmente en pena, Ave María misericordiosa.

Todos se quedaron turulatos ahí, con la provocadora y triunfal partida de Cecilia Santa Cruz, y hasta con la enormidad y la modernidad del candado que clausuraba, mucho más que cerraba, su gran baúl tipo pirata, y cuando el pobre de don José Ramón le preguntó a su esposa cómo había podido tolerar semejante comportamiento ultrajante de *esta gente*, ella le respondió que quien lo podía informar mejor que nadie de todo lo ocurrido aquel día, o más bien aquella noche, es tu propio hijo Federico, testigo presencial de los hechos de principio a fin.

—Pero ¿y tú, María Magdalena, dónde estuviste metida todo este tiempo?

—Pues paseando y conversando por el Olivar con Cecil Parks, que me ha invitado a su hacienda de Piura, para hablar entre otras cosas de nuestro próximo viaje a Roma.

—¿A Roma con ese tipo, otra vez, mujer?

—Bueno, José Ramón, a Roma, sí, pero entre otras muchas ciudades europeas... Ya te había contado que estamos pensando en un nuevo viaje a Europa en la primavera de allá...

–Y yo en el banco desde las ocho de la mañana. ¿Sabes qué hora es, mujer?

–Creo que más de las diez de la noche. ¿Por qué...?

–Por nada, Magdalena. Y un whisky. Pídeme un whisky, por favor.

–Vamos. Yo te acompañaré con un vodka, José Ramón. Pero quiero que sepas, antes que nada, que en esta casa nadie te pide que termines de matarte en ese maldito banco... Y que mis viajes a Europa los pago con el dinero que fue de mi padre, ante todo...

–El maldito dinero de tu padre.

–Mira, José Ramón, lo único maldito de todo ese dinero, del tuyo, el mío, y el de mi hermana y Klaus, es que cada día nos queda menos. Nos queda mucho menos, sí. Y no olvides tú que todo lo que tuvimos en el sector minero se esfumó. Sí, aquello y *Lo que el viento se llevó* se diría que son sinónimos, maldita sea. *Gone with the Wind* y no se hable más. Y también es cierto que ya ni El Quilombo ni San Felipe, que fueron dos maravillosas haciendas, dan casi nada, casi absolutamente nada en comparación con lo que dieron antes.

–Mujer, ya no hay guerra mundial ni guerra de Corea ni qué se yo... Pero poco a poco algo empezamos a remontar...

–Y tú, José Ramón, que antes todo lo podías, ¿no te podrías inventar una nueva guerrita en África, por lo menos?

A María Magdalena como que se le vino encima, en aquel instante y mientras pronunciaba aquellas palabras cargadas de ironía, sí, pero también de dolor, de impotencia y de un nada velado pesimismo, el tosco paso de los años en aquella familia, *sobre* aquella gran familia. Don Tadeo había sido el primer hombre todopoderoso entre los De Ontañeta, luego su hijo Fermín Antonio fue el segundo gran mandamás, y ahora, José Ramón, su tío y esposo, era el heredero de todo aquello. ¿Qué se estaba viniendo abajo, entonces, entre los actuales herederos de su abuelo y de su padre? ¿Y por qué sentía ella que no sólo flaqueaba la rama Von Schulten, de la familia, con María Isabel, mi hermana, atada de pies y manos nuevamente en la clínica psiquiátrica Barreda, mientras que el muy noble y buenazo de Klaus, su esposo, acaba de arruinarse por última vez en su vida, acaba también de ser *apartado*, que no expulsado, no, pero *apartado* definitivamente, eso sí, del Lima Golf Club, y por *todas* las peores razones del mundo, también. Y el pobre ni siquiera se entera ya de si vive en Lima o en Berlín Occidental. Y a mi lado, José Ramón de Ontañeta Wingfield está cada día más canoso, más fatigado y más flaco, y hoy por hoy sólo nos queda ese remedo de heredero que es el imprevisible Federico, con sus temporadas en el cielo y en el infierno. Pues sí, con Federico como único resultado, en vista de que las mujeres ni siquiera contamos en este mundo, con este varón inmaduro y muy devoto, o demasiado jaranista, pendenciero, y ahora también galán y mujeriego, pero esto depende asimismo de sus temporadas en el cielo o en el infierno, y todo recaerá tarde o temprano en él, porque a mi pobre José Ramón cada vez lo noto más envejecido y decaído, siempre más agotado y agobiado, aunque siga dando siempre la cara por toda la familia, lo cual no le impide a una preguntarse si, llegado el momento, que habrá de llegar y a lo mejor hasta más rápido de lo que una desearía, Federico será capaz de suceder dignamente a su padre en la administración de un ya bastante mermado pero aún significativo patrimonio.

Tomaron sus vasos de whisky y de vodka en profundo silencio, María Magdalena y su esposo, y quien los hubiera visto sentados ahí, en el tan hogareño y acogedor salón de su casa, con la chimenea perfectamente bien encendida y vigilada por él, cómo no, jamás hubiera pensado que una profunda grieta se había abierto ya hacía unos cuantos años en aquella pareja. María Magdalena había amado, había estado profundamente enamorada de ese hombre mucho mayor que ella, primo hermano de su padre, para decirlo todo, y ese hombre que siempre la tomó y trató como a una chiquilla excesivamente mimada y caprichosa, hoy, en el umbral ya de una bastante prematura vejez, acababa de enamorarse perdidamente de una sobrina que lo quería y lo respetaba y admiraba, sí, pero que ya definitivamente no lo amaba ni mucho menos seguía estando enamorada de él como alguna vez lo estuvo. En fin, que cada uno había hecho un recorrido en sentido contrario y por ello tenían tan poco o nada que decirse cada vez que se quedaban solos y repetían el vacuo ritual de los dos vasos de whisky y de vodka, pensando sin duda en las mismas cosas, en exactamente las mismas cosas, y con las mismas exactas preocupaciones, también, pero sin embargo con tan poco o sin nada que decirse o que preguntarse. Y por ello mismo es que durante todas aquellas *sesiones,* o incluso *comparecencias,* ante la chimenea encendida, los dos miraban y miraban el fuego, y los dos lo miraban y lo miraban como la única salida posible a una situación absolutamente desesperada. Porque los ríos profundos de todo aquello sólo podían desembocar en que María Isabel no volvería a salir de la clínica Barreda, en que viviera lo que viviera ella ya permanecería para siempre encerrada y en ese estado de casi total inconsciencia, en que qué nos hacemos ahora con el pobre de Klaus, en que en todo caso, José Ramón, a Piura y a Europa sí que me voy a ir, y en que no habrá qué dirán, ni mucho menos, por la sencilla razón de que Cecil Parks es tan homosexual y afeminado que, dime tú, quién va a pensar mal, y en que yo necesito viajar, mi muy querido José Ramón, pero también en que yo necesito a gritos –que jamás daré–, María Magdalena, que te quedes, te lo ruego, mujer, y por último en que el mayordomo que los atendía a ratos acababa de traerles una nota en que el señor Klaus von Schulten les anunciaba que, si no lo invitaban diariamente a tomar unas copas con ellos y también a comer algo, por favor, estaba *estricninamente* decidido...

–Debe haber querido decir *estrictamente*, pero aun así no se entiende qué es lo que está decidido a hacer –intervino María Magdalena, elevando al máximo los ojos con la cabeza echada hacia atrás, incrustándola casi en el cojín del sillón en que estaba sentada, y suspirando muy hondamente, ahí en aquella cuasi penumbra.

–Sólo le queda pegarse un tiro pero nunca lo hará –estaba diciendo José Ramón, y también que les acababa de nacer otro hijo varón, o sea el tremendo desastre de Klaus von Schulten, cuando un balazo en la casa de al lado le hizo comprender lo equivocado que estaba.

Corrieron pues María Magdalena y él a la casa vecina, donde las luces se encendían una tras otra. No, el señor Klaus no se había suicidado en su dormitorio, ni en la sala, ni en su baño, ni en su vestidor, les anunciaron los empleados que les abrieron por fin la puerta principal. Finalmente, el señor Klaus, comprobó José Ramón, se había suicidado de un balazo en la sien en el dormitorio de Basura y su televisor. Y por ahí en algún pasquín de ésos alguien escribió que el señor Klaus von Schulten Canavaro se había suicidado en el cuarto de la basura de su domicilio de San Isidro, pero a fin de cuentas ya qué importa todo eso, la verdad.

La partida a Piura de su madre y luego su interminable viaje a Europa con Cecil Parks hicieron aflorar el lado más débil y vulnerable de Magdalena, el lado que se podría denominar «abuela Madamina y tía María Isabel», al mismo tiempo. Nadie lo notaba, la verdad, pero a medida que pasaban las semanas y continuaban llegando postales de una ciudad europea tras otra, y a medida también que pasaban las horas previas a la comida familiar, con Federico siempre ausente, sea porque andaba en el cielo, sea porque andaba en el infierno y no regresaba a casa hasta altas horas de la madrugada, lo cual en el fondo era preferible y hasta muy deseable, ya que nada podía producirle semejantes colerones a su padre como la manera en que el muy cretino se sentaba ante la mesa del comedor. Pues no como lo haría y de hecho lo hace cualquier persona razonable o que ha recibido cuando menos algunas pautas de buena educación y buenos modales, sino apoyándose sobre el pie derecho, alzando enseguida la pierna izquierda y girando luego sobre su eje, de tal manera que esta misma pierna izquierda cabalgara sobre el espaldar de la silla sobre la cual, instantes después, caía su cuerpo entero como sobre el lomo de un caballo y su montura. Toda esta vulgaridad lo hacía absolutamente feliz a él, y había que verle la cara de total contento que ponía mientras abría su gran servilleta y terminaba también por darle la forma del muy tosco y gran pañuelo que usan los jinetes del Oeste legendario, cinematográfico y caballuno, para protegerse del polvo de los caminos apaches o comanches y una larga lista así de caminos peligrosísimos por aquello de los indios y sus flechas muy certeras. Y con los cubiertos en la mano, sí que ya quedaba exacto a John Wayne, vaquero y pistolero y tuerto y con las botas inmundas, llegado en diligencia directamente desde la muy polvorienta ciudad de Santa Fe, en el aún más polvoriento estado de Nuevo México, nada menos que hasta al archibritánico y realmente muy bien educado palacio de Buckingham, que además de todo es un palacio real, carajo. Yo a este hijo del diablo lo mataría, lo mataría, lo mataría...

Pues todo esto lo observaba al borde de la muerte por paro cardiaco su padre, y también todo esto y a su padre, además, lo observaba una Magdalena cada vez más débil y ya más frágil que el más quebradizo cristal, y todo esto, y además a su padre y a Magdalena, lo observaba Rosa María con cierta sorna y con el total convencimiento de que a este estado de cosas sólo se podía llegar por leer demasiadas novelas, y claro, su hermana Magdalena se leía por las noches toneladas de novelas y todas ellas demasiado cultas y serias y tristes y graves y, en fin, así y de todo, y todo malo, todo negativo, todo enervante, todo contraindicado para el sistema nervioso y el sueño reparador, en vez de apagar la luz temprano como yo y quedarse seca en un solo instante.

Y precisamente quedarse seca con la finalidad de encontrarse siempre con los nervios muy sanos y bien templados para enfrentarse al dolor de papá con su whisky y su chimenea y su duermevela en una sala que se diría también en duermevela, y todo por culpa de las nuevas y benditas postales de mamá desde alguna nueva ciudad de Europa que acababa de ser añadida a su interminable viaje con el mariconcito de Cecil Parks, esto es lo que noche tras noche no hacía Magdalena. Y así hasta que se le rompió, se le hizo añicos, el sistema nervioso a la otrora tan perversa y racista de Magdalena. Y aunque, claro, el estado de sedación máxima en que la puso urgentemente el médico que la atendió, nada menos que en la ya familiar clínica Barreda, la de los desequilibrados mentales con harto billete, impedía que Magdalena soñara siquiera con que por ahí, por ese mismo y tan largo corredor llenecito de puertas de dormitorios con camas blancas de metal y todo el resto muy blanco también, más su enfermera de guardia, además, pues que por ahí cerquita podía estar nada menos que su tan querida tía María Isabel, aunque ella sí que internada ya para siempre.

Su madre, allá en Europa, ni se dio por enterada del internamiento de Magdalena y treinta días más tarde ésta continuaba negándose a recibir absolutamente a nadie. A su padre, porque podía matarla a ella de pena tan sólo la idea de imaginarlo sentado solito y mudo, vaso de whisky en mano, en la sala con la chimenea encendida más triste y dolorosa del mundo. A Rosa María le daba ni sé qué verla, porque era su hermana menor, porque Rosa María siempre le aconsejó que leyera menos y durmiera más, y porque por ello, precisamente, su orgullo se lo impedía. En fin, que ya tan sólo le quedaba Federico, a quien, mira tú, ahora ya se le antojaba que podía y debía recibirlo, porque si andaba en una de sus temporadas franciscanas podía traerle paz y consuelo y si andaba borracho, parrandero y jugador, como el Jorge Negrete de la canción *Juan Charrasqueado*, a lo mejor hasta me puede entretener y hacer reír. Pues sí. Probaré con él. Y se quedó de lo más contenta Magdalena cuando el médico la autorizó a recibir a su primera y única visita, por ahora, aunque, eso sí, tendrá que ser aún en su habitación, señorita De Ontañeta de Ontañeta.

¿La perdonaría su hermano por el episodio de la morocha Cecilia Santa Cruz? La realidad, al menos hasta ahora, era que Federico no había vuelto a dirigirle ni siquiera una mirada, muchísimo menos la palabra, desde aquel día. Y ella estaba sinceramente arrepentida y deseaba que él lo supiera, que supiera también que ella se había confesado, que le habían dado una larga y dura penitencia que cumplió al pie de la letra, y que por último le habían dado la absolución sacerdotal. ¿Le daría Federico también su absolución?

Pero resulta que Federico era el hombre menos rencoroso del mundo, y que apareció como Pedro por su casa en aquel cuarto blanco hasta decir basta, se sentó empleando el grosero estilo Lejano Oeste que enervaba al máximo a su pobre padre, soltó un eructo, enseguida un pedo, y por fin le dijo a su hermana que lo había hecho tan sólo para espantar a la monja enfermera que debe estarnos espiando, pero qué carajo nos importa, ¿o no, Madgalena?

—Claro —le dijo ella, mirándolo cara a cara y sonriéndole.

—Bueno —le dijo entonces él, sincero y brutote como siempre—, pero como tú y yo no tenemos absolutamente nada de que hablar, he pensado que para exorcizar tanto silencio y que la visita realmente parezca visita de hermano, lo mejor que podía hacer era traerte mi diario íntimo.

El diario íntimo de Federico era en realidad un gigantesco álbum de fotos, todas exactas, pero cada una de ellas con una muchacha distinta y bellísima o guapísima. Por lo demás, página tras página, y eran varias decenas de páginas, él besaba con loca pasión a cada una de esas lindas muchachas descalzas y empinadas al máximo, todas y cada una de ellas, y entre abrazadísimas o aferradísimas a él ahí encima de la gran roca en que estallan las olas a la altura del Salto del Fraile, llegando ya a La Herradura, la playa limeña de moda por aquellos años. La ola los salpicaba, la ola los empapaba, la ola se los podía llevar para siempre jamás, pero ellos continuaban inmóviles en su beso de fuego y además eterno.

—Una chicoca por página, ¿qué te parece, hermana?

—Pero si todas las fotos son igualitas, Federico.

—Y qué quieres que haga, tonta. ¿Que cambie de pose y nos descoyuntemos y ahoguemos, la chica y yo?

—Pues cambia de escenario.

—Imposible.

—¿Por qué?

—Pues porque yo les doy a elegir a ellas entre miles de escenarios distintos, pero una tras otra todas escogen el Salto del Fraile y su ola furibunda. Es lo más sexy que hay en el mercado, hermanita, sin duda alguna. Realmente lo más sexy que hay en el mercado, y de muy muy lejos, créeme tú.

—¿Y qué haces después?

—Eso sí que ya es cosa mía, hermanita.

—¿Me perdonas por lo de Cecilia Santa Cruz, Federico?

—Si tú me prometes salir de aquí pronto y no andar jodiendo a la humanidad, Magdalena, yo te perdono. Sí, yo sí te perdono, hermanita, pero por favor emancipa de una vez por todas a tus esclavos negros, ahí en tu fuero interno, como se suele decir, porque lo que es en la historia del Perú hace ya más de un siglo que los emanciparon entre un tal Castilla y un tal Echenique que entre otras cosas se mataron entre ellos por el honor y el negocio de hacerlo.

Dos meses después, Magdalena y Federico paseaban, ya con mayor libertad, por el gran jardín lateral de la clínica Barreda, de muy altos muros o incluso murallas, eso sí. Y ella le decía que deseaba quedarse para siempre en esa clínica, sí, para siempre, Federico, por la sencilla razón de que no soporto toda la maldad que hay en este mundo.

—¿Cómo? ¿Y ya te olvidaste de toda la maldad que hay en ti, hermanita?

A Magdalena no le quedó más remedio que sonreír y tomar por último aquellas palabras tan brutales de su hermano como un sano y muy sabio consejo. Y dos semanas más tarde le dieron el alta y regresó a su casa convencida, eso sí, de que todo era cuestión de saber aplicar la maldad en las dosis convenientes y sin hacer ostentación de ella, más bien todo lo contrario: ocultándola hasta donde le fuera posible y hasta del todo, también. Pero, eso sí, a su casa llegó odiando a muerte a su madre, que acababa de regresar de Europa esa misma semana y que, para su gran sorpresa, le respondió con un odio aún mayor y una maldad de muy superior calidad a la suya y ejercida por supuesto con la mayor experiencia que dan los años y encima de todo también con esa inesperada sordina, utilizada además de todo con una sabiduría que ni el morocho y bembón de Louis Armstrong con su trompeta universal, allá en New Orleans, por decirlo de la manera más corta, más clara, y más precisa.

Para empezar, su madre no había adelantado ni un solo día su regreso de Europa, cuando la supo internada por lo que algún médico calificó en inglés como *a nervous brakedown*, o sea una suerte de quiebra total del sistema nervioso, pero que para ella, para su madre, tan sólo eran problemas hormonales y desarreglos de la menstruación. Y vaya que si entonces Magdalena, la hija, odió a María Magdalena, la madre. Pero íntegros los puntos de lo que de arranque sería un pugilato al que sólo la muerte le pondría fin, íntegros los puntos del primer round de aquella pelea pactada a miles y miles de rounds y que tuvo siempre más de pugilato que de verdadero match de box, se los llevó todititítos la muy hábil, muy bien formada y mucho mejor entrenada mamá. Y desde entonces en adelante, para siempre, a cada remilgo de Magdalena, su madre, con la voz de la experiencia por completo de su parte, únicamente le soltaba, pero había que estar ahí para ver cómo se lo soltaba, lo dulce, lo sádica y lo mortíferamente que se lo soltaba: *Il faut que jeunesse se passe*. Aquello, la verdad, surtía ni más ni menos que el efecto de una seguidilla de jabs y de uppercuts al mentón, al hígado, a la cabeza, a cada ceja, y pobre nariz, Dios mío, con aquella verdadera seguidilla de golpes cada vez más variados, más certeros, y más mortíferos, también, si se quiere.

Y así el odio de la hija iba en tremendo *in crescendo*, y además a ésta ya hasta se le olvidaba o simple y llanamente le resultaba imposible intentar dosificarlo, siquiera, y jamás logró tampoco aprender a usar, como se debe, una sordina, por más barata y ordinaria que fuera. Fineza fue lo que siempre le faltó a Magdalena para aprender a odiar como se debe, o sea con arte e incluso con magia negra. Porque odio, lo que se dice realmente odio, esto sí que jamás le faltó. Pero, en fin, su mami como si nada y dale que te dale con su maestría con la trompeta y la sordina aquellas, tan Louis, tan Armstrong, y tan New Orleans.

Tampoco en el terreno del amor pudo nunca la hija con la madre, y vaya que si compitieron. Compitieron primero por el amor del padre, o sea de José Ramón, luego por un puñadito de enamorados sin ninguna importancia y muchísima menor trascendencia, todavía, pero luego sí que se enfrentaron por el gran amor de adolescencia de Magdalena, pugilato que terminó por la vía del sueño y por supuesto que a favor de la madre. Y así hasta que se enfrentaron por la corona mundial de los pesos pesados, o sea nada menos que por quien sería el único y tan amado como a la vez realmente explotado y hasta saqueado esposo de Magdalena, a quien tan sólo pensar en los temibles, terribles, tremebundos uppercuts al mentón de su madre, la hizo optar por desaparecer la noche de la gran pelea, ganando pues por enésima vez un pugilato de ésos, madre versus hija, María Magdalena, la madre, aunque esta vez desgraciadamente que tan sólo por walk-over, al no darle cara ni presentarse siquiera en el cuadrilátero el día del pugilato, la hija, y refugiarse cobardemente, en cambio, entre los brazos del simpatiquísimo personaje al que realmente le había entregado su corazón, aunque digamos que a plazos y con altísimos intereses diarios, semanales, mensuales, anuales y, en fin, también de por vida. Y cual gran banquera, se diría, asimismo, como si en realidad Magdalena hubiera heredado los genes de oro del bisabuelo Tadeo y la habilidad mundana y también presidencial del abuelo Fermín Antonio, bastante más que los genes o suprema habilidad manual de su propio padre, a la postre sin embargo tan poco visionario y astuto en su largo vía crucis al frente de un gran banco y a fin de cuentas tan torpe ante la historia contemporánea del Perú.

De a tres y bien seguiditos vinieron los novietes o enamoraditos que Magdalena se metió uno tras otro en los bolsillos de sus estrechos y breves, más que cortos, pantalones pescador, último grito de la moda adolescente en aquellos apachurrantes años cincuenta y sesenta, y cuya máxima ventaja, desde un punto de vista estrictamente visual, era que llegaban tan sólo hasta arribita de las pantorrillas y que se usaban estrechísimos incluso en la región culo, por lo que las culichatas como Magdalena utilizaban sueltas unas blusas bastante largas y aguafiestas, sobre todo cuando el tafanario era de óptima calidad y cantidad, aunque éste no fuera su caso, según se ha visto ya. Pero el mérito de Magdalena, para qué negarlo, fue conseguirse tres enamorados, uno por temporada, durante los tres años seguidos que la familia Ontañeta de Ontañeta veraneó en su gran casona de Ancón. Y se los consiguió a pesar de que a todo aquel que se le acercaba y le preguntaba qué vas a hacer esta noche, Magdalenita, ella le soltaba a quemarropa:

—Caca.

Y así hasta que la voz se corrió por todo el Ancón veraniego y uno por uno los tres enamorados que tuvo la adolescente optaron por conversar tan sólo con la señora María Magdalena, que en cambio es tan amable y todavía pega su gatazo, oye tú, ¿no?, ¿te fijaste?, mientras que en las fiestas del Casino no faltaron ya ni los tremendos marabuntas que, al acercarse a Magdalena para invitarla a bailar, solían preguntarle, y cada vez más:

—¿Cagamos, Magdalena?

Y tanto Nicanor Avilés como Walter Winther y Richard Anderson, que sí que habían sido sus enamorados pero habían terminado por cortar por lo sano con la tal Magdalena, optando en cambio por la muy normal y formativa conversa con su madre, para desesperación de la hija, ahora sí, fíjate tú, le gusta que la maltraten a la muy creída esta, terminaron contando por todo el soleado y bronceado balneario que los tres habían *cagado cheek to cheek* con la amiga de los purgantes y laxantes abundantes, susurrándole peditos de amor al oído, además, con lo cual a la familia entera De Ontañeta al cuadrado no le quedó más remedio que batirse en retirada, con Magdalena como delantero centro muy adelantado, y de esta brusca y tosca manera también la muy amplia y bien restaurada casona del malecón anconero pasó a la historia familiar con su letrerazo SE ALQUILA, aunque ya para la próxima temporada veraniega, lógicamente.

Tres eran ahora los veraneantes que quedaban en la familia, llegado ya el siguiente verano, y de ahora en adelante en las bravas aguas y rompientes de La Herradura. Y por supuesto que entre los tres no estaba ni por asomo Federico, el héroe del Salto del Fraile, con lo cual quedaban tan sólo María Magdalena y sus dos hijas, en vista de que el otro héroe familiar, el cardiovascular y bravío José Ramón, arrojado como nadie en el combate por la vida, que para él se limitaba a los bienes de la familia, pero que para su médico, en cambio, se limitaba sobre todo a una drástica reducción de las horas de trabajo de su cada vez más debilitado y desgastado paciente.

Pero volviendo a La Herradura y al nuevo verano, hay que señalar que la gran lectora y trasnochadora Magdalena había cumplido los dieciocho años y se acercaba ya a los diecinueve, mientras que la enemiga de los libros y en especial de las tan dañinas novelas, o sea Rosa María, se había echado al diario un cuerpazo que ya quisiera su hermana mayor, aunque esto sea lo de menos, y lo de más y también lo demás fue el sonido y la furia que su despampanante tipazo Loren (Sofía Loren, para los menos entendidos) produjo aquel verano en toda aquella playa chorrillana, aún limpia, aún de moda, y con sus dos y hasta tres largas filas de carpas a rayas multicolores para el viste y desviste de los bañistas, de muy fina y gruesa lona, también, aquellas carpas, y de lo más bien mantenidas por el pueblo llano que el municipio de Chorrillos contrataba desde diciembre hasta abril para estos menesteres que se incluyen en lo que suele llamarse baja policía.

En La Herradura conoció Magdalena a su cuarto y último amor de adolescencia, uno que duró más de la cuenta y hubo que largar, por francés de origen desconocido, por barato profesor sin contrato y sólo por horas de la Alianza Francesa, y por alta sospecha familiar de braguetazo en ciernes con finalidad trepadora socioeconómica y punto. Pero la gran novedad fue que también Rosa María eligió entre el millón de candidatos a primer amor, a aquel muchachito educadísimo y superlaborioso que hasta el día de hoy continúa siendo la joya de la familia, lo más presentable que tenemos los De Ontañeta al cuadrado, y también un héroe de mil y una batallas cardiovasculares que tanto nos hacen echar de menos al hace años difunto José Ramón de Ontañeta Wingfield, aunque no nos adelantemos a los acontecimientos, sobre todo porque en las familias así tan ontañetas, siempre lo peor está aún por venir.

Queda en cambio por contar, sin salirse en absoluto del marco de este presente histórico, que el enamorado franchute por el que se muere y babea, ahora sí que sí, Magdalena se llama Edmond Martin, y que al muy corso de origen y corto de estatura que terminaría ante el altar con Rosa María se le llamó en un primer momento El Primer Napoleón De Todos, en una clarísima señal familiar tanto de respeto como de temor por todo lo que nos es absolutamente desconocido a nosotros los del clan, y, miren ustedes, pues asimismo como una altamente meridiana señal de aliento y de muy creciente afecto, aunque por obvias razones de té y simpatía, por decirlo de alguna manera, ya se le llamaba Naplo muchos años antes del gran día de la boda, porque resulta además que en Naplo comenzaba recién una muy larga carrera de Medicina cuando conoció a su guapísima y futura esposa, aquel primer verano en La Herradura.

Otro cantar, y bastante desafinado, fue el de Magdalena con Edmond Martin, el parisino que daba tan solamente unas cuantas horas de clases en la Alianza Francesa y punto. Entonces sí que la oposición familiar fue tan violenta como total y frontal, si exceptuamos a Federico, que ni siquiera en la Alianza Francesa trabajaría un solo minuto, y que andaba por aquellos meses en una muy casera y fatigada etapa de repliegue sexual por muy sencillas razones de saciedad y hartazgo. La verdad, el pobre francés simple y llanamente no entendía por qué, en una sociedad tan hospitalaria como la limeña, de golpe en casa de la mujer amada se le trataba como al perro, mientras que los perros de aquella familia sí que eran tratados como verdaderos reyes de la Francia más degeneradamente versallesca.

En su dormitorio, tarde, mañana y noche, gemía y lloraba una desgarrada Magdalena que, hasta con lo mala que era, a todos ahí en la casa les daba pena. Y a Federico no le quedó más remedio, una lacrimosa tarde de ésas, que agarrarla nuevamente de las mechas, aunque esta vez sin ánimo alguno de acogotarla, y más bien sí en un muy generoso gesto destinado a demostrarle que hay cosas mucho peores que el adiós forzado a un francés del montón que hay en este valle de lágrimas, arrastrarla hasta los barrotes de la escalera principal de la casa, para recordarle algunas nada remotas vivencias, bastante más aterradoras que la actual, finalmente, y lograr que por fin Magdalena, al terminar con su alarido de espanto y de excelente memoria, optara por un silencio total y por una tal contención en el sufrimiento atroz que la rebalsaba, y que desde entonces todo su amor contrariado se manifestara únicamente en unos tan violentos sacudones de hombros, fruto del hipo contenido de un llanto aún más contenido, que llegó incluso el día en que uno de ellos, el hombro derecho, más precisamente, se le zafó por completo y le quedó totalmente suelto y de lo más bailarín, aunque sin que ella lo notara en absoluto, pues el amor le dolía simple y llanamente muchísimo más que un brazo entero a la deriva.

Ante semejante abuso de la autoridad paterna y materna, Federico se nombró a sí mismo embajador plenipotenciario ante la Alianza Francesa, donde sus visitas en nombre de una familia completa, aunque ya bastante mermada, la verdad, pues en los últimos años había habido toda una tira de muertes de todo tipo y color, y no se diga más, mejor, empezaron a ser bastante frecuentes aunque debido sobre todo al nuevo bulevar sentimental que se le abrió de par en par entre el estudiantado de todas las edades, tan variopinto que hasta volvió a renacer en él la pasión sexual y aquella *nostalgie* (se aprendió las palabrejas de paporreta, el muy calavera) *d'une certaine idée de la France eternelle avec son Québec libre et tout...*

Las palabras eran más o menos del general Charles de Gaulle, presidente de Francia por aquellos años, pero parece ser que nunca antes sonaron tan convincentes como melodiosamente susurradas al oído de una jovencísima profesora de la Alianza, que además sin saberlo ni sospecharlo siquiera fue quien lo animó a retomar la costumbre del beso inmortal, la ola inmortalizada por un compinche fotógrafo, en el viejo pero siempre arriesgado y cumplidor escenario del Salto del Fraile. Y tras haber obtenido de la muchacha empapada, el sexo, la ducha, y una buena toalla, Federico asumió por fin su embajada y obtuvo también de la muchacha tembleconcita, aunque ya no en flor, el número telefónico de Edmond Martin. Y regresó a casa anunciando que al franchute lo había invitado a comer al día siguiente, si papá...

–¡A ese tipejo yo lo saco a patadas de esta casa! –exclamó la autoridad paterna, aunque era evidente el desgaste en la voz que algún día valió toda una Scala de Milán.

–Y yo te ayudo, papá, si quieres –intervino a su vez Federico, pensando que si así andaba el desgaste vocal del emperador, cómo andaría el desgaste cardiovascular de sus patadas.

—¡¡¡Pero quién te manda a ti, quién te autoriza a ti a invitar...!!!

—Papá, para poder botar a alguien a patadas a la calle desde el interior de una casa, es preciso que haya entrado previamente a esa casa, ¿o no? ¿Me hago entender o no? Más claro el agua, ¿o no, papá?

Casi muere de un colerón la autoridad paterna, aquella noche, y a su lado lloraba a mares Magdalena, pero con el sollozante brazo derecho tan a la deriva, que poco o nada podía hacer, la pobre, salvo aborrecer como nunca antes a su madre, a quien, fidedignas voces dixit, y por montones, se le había visto tomando *un petit café* a la salida de sus clases de literatura en la Alianza Francesa, y pues nada menos que con un *charmant* Edmond Martin.

Y fue por ello sin duda que, al día siguiente, a la hora señalada, llegó un gigantesco ramo de flores a casa De Ontañeta de Ontañeta, ahí en el Olivar, y tan gigantesco era, tan alto, que a Edmond Martin no se le veía por ninguna parte para empezar a largarlo a patadas, no bien ponga el primer pie en el vestíbulo de esta casa. Pero ni siquiera se asomaba el francés tras el ramote en el que predominaban las rosas rojas, ni podía tampoco la palpitante Magdalena desenmascararlo sin la ayuda de su pobre brazo, impresentable, además de todo. O sea que fue la madre, una vez más, aunque utilizando su sordina como nunca antes, quien hizo sonar el clarín de una victoria más sobre su hija, de otra victoria más sobre su cardiovascular esposo, y despojando al francés de su multiplicada, más que exagerada, cantidad de rosas rojas. Pues sí, María Magdalena desenmascaró dulcemente al trepador franchute hasta dejarlo literalmente en pelotas, cuando el mayordomo especializado en la puerta principal de la casa y sus ilustres visitantes, terminó por fin con la cuenta de las rojas rosas, y, claro, el cálculo del tipejo era pluscuamperfecto, y así sí que no se juega, francés inmundo, deshonra del soldado desconocido, vergüenza del Panteón de los Héroes y de los Grandes Hombres de Francia, carroña nacional gala, desempleado a partir de mañana mismo en la propia Alianza Francesa...

—Pero ¿me puedes explicar lo que pasa, mamá? —la interrumpió su hija Rosa María, cuya falta de lectura de novelas saltó a la vista como nunca antes, en esta palpable ocasión.

—Pasa, pedazo de idiota, que este cretino que se las ha querido dar de vivo, y que de las veinticuatro rosas rojas doce son para mí y las otras doce para tu hermana mayor.

Con todas las fuerzas de su alma, pues el empleo de las fuerzas de su corazón lo tenía terminantemente prohibido, la autoridad paterna soltó una patada que se fue en caldo y adquirió incluso cierta altura sin encontrar objetivo alguno, pero sin dar con nada en absoluto, ni siquiera con uno de los helechos que acompañaban ornamentalmente a las rojas rosas. Y sin embargo no sólo sonaba a patadas sino a pateadura la oscuridad nocturna del Olivar de San Isidro.

—¿Alguien ha visto a Federico? —fue la pregunta general, familiar.

—Los ayes de dolor son en francés —aclaró entonces el mayordomo de la puerta principal.

—Ya lo sabía —dijo la autoridad paterna, con la mano en el pecho, mas no de paro cardiaco sino de emoción y de alegría por su Federico, aunque agregando, también—: Pero, eso sí, hubiera preferido sacar a ese caradura yo mismo, a patada limpia.

244

–Merde! Merde! Et trois fois merde! –chilló Magdalena, aceptando, eso sí, que la llevaran mañana a primera hora a la clínica Anglo Americana, para que le devolvieran el brazo derecho a su lugar lo antes posible. Ah, las ganas que tenía de hacerle millones de cortes de manga en las mismas narices a su madre, la nuevamente derrotada y humillada hija. Porque, la verdad, llevaba así ya toda una muy grande, muy larga, y hasta muy enésima cantidad de veces, también, por qué no, la tan exclusivamente derrotadísima Magdalena. Un profundísimo pozo de humillaciones llevaba asimismo la muchacha, y una verdadera recatafila de cortes de manga en las propias narices de su madre era la única manera de escapar de aquel infierno.

No pudo hacérselos, la pobre, que encima de toda su torpeza para ello escuchó tal cantidad de veces las mismas canciones de Georges Brassens que le había regalado el esfumado Edmond Martin, que lo del brazo triste y desacompasado recién se lo terminaron de arreglar del todo en la clínica Barreda, donde ingresó ya muy sedada y además por causa de una nueva quiebra general del sistema nervioso.

Pero, Dios mío, cómo la odiaba Magdalena, cuánto daría por causarle daño a su madre. Y la odiaba sobre todo cuando les rogaba a todos ahí en la casa que cuidaran mucho al señor José Ramón, lo digo y lo repito yo, yo, la esposa de ese santo varón, de ese héroe, tu madre, Federico, tu mamá, Rosa María, y díganle también a la pobre Magdalena que se lo encarga su madre, que cuiden todos muchísimo a su papá. María Magdalena hasta adquiría un tono que a todos, ahí en casa, les sonaba incluso francamente amenazador cuando se refería a la salud de su esposo, aunque, claro, se dijo siempre su hija mayor, lo dice por teléfono y desde Europa, y paseando de país en país con el mariconcito de Cecil Parks, una vez más... Y así no vale, así cualquiera, así ¡¡¡¡¡canalla...!!!!!

Pero como además de todo aquellos alaridos venían de una habitación aislada y unipersonal de la clínica Barreda, lo único que sacaba Magdalena, por no haber aprendido nunca a utilizar como se debe una sordina, era que le pusieran una nueva inyección calmante, sedante, otra vez más una inyección de mier...

De su fácil victoria pugilística en el improvisado cuadrilátero del Olivar, en el primer asalto y por la vía del sueño, sacó Federico –que acababa de cumplir ya los veintidós años– toda una serie de conclusiones de lo más extravagantes, pero a menudo apoyadas, eso sí, en una serie de observaciones que, aunque frecuentemente coincidían con el acontecer nacional, jamás en esta vida iban a convencer a su padre, ni mucho menos a inspirarle confianza alguna en su único heredero varón e hijo mayor. Y cada conversación que mantenían acerca de la mala salud del padre y la buena salud de nuestras empresas, a pesar de todo, terminaba con el hijo tratando de escabullirse lo antes posible del colerón que sus razonamientos estaban ocasionándole a su padre, con la finalidad de mantenerlo en vida y a la cabeza de aquel ya alicaído imperio familiar, pero imperio al fin y al cabo, y con miras a una expansión internacional que no sólo significaba un triunfo sobre su suegro, al frente de los negocios de la familia, una gran satisfacción íntima, qué duda cabe, y que además de implicar la restauración de un capital familiar que conoció tiempos mucho mejores, implicaría paralelamente la restauración de su imagen ante su esposa y sus hijos, acompañada en consecuencia de una mayor consideración familiar y hasta de un respeto que a José Ramón se le había metido entre ceja y ceja que tanto su esposa como sus hijos ya no sentían por él.

Y, además, se imaginaba que este menoscabo tenía su origen en un casi fulminante ataque al corazón que lo dejó bastante disminuido físicamente y realmente incapaz de prescindir de unos permanentes cuidados médicos, de demasiadas vitaminas, tónicos y medicamentos, y de prescindir también de esa gran capacidad de trabajo que creó con toda razón la leyenda social del fortachón e incansable titán que acompañaba hasta hace algún tiempo la mera mención de su nombre. Aunque, claro, cómo *abocarse a tan altos designios* –José Ramón le daba un sorbo al primero de sus whiskies nocturnos, sonriéndose al mismo tiempo por su empleo de aquellas tan ridículas palabrejas–. «¿Cómo, con un hijo como el que me acompaña esta noche, en todo caso?»

–¿Has pensado en que yo puedo morirme mañana, Federico, y ser tú quien quede al frente de toda una serie de muy grandes y muy diversas responsabilidades?

–No, papá. Ni por asomo lo he pensado, para serte sincero. Pero en su debido momento yo tomaré el poder, eso sí, tú pierde cuidado. Y sabré hacerlo, créeme. Y ya verán todos en la familia cómo me mantengo en él más tiempo que nadie...

–¿Ah, sí? ¿Y cómo, me lo puedes explicar? ¿Me puedes explicar cómo tomarás el poder si llevas semanas metido en la cama y sin mover un dedo?

–Mira, papá, el poder es algo que se toma y se mantiene por la fuerza. ¿O acaso en este país los presidentes que más han durado y que han hecho realmente lo que les daba la gana no han sido los que tomaron Palacio mediante un golpe de Estado? Piensa en...

–No, prefiero ya no pensar en nadie ni tampoco en nada por esta noche, Federico.

–Pues entonces déjame a mí regresar a mi cama, a pensar que soy Napoleón Bonaparte...

–...

–Buenas noches, papá.

–Que sigas descansando muy bien, Federico.

–¿Conque irónicos estamos, no, viejo?

–...

Federico, en efecto, creía en lo que acababa de decirle a su padre, pero insistir en ello sí que le producía un hastío mortal. Estaba una vez más de vuelta a casa, con un tomo más de la colección de álbumes consagrados al Salto del Fraile, agotado, saciado, asqueado, y sólo quería descansar, hojear los periódicos, ver un poco de televisión, descansar más todavía y dormir eternamente.

–Mi fatiga y hastío no conocen límites –solía decirles a los empleados que le traían la comida a su cama en una bandeja con sus cuatro patitas plegables.

La resurrección se produjo al cabo de un buen año, estimulada sin la menor duda por un automóvil marca Studebaker, de cuatro puertas y rojo. Por supuesto que no se lo había comprado él. Por supuesto que se lo había ganado en una rifa y por supuesto también que con tan solamente un único boleto. Le gustó horrores el horroroso automóvil rojo que vio en el colorido aviso de una revista, al tremebundo de Federico, le gustó que lo rifaran y no lo vendieran, claro que sí, y podemos dar por descontado que le encantó la idea de llevarse en él, una tras otra, a mil y una chicocas hasta el Salto del Fraile. O sea que llamó a su madre y le pidió que por favor le comprara tan sólo un boleto.

–Siento que necesito ese automóvil para resucitar, mamá. ¿Me regalas tan sólo un boletito, por favor?

–Con tal de que salgas de la cama, Federico... Tu padre te necesita.

–Ya yo hablé largo y tendido de todo eso con él, mamá, y hasta le expliqué mi filosofía laboral y empresarial. Y por supuesto que no estuvimos de acuerdo absolutamente en nada. O sea que por favor dejen a papá matarse trabajando en paz. Lo necesita para que todo el mundo le tema, para que todo el mundo lo respete más, y para sentir que no necesita a nadie más, tampoco. Y bueno, mamá, lo necesita también, claro está, para mantener lo que sea que tengamos bien paradito sobre sus dos pies, lo reconozco, eso sí. Ah, bueno, y se me olvidaba decir, por último, que lo necesita más que nada para que tú viajes un poquito menos a Europa. ¿O no es así, mamá?

–Pues si lo miramos desde ese punto de vista...

–¿Y ya salió Magdalena de su loquerío?

–La semana próxima, parece...

–Ojalá nos dure en casa, esta vez...

–Voy por el boleto para tu rifa, hijo.

«Mi madre siempre me trae suerte a mí», fueron las palabras que empleó Federico el día en que le entregaron las llaves del tan flamante y rojo como feísimo y desproporcionado Studebaker que acababa de ganarse en una rifa. Y cuando alguien, sin duda alguna un periodista, le preguntó si don José Ramón de Ontañeta Wingfield, su señor padre, también le traía suerte, Federico puso su mejor cara de circunstancias y replicó que suerte, lo que se llama suerte, a mí sólo me la trae mi madre, mientras que mi padre en lo único que piensa es en que uno lo supere a él en este mundo, cosa por lo demás imposible, y cuyo único resultado, a fin de cuentas, es que uno sea quien termine causándole a su pobre padre toneladas de penas, problemas, disgustos, etcétera... Aunque, la verdad, señores, es que no deseo, precisamente ahora en que la suerte acaba de premiarme con esta roja y regia carrindanga, y con tan sólo un boletito, entrar en pormenores y secretos familiares... O sea que, por favor, ¿me dejan ustedes pasar, señores...?

Segundos después, de lo más sonriente y matador, bien aferrado al volante de su insoportable Studebaker rojo chillón, Federico ya había enrumbado en busca del placer, al cabo de una larga y verdadera etapa de una muy casera puesta en forma sensorial, que corrió a cargo de los empleados y empleadas de la casa, también de una nueva cocinera y hasta de una lavandera y de la planchadora de las camisas de seda de don José Ramón. La sucesión de aventuras, con Salto del Fraile incluido o sin él, no se hicieron esperar y entre la larga lista de sus conquistas destacaron dos actrices que alborotaron por aquella época las taquillas del cine internacional: Ava Gardner y Carita de Cielo, de paso ambas por Lima, la primera sabe Dios por qué torero y la segunda de visita donde su familia pues, aunque se consagró en el cine mexicano, era en realidad *made in Perú*.

Pero la especialidad de la casa, en esta nueva salida del verdadero Casanova en que se había convertido Federico de Ontañeta de Ontañeta, eran las mujeres casadas con un marido sumamente celoso. Y así, poco a poco y sin darse cuenta siquiera del doble peligro que se escondía detrás de esta inclinación, desviación y/o declinar sexual, el gran Federico descubrió que sus orgasmos era tan supremos como absoluto su rendimiento en todos los escenarios imaginables, pues muy precisamente cuando antes de entrar en el *clinch* o entrevero sexual final, definitivo y total, aún se daba maña para marcar el número de teléfono del marido corneado y sangrante y explicarle en poquísimas pero también muy certeras palabras que no tardo en consumar tremendo faenón con *tu* señora esposa, y que tampoco puede ser de otra manera, so cojudo San Cornudo, porque yo, sí, yo, yo ocupo gloriosamente tus santos lugares en este mismísimo instan...

Los puntos suspensivos anteriores quieren decir que ya había colgado, el muy calavera de Giovanni Giacomo Casanova de Seingalt, que así se presentaba telefónicamente, encima de todo, la mujer del prójimo incluida, nada menos que Federico de Ontañeta de Ontañeta, en esta, su última, más gloriosa, y sobre todo más peligrosa y prolongada etapa de aventuras con la mujer del prójimo como único y total objetivo.

Fueron varios años de triunfos realmente efímeros, en que la variedad primaba sobre cualquier otra consideración, varios años también durante los cuales en el tornamesa de su único dormitorio conocido, o sea el de casa de sus padres, en el Olivar de San Isidro, sonaba incesantemente un mismo bolero y siempre en la incomparable voz de Toña la Negra: *Cada noche un amor... / Distinto amanecer... / Diferente visión...* Según el propio Federico, estas palabras, como ningunas otras, jamás, nos hablan de la infinita tristeza y soledad de mi existencia. ¿Porque se imaginan ustedes la inmensa, la total e infinita soledad que experimento después de cada una de aquellas noches? ¿Y se imaginan ustedes lo que cuesta un amanecer distinto, eternamente distinto, y encima de todo aquello además una visión que nunca jamás será igual, que por los siglos de los siglos tampoco será igual...?

Y vaya que si las repetía machaconamente estas palabras durante sus frecuentes temporadas en casa, generalmente en cama, además, ya que ello se debía siempre a la fractura de un pie, de una pierna, del antebrazo o del brazo, de alguna o algunas costillas, clavícula y otros tantos huesos y ocultos huesecillos más, todos ellos rotos en la precipitación loca de sus huidas por techos, terrazas, ventanas, balcones y enredaderas, huidas inseparablemente ligadas todas a un tremebundo frenazo, tan íntimamente ligado a su vez a sus insólitas llamadas telefónicas que, en realidad, a fin de cuentas no eran más que una única y muy común respuesta al abusivo uso que Federico hizo siempre de la mujer y el teléfono del prójimo.

La gran ventaja de este tipo de donjuanismo a la Federico de Ontañeta de Ontañeta era que cada fractura venía seguida de una etapa más o menos larga de inhabilitación y obligatorio reposo, de una nueva puesta en forma vía rascaditas, escarbaditas y mordisconcitos en la uña y alrededores de su dedo gordo del pie izquierdo, sobre todo, siempre por parte de cuanta persona estuviera al servicio de la familia, explicándose esto del dedo gordo izquierdo sin duda por el hecho de ser zurdo, el gran vago que, por lo demás, era el muy sensitivo de Federico.

Pero, eso sí, que nadie le tocara su rojo y horroroso automóvil Studebaker, que para él sin duda alguna era algo semejante a una línea de acción o de combate, a una imagen de marca o a algo realmente muy parecido. Aquel célebre espanto que el fiel chofer de don José Ramón supo mantener siempre limpísimo, chillón y rojo hasta decir basta, y con su descollante letrero EL DULCE MIEL DE ABEJAS en el lugar en que otros automóviles, menos afortunados que el de Federico, sin duda alguna, llevan el letrero que los condena para siempre a la rutinaria categoría de TAXI, tan lejana, por lo demás, tanto de la diversión como de la aventura, del goce sexual, el alboroto, la pasión, los celos, los techos, las terrazas, los balcones, las enredaderas y las celosías. En realidad, tan sólo la posible utilización del teléfono tendía un muy modesto cable entre el vulgar TAXI y el incomparablemente arriesgado Studebaker rebautizado EL DULCE MIEL DE ABEJAS. Y que, fiel como los caballos de algunas bellas y muy mexicanas canciones rancheras, acompañan a su monta y señor hasta el último suspiro.

Tardó en llegar, pero llegó, este esperado final de una vida enfermizamente entregada al disfrute sexual sin ton ni son, primero, a las mujeres, a partir de cierta edad aún bastante precoz, y a las mujeres maduras y ajenas, además de todo, también a partir de cierta edad. Y siempre además con aquellos bajonazos que dejaron a Federico, bastante pronto en la vida, por completo alejado de toda búsqueda del placer sexual. E inapetente, desmoralizado, hastiado, saciado, impotente cien por ciento, y en una suerte de estado de abandono total, del cual, bastante estrafalariamente ya, hasta el final de su vida lo redimió siempre, eso sí, el dedo gordo del pie izquierdo, como un último baluarte en su eterno combate por volver una vez más a las alcobas ajenas.

No lo mataron, no, como el mundo entero se temía, aunque sí se mató él mismo en una de sus locas huidas, ésta sí que absolutamente insensata y absurda, pues si bien se trataba de una mujer que estuvo casada con otro hombre, nadie había respondido a su llamada ni automóvil alguno había pegado frenazo ninguno delante de una casa donde, para el colmo de los colmos, era él, y no el otrora esposo de aquella señora, quien habitaba. Y desde hacía ya un buen tiempo, además.

Recapitulando: Federico, a quien su padre, ya bastante viejo y aún más avejentado, pero siempre al mando de los negocios buenos y malos de la familia, literalmente largó a patadas de la casa, por insoportable, por escandaloso, por disoluto, pero antes que nada porque se había ganado a pulso en todo Lima el apodo de El Intocable, por no haber tocado nunca el trabajo ni haber sido tocado tampoco nunca jamás por éste, vivía a la sazón con una mujer divorciada, sin hijos, con bigote, muy de izquierdas, y de una fealdad que sólo puede calificarse de rotunda. La maldad de la gente había apodado a esta pobre mujer como *Désirée*. Y no se diga más, salvo que con ella acabó sus días Federico, y sin haber llegado siquiera a la edad en que murió Jesucristo.

En realidad, Federico, cuenta una bastante indiferente *Désirée*, fue enterrado muy cristianamente, tras haber sido velado en la iglesia de la Virgen del Pilar, en San Isidro. Once mujeres se presentaron como sus viudas, y de un ómnibus que parecía escolar, de la mano de María Magdalena, Magdalena y Rosa María de Ontañeta de Ontañeta y de algunas empleadas e incluso enfermeras, bajó en doble fila una notable cantidad de niños y niñas cuya edad fluctuaba entre los dos y los trece años, aproximadamente.

Fácilmente se adivinará que, íntegra, esta buena tanda de niñas y niños la formaban los hijos de Federico no reclamados por madre alguna. Y fácilmente se adivinará también que la esposa y las dos hijas mujeres de don José Ramón de Ontañeta –ausente de principio a fin de todas aquellas ceremonias fúnebres, o sea desde el velatorio y la misa de difuntos hasta el entierro de Federico en el panteón familiar del cementerio Presbítero Maestro– se las habían arreglado para que en aquella bastante larga y doble andanada de chiquillas y chiquillos, todos fueran exclusivamente de raza blanca. ¿Dónde estarían los demás?, era la pregunta del millón.

La última humillación que sufriría Magdalena ante su madre, en lo que a pretendientes se refiere, no tardó casi nada en llegar. La familia entera aún fingía un duelo total por la muerte de Federico, habiendo sido ésta más bien una liberación, cuando Magdalena anunció su presencia en casa con un hombre bastante mayor que ella, vestido de príquiti mangansúa, periodista de trinchera y de combate, de exilios, de mazmorras y de destierros, hombre de mundo, comelón y muy fino gourmet, al mismo tiempo, acicaladísimo y purita agua de colonia Yardley For Men, talco de la misma británica marca, también la crema y la brocha de afeitar eran *by appointment to Her Royal Majesty, the Queen,* y con una piel tan tierna de muy roja manzanita, que bastaba y sobraba con los bigotitos casi dalinianos, de corte y confección, para tener el retrato robot de un cabrón de burdel, cárcel o penitenciaría, pero en este extraño caso más bien como recién salido de una ducha eterna o de algo así de imposible, aunque, eso sí, realmente muy semejante. El tipo respondía al impresentable nombre de Iñaki Chinchurreta, de pura índole vasca, y la verdad era mejor no preguntarle por su segundo apellido, por miedo, por miedo y por miedo. Y punto, pero con las justas punto y aparte, además, para poderse uno tomar un respiro, porque lo que es el apellido aquel.

Pero eso sí que sí: José Ramón de Ontañeta Wingfield lo esperaba nada menos que en la sección servidumbre de su casona del Olivar, por ser éste el lugar más alejado de la puerta principal, para desde ahí poder ir sacándolo a patada limpia durante el trayecto más largo posible, hasta dejarlo de patitas en la calle al comunista ese, que encima de

255

todo aplaude desde su pasquín la nacionalización del país entero, ¡habráse visto semejante cosa!

Y ahí en la sección servidumbre de la casa continuaba lloriqueándole y rogándole Magdalena a su padre, por favor, papá, te lo ruego, papá, te lo imploro, papá, te amenazo con largarme, papá, que ya soy mayor de edad, papá, que le entrego mi virginidad, papá, que te asesino, papá, que te adoro, papá, que por lo menos lo conozcas, papá, que converses con él tan sólo un cuartito de hora, papá, que te tomes una copa con él, papá, que si tú lo pateas yo te meto miles de patadas a ti y a mamá juntos, papá, cuando resulta que padre e hija mayor empezaron a sentir cierta fatiga y tomaron asiento en la lavandería, y él le pidió su primer whisky y ella se lo trajo en el acto, con sus tres mismos hielos de siempre y la dosis exacta y todo además, y entonces los dos miraron sus respectivos relojes y resulta que el tal Chinchurreta ese, además de rojo, es sumamente impuntual, mátalo, papá, se está burlando de mí, papá, pues claro que sí, hija mía, es a mí a quien le corresponde defender tu honor y largar a patadas a ese tipejo de mi casa, si es que da la cara, por supuesto, el calavera ese de miércoles...

Colorado como un camarón estaba el calavera ese de miércoles y de lo más feliz con doña María Magdalena en el bar de la casa. Iban ya por el segundo o tercer vodka tonic y Magdalena era toda rabia e impotencia, toda querer largar a su madre y al tal Chinchurreta de la casa de su padre, con la ayuda de éste, además, cuando resultó que también éste se dejó servir su segundo whisky de la noche, aunque triple, la verdad, por su adorada esposa, y la verdad es también que por un largo momento bebedor ahí en el precioso bar inglés de don José Ramón de Ontañeta Wingfield, pues ya nadie sabía muy bien para quién trabajaba ni nada, y tan únicamente una muy infeliz Magdalena integraba la ínfima minoría opositora, la pobre, o sea que le llovieron piedras y palos simbólicos, y no tanto, y a punto estaba de un nuevo quiebre general del sistema nervioso y la clínica Barreda, cuando Iñaki Chinchurreta realmente sintió pánico y soltó, como quien no quiere la cosa:

–Ah... Y se me olvidaba. Oye, José Ramón, yo a lo que vine hoy fue a pedirte la mano de tu Magdalenita...

–¡Mano concedida! –exclamó, con muy preparada anticipación y todo, de lo más perdonavidas y en el lugar de su embobado esposo, María Magdalena, madre y esposa.

–Pero si yo... –empezaba a decir José Ramón, alzando una pierna y hasta las dos, al fin, pero fue desgraciadamente esto último, hecho al mismo tiempo y mientras pensaba que además tendría que regresar hasta el punto más apartado de la puerta principal por la que se larga a patadas a medio Lima, de un tiempo a esta parte, en fin, que fue este doble alzar de piernas el que dio con su tercer whisky triple y con su entera humanidad por el suelo de su propio bar inglés y múltiple–. Pero si yo pensaba...

–¡Mano concedida, Iñaki Chinchurreta!

–Entonces me llevo a tu hija a celebrar, Marita...

–¡Qué! ¡Con que Marita tenemos, no! –estaba explotando ya, la muy tonta de Magdalena.

–Fue un lapsus, hijita mía...

–Pues de hoy en adelante, mamá, yo te prohíbo para siempre que vuelvas a mirar, siquiera, a este Lapsus de mierda.

–Tú siempre haciendo el ridículo, hija mía –le sacó su trompeta Louis Armstrong María Magdalena, y mientras miraba de lo más sonriente a Iñaki Chinchurreta le fue aplicando además a su hija la finísima sordina de la victoria: *Il faut que jeunesse se passe.*

—*Et voilà...!* —exclamó Chinchurreta, aunque despidiéndose tal vez para siempre de Marita, su futura y encantadora suegra.

Bien sujeto a la barra de su precioso y muy británico bar, esta vez sí, José Ramón de Ontañeta Wingfield probaba alzar una pierna después de la otra, en el más inútil y absurdo de los esfuerzos, y al divisar por fin a su esposa, que estuvo parada siempre ahí, delante de él, desde su napoleónica llegada con Magdalena desde la sección servidumbre de la muy amplia casa, le preguntó por un tal Iñaki Algo, para matarlo, cómo no, aunque, eso sí, él antes tenía que regresar a la sección servi...

—Y si te sirviera otro whisky, esposo mío santo y amado, y por el mundo entero además admirado y temido, ¿te olvidarías de Iñaki Algo?

—Eso prefiero que lo pensemos juntos y con otro whisky triple, pero antes ayúdame por favor a llegar al living room y a mi sillón...

—Ayuda concedida, esposo mío y gran señor.

—Será más bien gran bebedor...

—Si vieras lo bien que te cae estar tan relajado y simpático, José Ramón.

—Llámame esposo mío...

—Esposo mío y tan pero tan querido...

—¿Y Magdalena, mi hija mayor y frágil?

—*Gone with the Wind...*

—La verdad, mi amor, cada día hay menos gente que largar de esta casa... ¿No será una mala señal?

—La verdad, esposo mío, es que ya no nos queda absolutamente nadie más a quien largar de esta casa... Porque a Naplo tú realmente lo quieres como si fuera tu hijo...

—¿Cuándo es que se casan él y Rosa María?

–¡Cómo! ¿Te has olvidado de que Naplo y nuestra hija menor se casan a fines de este año?

–¿Y El Mejor Napoleón de Todos ya me pidió la mano de ella?

–Pero, esposo mío, si hace ya más de tres meses que lo celebramos en el restaurante Las Trece Monedas...

–Cómo se nota que eres la esposa de un gran banquero, María Magdalena. Haga lo que uno haga y diga lo que uno diga, siempre se acaba hablando de dinero, ¿te has dado cuenta?

La noche se apagaba ya para un hombre tan entrañable y bueno como José Ramón de Ontañeta Wingfield y la mujer que se enamoró locamente de él en un pasado ya bien distante, la mujer de la cual él vivía en cambio locamente enamorado, recién ahora, después de tantos años, al cabo de tanto y tanto tiempo. Y esta mujer, apellidada también De Ontañeta, su sobrina, casi su hija, esta misma mujer miraba a su esposo, lo comparaba con Fermín Antonio de Ontañeta, su padre, reflexionaba un poco, bebía un último sorbo de vodka tonic...

–Créeme que nunca jamás me apartaré de tu lado, José Ramón. Con un vaso de vodka en alto, tu sobrina y esposa que te quiere, te promete y te jura que se han acabado para siempre los viajes a Europa. No, ya ni me oyes, esposo mío, pero eso no tiene la menor importancia. Y no la tiene por la sencilla razón de que yo jamás te he mentido ni engañado ni faltado el respeto. Y porque no quiero por nada en este mundo que me vuelvas a extrañar...

El matrimonio De Ontañeta de Ontañeta se quedó dormido en aquella habitación tan apacible y ya bastante oscura, pues María Magdalena había alcanzado a apagarlo todo menos un par de lamparitas de gruesas pantallas de un color verde bastante oscuro.

Con un último y titánico esfuerzo, lleno de desafíos y de grandes riesgos, José Ramón de Ontañeta Wingfield logró que su gran sueño de banquero se cumpliera. El banco que heredara de su suegro, y en el que había trabajado desde su regreso al Perú, hacía ya tres largas décadas, cambiaba de nombre. Dejaba de ser el Banco Nacional del Perú y pasaba ahora a llamarse nada menos que Banco Internacional del Perú. Los diarios de todo el país lo anunciaban con grandes titulares e iban dando cumplida cuenta de la sucesiva apertura de sucursales del Internacional, como ya le llamaba la gente, en Bolivia, en Ecuador, en Colombia y en Chile. El próximo paso estaba a punto de darse en Argentina, cuando un golpe de Estado vino a arruinarlo todo, en octubre de 1968, y derrocó al presidente constitucionalmente elegido, Fernando Belaúnde Terry.

Lo que vendría estaba aún por verse, pero por lo pronto los capitales extranjeros se esfumaban hora tras hora, poniendo en práctica la máxima que afirma: «El capital no es nunca patriótico.» Pero sin duda alguna mucho peor que esta gran verdad fue el hecho de que el general Velasco Alvarado, líder de este cuartelazo de carácter populista y nacionalista, se erigiera en salvador de la patria con pistola sobre la mesa del Consejo de Ministros y otros gestos más, todos del cantinesco estilo *Yo soy el rey* y demás barbaridades autoritarias. Y de todo hubo en la viña del Señor, por supuesto, también.

La banca, para empezar, no puede pasarse por alto en estos casos, de ninguna manera. Y tras ella se lanzó el general Velasco Alvarado, aunque de muy distintas maneras y por un muy distinto capricho tras otro. El Banco Popular, que estaba ya en la quiebra, pero cuyo presidente, y por entonces tan sólo parcial propietario del mismo, era más que un símbolo del poder en el Perú, algo así como un oscuro objeto del deseo, o sea que aquel banco se pagó con la muerte agónica e incluso sádica de aquel señorón por todos temido u odiado y en todo caso envidiado. Se le apresó, se le fotografió y se le filmó así, ya preso, agonizando y sufriendo muchísimo.

Y después vino el Banco Internacional del Perú, verdadera joya de la corona, codiciada como ninguna. Nacionalistamente, dizque, aunque en realidad sadomasoquistamente, el gobierno de Velasco Alvarado y sus generales y coroneles se encarnizaba en destruir algo que funcionaba realmente a pedir de boca. Y vaya que sí lo hicieron y lo destruyeron todo a pedir de boca, también. Mucha gente fue a dar a la cárcel y entre ella, cómo no, el primero, un ya muy debilitado José Ramón de Ontañeta Wingfield, a quien rodearon y brindaron todo tipo de apoyo y de cuidados, hasta donde les era posible, naturalmente, sus propios gerentes y subgerentes, aunque también, cosa bastante extraña, un empleado tan subalterno como el cajero Frank Owens, de la sede principal de Lima.

Y el cajero Owens, precisamente, actuaba de una manera tan relajada, tan amable y sonriente, tan expansiva y diríase que hasta tan sumamente feliz, que un día en que se le acercó, para ponerse nuevamente a sus órdenes, a su servicio, señor De Ontañeta Wingfield, éste, muy extrañado, como todos ahí en la cárcel, por la actitud tan alegre y desenvuelta de Owens, le preguntó por el origen de la misma.

—Es que a mí nada me ha hecho más feliz que estar en una cárcel, se lo confieso, señor. Y le confieso también que nunca jamás somnífero alguno me ha hecho tanto bien en mi vida como dormir en chirona. ¡Ah! ¡Si supiera usted lo estupendamente bien que duermo yo aquí en la cárcel, don José Ramón de Ontañeta Wingfield!

—¿Pero se puede saber a qué se debe tanto bienestar, buen hombre?

—Pues sí, señor, mire usted: es que yo llevaba casi un cuarto de siglo robándole a su banco, precisamente. Y a usted mismo, don José Ramón...

—¿A mí? Pero ¿qué disparate es ése, oiga Owens?

—Pequeñas sumas, para prestarle a los amigos... Sí, pequeñas sumas para jugarlas con ellos los domingos en el Hipódromo... Pues eso, señor, con su perdón, me estaba matando de remordimientos y yo ya ni pegaba ojo, sabe Dios desde hace cuánto tiempo, don José Ramón. O sea que cuando pasaron por la caja llevándose a personas de tanta importancia como usted mismo, con su perdón, señor, al instante yo me dije ésta es la mía y me infiltré entre los capos y heme aquí durmiendo de noche, e incluso de día, como un lirón, con su venia, nuevamente, señor, pero qué más quiere usted que le diga: durmiendo realmente como un bendito, como todo un bienaventurado, don José Ramón de Ontañeta Wingfield...

—Pues queda usted despedido en el acto, Owens.

—Ah, ¡qué alivio, señor mío! ¡Y no se puede usted imaginar cuánto se lo agradezco, muy señor mío...!

No había terminado aún su oración gramatical, cuando dormía ya sobre las piernas furibundas y sumamente temblorosas de don José Ramón de Ontañeta Wingfield, el cajero Frank Owens.

—Yo aprendí a tratar con todo tipo de gente y de gentuza, y hasta con criminales —le contaba don José Ramón a su esposa, mientras se tomaba su primer whisky de aquella noche en el Hotel Ritz de París–. Pues sí, tú bien sabes que hasta con criminales natos aprendí yo a tratar, y que incluso mantengo una muy grande y sincera amistad con un verdadero hampón, ¿no es así, María Magdalena?

–Por supuesto que sí, José Ramón. Y recuerdo que ustedes dos se estuvieron viendo mucho, cuando el asunto aquel tan feo de Muladar...

–Bueno, Basura Fon era su apodo, en realidad, pero me alegra mucho que en tu memoria lo hayas ascendido a la categoría de Muladar.

–Pero me contabas que aprendiste a tratar hasta con criminales, y de la gran amistad tuya con aquel hampón...

–Sí, pero a lo que iba es, sin embargo, a que jamás en la vida hubiera aprendido a tratar con un general...

–De acuerdo, sí, pero es que además Velasco Alvarado no es un general, José Ramón. Métete eso bien en la cabeza, por favor. Ese tipejo tan sólo es...

–Pues di tú que es tan sólo un pobre general peruano, el cholifacio ese.

Morirían en París María Magdalena y José Ramón, aunque no estando ya alojados ni él ni su esposa en el Gran Hotel Ritz, pero jamás iban a dar su brazo a torcer ninguno de los dos sobre lo mal que le salió nada menos que al señor presidente del Banco Internacional del Perú, del cual Velasco Alvarado sencillamente se apropió, en nombre de la Revolución, la corrupta maniobra de hacerle llegar al líder golpista un cheque nominal por tres millones de dólares de 1968, a cambio de mi banco, mi general. Y su general, astuto, cazurro, y dueño además de la brutal ironía de un soldadote muy macho y cantinesco, le devolvió su chequecito al señor De Ontañeta con una nota tan escueta como personal: *«En pago por el Banco Internacional, Ontañeta. Y así quedamos en paz. Firma y Rúbrica.»* Y dos garabatos, a continuación.

Y fue así como el Internacional llegó a ser el único banco que el gobierno de Velasco Alvarado no pagó nunca, ya que la siguiente entidad bancaria en ser nacionalizada –dejando, cómo no, de lado, al muy quebrado Banco Popular–, la pagó su gobierno por debajo de la mesa, si se quiere, pero la pagó. Y así sucesivamente también con otras instituciones crediticias más.

Vino enseguida el cargamontón contra El Zorro del Desierto, como lo llamara la prensa forzadamente progubernamental, con expropiaciones de diarios y revistas y almibarados sobones seudointelectuales a su servicio, cómo no, eternos sobones y trepadores sociales que hasta el día de su muerte se venderán al mejor postor... Pero, en fin, El Zorro del Desierto, como apodó la prensa tomada con tanques y tropa por los generales al ya bien setentón José Ramón de Ontañeta Wingfield, el ex del Internacional, por haber convocado a una rueda de prensa a la que no asistió absolutamente nadie, por pánico al régimen, es cierto, sí, aunque sobre todo porque estaban en la cárcel todavía o en arresto domiciliario o eran víctimas de todo tipo de amenazas personas de muy distinta condición económica y social como el tan feliz cajero Frank Owens o el mulato Pepe Santos, jefe de la imprenta del ahora Banco Internacional, desde las épocas en que tan sólo era Nacional y don Fermín Antonio estaba al mando, y que, como se verá...

Pero cada cosa a su debido tiempo, mejor, y en estos difíciles momentos para la familia De Ontañeta, en general, pues nada menos que Iñaki Chinchurreta y su atrabiliaria revista *Alerta* se habían puesto de parte del General en Jefe don Juan Velasco Alvarado, y había que ver lo de izquierdas y palaciega que se había vuelto también Magdalena, feliz de ganarle por fin una partida en esta vida a su madre, y por más que semejante actitud incluyera antes que nada la salud y la reputación del Zorro del Desierto, cuyas haciendas El Quilombo, al norte, en Chiclayo, y San Felipe, al sur, en Cañete, estaban siendo ocupadas por los burócratas agrarios fabricados sin medida ni clemencia por la revolución, en el preciso momento en que María Magdalena y su esposo abordaban el avión que los llevaría a París, y en la escalinata del mismo El Zorro aún se aferraba a su altavoz manual y amenazaba con la ruina del Perú, cual voz que clama en el desierto aeropuerto de Lima...

Allá en París, qué diferente fue todo, eso sí, desde el instante mismo en que los esposos De Ontañeta de Ontañeta se instalaron muy confortablemente en una suite del Gran Hotel Ritz, en plena Place Vendôme, bellísima como pocas plazas en el mundo entero, aunque pronto, muy pronto, comprendieron que semejante ritmo de vida les iba a durar bastante poco, pues José Ramón de Ontañeta Wingfield sencillamente jamás previó que las cosas en el Perú pudiesen tomar el rumbo que acababan de tomar, ni mucho menos pasó jamás por su mente la idea de invertir en otro país o de abrirse cuentas personales en el extranjero, algo que él siempre consideró tan poco honorable como patriótico. Y todo esto se debió también, qué duda cabe, a lo mucho que confió siempre en la bondad de todo lo que hacía por el Perú desde su banco o desde sus haciendas, y a que últimamente incluso había contraído grandes deudas en su afán de invertir también en el sector minero, llevado sin duda alguna por la nostalgia que sintió siempre de los años aquellos en que don Tadeo de Ontañeta creó su inolvidable leyenda de hombre de lucha, de verdadero precursor y de gran capitán de la minería en su país.

Pero ahora, en París, tras haber vendido la casa del Olivar, indemnizando a sus ex empleados, y tras haber vendido también cuanta acción les quedaba, todo aquello les parecía un sueño a María Magdalena y José Ramón de Ontañeta. Por lo pronto, al cabo de algunos meses habían tenido que mudarse del Ritz a un hotelito bastante discreto, aunque impecable, eso sí, muy cómodo, nada ruidoso, y situado a muy pocas cuadras de la Place Vendôme, lo cual les permitía regresar cada noche al bar más clásico y menos ruidoso de aquel célebre hotel, llamado precisamente Bar Vendôme. Y lo hacían caminando desde su nuevo hotel, enrumbando por la rue Cambon hasta llegar a la puerta de atrás del Ritz, donde se encontraba el Bar Hemingway, ruidoso, agitado, y sobre todo convertido noche a noche en un verdadero nubarrón, debido al humo de los puros que unos jovenzuelos bastante exhibicionistas y bullangueros fumaban muy presumidamente.

Había que atravesar todo el hotel Ritz para llegar al Bar Vendôme, callado y tranquilo, hecho a la medida para gente como ellos. Y ahí permanecían un buen par de horas, María Magdalena y José Ramón, tomando él sus dos whiskies habituales y ella un cóctel de champagne, mientras, una vez más, machaconamente, su esposo le mostraba y explicaba la documentación del excelente seguro de vida que le acababa de adquirir y también la de la pequeña casa que para ella había comprado, siempre en San Isidro y muy cerca del Olivar, mujer, y por último la de las variadas rentas que le asegurarían un muy correcto pasar hasta el fin de tus días, para hablarte con meridiana claridad, mujer.

Y por las mañanas caminaban normalmente por la rue de Rivoli, de tienda en tienda y de vitrina en vitrina, pero comprando cada vez menos y caminando cada día más lentamente él, y mientras ella iba poniéndose pasito a paso a su lado, es que hoy cumplo ya los ochenta y dos años, mujer. Y muchas veces tuvieron la intención de llegarse hasta el Museo del Louvre, de entrar, de quedarse una horita, siquiera, ahí, de contemplar unos cuantos cuadros, de dar con *La Gioconda*, por ejemplo, o de extraviarse sencillamente por una galería, aunque sin perder jamás de vista, eso sí, la próxima puerta de salida o de escape, pero milagrosamente, o por algún extraño embrujo, el camino que los llevaba casi cada mañana hacia el Louvre terminaba siempre desembocando en la pueblerina, serrana y andina ciudad de Jauja, la hace mil años tan pequeña y tan pacífica ciudad de Jauja en la que naciera yo, María Magdalena...

–Jauja, sí, José Ramón. ¿Te gustaría ser enterrado allá?

–¡Qué maravilla de esposa eres, María Magdalena!

A José Ramón, la verdad, apenas se le escuchó su muy emotiva exclamación. Pero Jauja acababa de salirle del fondo del alma, y se diría que desde el día mismo en que nació. Y se le salió asimismo una vida entera, pero que él dividía en tres partes que poco o nada tenían que ver unas con otras:

1. Jauja, hasta los dieciocho años.
2. Todos los mares u océanos de este mundo, y La Scala de Milán.
3. Lima.

El París de ahora no existía. O en todo caso era tan sólo una excrecencia de la Lima o del Perú de hoy, como se quiera, y tampoco importaba, realmente, sobre todo porque a los ochenta y tantos años de edad ya es inútil llegar a cualquier ciudad e inútil es también toparse con cualquier novedad. Y sin duda alguna por ello también es que la rue de Rivoli no te lleva ya al Museo del Louvre sino muy precisa y dulcemente al corazón mismo de Jauja.

—Al Perú, a Lima, en todo caso, realmente ya no vale la pena volver, mi tan querida María Magdalena. Tan sólo a Jauja vale la pena regresar. ¿Te acuerdas de nuestra Jauja, mujer?

—Yo nunca fui feliz allá, mi amor, para qué mentirte a estas alturas de la vida, mi José Ramón. Y es que estaba entonces tan enamorada de ti, pero tú, en cambio...

—Y otra vez también tú, mujer, con ese absurdo *timing*, con esa tan fatalmente errada programación de nuestra vida sentimental. Pero dime: ¿realmente te parece que por algún punto de los Andes o de Lima mi amor estuvo de ida y el tuyo de regreso? ¿Quieres que lo discutamos ahora, como quien dice, a pie de tumba...?

Varias ideas y propósitos pasaron aún por la mente de José Ramón de Ontañeta Wingfield, poco antes de morir en París. Y así pensó, por ejemplo, en escribir unas cartas dirigidas a todos sus compatriotas, pero que luego pasaron a llamarse tan sólo cartas dirigidas a mis buenos compatriotas, más tarde fueron cartas a todo aquel que me entienda, y que al final ya eran cartas enviadas exclusivamente a todo aquel que todavía me quiera entender, o, más sencillamente, a todo aquel que aún me quiera leer. Pero, en realidad, lo único que sí hizo, y muy cuidadosamente, eso sí, mientras vivió en París José Ramón de Ontañeta Wingfield fue huir como de la peste de cuanto banquero francés intentó tomar contacto con él.

Y chocheaba bastante ya cuando le soltaba sin ton ni son a María Magdalena: «¿No te parece algo maricón este idioma francés que tanto nos gusta?» O cuando de golpe le soltaba: «Oye, mujer, cómprate una revista de espectáculos y fíjate si dan algo de Proust en el cine o en el teatro.» Y chocheaba ya, también, cuando de ahí pasaba, sin ilación alguna, por ejemplo, a: «¿Te acuerdas, mujer, cuando rematabas a la velasquista Magdalena de Chinchurreta con tu eterno... con tu eterno...? ¿Cómo era tu eterno remate franchute...?»

—*Il faut que jeunesse se passe...*

—Y ahora, ¿qué me quedaría por decirle a esa hija tan sumamente desleal? Pues tal vez: *Il faut que veillesse arrive...*

—Caminemos, mejor, esposo mío...

En la lápida de José Ramón de Ontañeta Wingfield, 1897-1980, María Magdalena hizo grabar este epitafio: «*Vivió. Navegó. Cantó. Calló. Amó. Trabajó. Perdió. Tardó demasiado en morir.*»

«Pues sí, sin duda alguna», se dijo María Magdalena mientras abandonaba el pueblerino y austero cementerio de Jauja, tan lejano en todo sentido del mausoleo familiar que don Fermín Antonio de Ontañeta Tristán mandó construir para toda la familia en el elegante y muy limeño cementerio del Presbítero Maestro...

María Magdalena murió atropellada por un automóvil en París, ciudad a la que regresó inmediatamente después de aquel entierro jaujino. Fue a la salida del bar del Ritz y ya de regreso a su habitual hotelito, caminando como siempre con su José Ramón, lloviera o tronara, por la rue Cambon. Su hija Magdalena trató de que fuera enterrada en el Presbítero Maestro, pero Rosa María, su hermana menor, no paró de gritar hasta que logró, acompañada por El Mejor Napoleón de Todos, que los restos de su madre, llegados en un vuelo desde París, fueran a dar también al cementerio de Jauja. Y ellos mismos se ocuparon absolutamente de todo.

En el Perú ya no había generales en el poder ni revolución militar ni nada. Y Belaunde Terry, el presidente depuesto en 1968 por Velasco Alvarado, terminaba su segundo mandato salido de las urnas. Y pensar que alguna vez Iñaki Chinchurreta fue belaundista, luego velasquista, y luego nuevamente belaundista. ¿Qué se le ocurriría ser ahora? La respuesta, sin duda alguna, la tenía su esposa Magdalena. Y *Alerta* emprendería la cuarta o quinta etapa de su cada vez más cimbreante singladura. La verdad, jamás hubo revista alguna con tantas *etapas* como el semanario *Alerta,* aunque la verdad es también que ya nadie se mantenía tan alerta como para enterarse de que aquella revista acababa de entrar en nueva etapa...

Fue ya a una cuarentona Rosa María, madre de varios Naplitos y Naplitas, a quien se le ocurrió un día hacer una gestión en la oficina central del Banco Internacional del Perú, en el viejo centro de Lima, ahí al frente de la basílica de la Merced, donde antaño su abuelo y Claudio, aquel eterno chofer chileno de la familia, atendían de uno en uno a los mendigos de don Fermín Antonio de Ontañeta Tristán. Era ya *vox populi* lo mal que andaba aquella entidad, pero Rosa María no iba pensando precisamente en esto... Iba pensando en sus abuelos y, sobre todo, en su madre y en papá...

La impresionó, eso sí, la gran nave redonda e íntegramente de mármol en la que, aún hasta entonces, acudía el público en busca de atención. Por ahí se encontraba incluso la caja, mira, pero ya no el cajero Frank Owens, a quien Rosa María sí recordaba bastante bien como un hombre que realmente se desesperaba y temblaba todito, a medida que contaba los billetes, haciendo los más extraños gestos con un brazo, que de pronto estaba y de pronto ya no, en aquella ventanilla. «Curioso cómo se le graban a uno de por vida cosas que vio siendo tan sólo una niña. Curioso, ¿no?»

Pero justo cuando se ponía en la cola para hacer su gestión, a Rosa María le pareció escuchar su nombre en forma de mil sollozos. Cara conocida es, creo que sí, o me equivoco por completo. Aunque bueno, viniste aquí para hacer una gestión, pues hazla, y que el mulato ese pare de sollozar o no, a mí qué me puede importar. Pero vaya que si le iba a importar e incluso la iba a importunar el mulato sollozante, que ahora sí que anda dale que te dale con que si te acuerdas de mí, Rosita María...

–¿Pepe Santos?

–El que viste y calza, niñita Rosita Mariíta...

–Pero vamos a ver, Pepe, ¿por qué me lloras tanto?

–Porque yo todo lo que soy en esta vida se se se... se se se... lo lo lo lo...

–Se lo...

–De de de...

–Se lo de...

–Se lo debo bo bo bo...

La verdad, recordó por fin, y cien por ciento, Rosa María, el mulato Pepe Santos, desde niño y ya tuberculoso, siempre fue de lo más empalagoso, el pobrecito. Y su

271

padre tuvo que ser un hombre blanco, porque doña Manolita, su mamá, que cocinó muchísimos años en la casota de los abuelos, en Alfonso Ugarte, sí que era una negra retinta. Y desde niño Pepe fue siempre el mulato Pepe Santos, el que tuvo tuberculosis, fue enviado a curarse y a estudiar en Jauja, regresó siendo ya todo un hombre y muy sano y, extrañamente, entró a trabajar en la imprenta del banco, cuando lo normal era que los hijos de empleados domésticos de la familia terminaran tan sólo de recaderos, de porteros o de choferes...

Pero, caramba, lo del mulato Pepe Santos era ya una verdadera inundación, tartamuda, además, y dale otra y otra vez por bañarse en lágrimas mientras con el dedo índice señalaba con franca desesperación algo que definitivamente quedaba en los altos del banco, y mientras que a su vez Rosa María le señalaba más bien un sótano en el que estuvo siempre la imprenta del Internacional. Total que era un dedo hacia arriba contra otro dedo hacia abajo, en franco desacuerdo, y así hasta que Rosa María accedió y subió, pero únicamente para que este pesado y meloso contenga las aguas de su llorar incesante y me deje por fin en paz.

Y entonces sí que la vida fue, es, y será siempre así, tenga que serlo, o no, quiera uno que lo sea, o no. En fin, que el mulato Pepe Santos no estaba sentado a la diestra de Dios padre, pero tampoco a la izquierda del mismo. Bañado en lágrimas y añade que te añade el estribillo según el cual todo se lo debe a mi abuelito y a mi papacito, este pobre y empapado presidente conservaba sobre su escritorio las fotografías del abuelo Fermín Antonio y de la abuelita Madamina, las de papá y de mamá, la de Federico, la de Magdalena y, por último, la mía, yo hace mil años, pero yo, al fin y al cabo. Y en la noche de los tiempos se perderá para siempre la razón por la cual, desde que ocupó el escritorio presidencial y se sentó en el sillón presidencial que fue del abuelo, que fue de papá y que ahora es suyo, la fotografía de doña Manolita, su madre, brilla por su ausencia...

Por fin, Rosa María abrió y cerró detrás de ella la puerta de aquel despacho en cuyo cristal superior seguía estando, sobre la palabra *Presidente*, el nombre de su papá. El verdadero, el actual presidente, se quedaría para siempre sentado en su memoria, tal como ella acababa de verlo, realmente empapado en sí mismo y de sí mismo... Y Rosa María de Ontañeta recordaría también para siempre su desconsolada imagen lloriqueante... La recordaba sobre todo cuando escuchaba la voz del mexicano Pedro Vargas, tenor de las Américas, entonando, de una manera tan única, por lo demás, la canción del compositor Abundio Martínez que dice:

Voy a aumentar los mares con mi llanto...

ÍNDICE